변신 외

서연비람은 조선 시대 왕궁 내, 강론의 자리였던 서연(書筵)에서 강관(講官)이 왕세자에게 가르치던 경전의 요지를 수집하여 기록한 책(비람 備覽)을 말합니다. 서연비람 출판사는 민주주의 국가의 주인인 시민들 역시 지속 가능한 과거와 현재, 미래의 이치를 깨우치고 체현해야 한다는 믿음으로 엄선한 도서를 발간합니다.

서연비람의 로고는 '기린(麒麟)'이 '옥으로 된 책'을 물고 왔다고 전해지는 공자님의 태몽과, 조선시대 문치(文治)의 덕을 쌓아 나라의 주인이 될 인물로 지목된 왕세자의 상징과, 신라의 천마총과 고려시대 향로 뚜껑에 새겨진 기린의 이미지를 담았습니다.

서연비람 세계문학

변신 외

2판 1쇄 2019년 7월 25일
지은이 프란츠 카프카
옮긴이 김재희
펴낸이 윤진성
펴낸곳 서연비람
등록 2016년 6월 29일 제 2016-000147호
주소 서울시 강남구 도곡로 422, 5층
전화 02-563-5684
팩스 02-563-2148
전자주소 birambooks@daum.net

ⓒ 김재희 2019, Printed in Korea.

ISBN 979-11-958474-3-3 03850

값 12,000원

변신 외

프란츠 카프카 지음
김재희 옮김

서연비람

판결   7

시골의 혼인 준비   29

변신   69

학술원에 드리는 보고   165

여가수 요제피네 혹은 쥐 종족   181

카프카로의 초대 : 「변신」을 더 생생하게 읽는 법   213

판결

펠리체 B.를 위하여

Das Urteil

Das Urteil

판결

펠리체 B.를 위하여

가장 좋은 봄날, 일요일 오전이었다. 청년 사업가 게옥 벤데만은 강변을 따라 늘어선 건물들, 높이와 빛깔만 조금씩 다를 뿐 고만고만하게 나직하고 허름한 그 건물 중 어느 이 층 자기 방에 앉아 있었다. 지금은 외국에 살고 있는 어릴 적 친구에게 보낼 편지 하나를 마무리한 후 무슨 놀이라도 하듯 게옥은 천천히 편지를 접어 봉투에 집어넣고는, 책상 위에 팔꿈치를 괸 채 창밖 너머로 보이는 강과 다리, 푸른빛이 돌기 시작한 강 건너 언덕으로 시선을 돌렸다.

고향에서는 욕심껏 뜻을 이룰 수 없다며 벌써 몇 해 전 아예 보따리를 싸서 러시아로 떠난 친구에 대해 게옥은 생각을 가다듬었다. 페테르부르크에 사업을 차린 친구는 처음에는 제법 훌륭하게 정착한 모양인데 이내 그 기세가 꺾였던지 고향에 들르는 횟수가 줄어들고 차츰 힘들다는 얘기가 늘었던 것으로 보아 일이 뜻대로 풀리지 않는 것 같았다. 낯선 땅에 머물면서 세월만 축낸 탓인지 얼굴 가득 수염이 돋아 어렸을 적 친숙했던 모습은 찾기 힘들어지고, 누렇게 뜬 피부 빛을 보면 혹시 무슨 속병에 걸린 건 아닌가 싶어 염려스러울 정도였다. 그의 말로 짐작건대 현지 교민들과도 접촉이 거의 없고 이곳 가족들과도 교류 같은 게 별로 없으니 평생을 독신으로 보내려 작정을 한 것 같았다.

그렇게 된 사람에게, 안타깝지만 어떻게도 도울 길이 없을 만큼 막장에 이른 게 분명한 사람한테 대체 뭐라고 편지를 쓸 수 있을까. 이제 그만 고향으로 돌아오라고, 딱히 걸림돌이 있는 것도 아니니까 여기 다시 돌아와서 어쨌든 옛 인연들을 찾고 친구들에게도 그냥 좀 도움을 청하며 살아갈 길을 찾아보라고 권해야 할까?

하지만 그런 식의 권유는 친구를 향한 배려의 마음을 많이 담을수록 상대를 더 괴롭히는 꼴이 되기 십상이다. 여태껏 고생은 많이 했겠지만 이미 실패로 끝났으니 부디 거기서 손을 떼라는 이야기이며, 그래서 귀국하란 얘기는 결국 패배자임을 인정하고 많이 의아해하는 사람들의 시선일랑 그저 그러려니 하고 모두 감당하라는 소리였다. 그나마 앞뒤 사정을 좀 헤아릴 줄 아는 몇몇 친구들한테 어떻게든 이해를 구하고, 고향에서 제법 성공한 친구들은 있으니까 그 보살핌에 기대어 그냥저냥 푼수데기 대접을 좀 받더라도 그렇게 사는 수밖에 뭐 뾰족한 수가 있겠냐 말로 들릴 게 너무도 뻔했다.

게다가 이런 부담을 떠안기며 해야 할 얘기가 과연 소용이 있을지도 확신이 서지 않았다. 아마도 그를 설득해서 집으로 오게 하는 일은 애초 씨알도 안 먹힐 얘기일 수 있었다. 친구들이 몇 번 조언한 적이 있지만, 이제는 고향에 돌아와도 도무지 현실 적응이 어려울 것 같단 얘기를 그에게 이미 들은 바가 있어, 공연히 말을 꺼냈다가 괜히 더 서먹해지기만 할 뿐 이제는 오히려 타향살이가 더 나은 결정인지도 몰랐다.

하지만 친구들 조언을 따라, 물론 그가 선뜻 나서진 않을 것이고 상황에 이끌려서겠지만, 여기 돌아온다고 해도 그냥 찌그러져 있는 신세밖에 될 수 없을 터인데, 그럴 경우는 친구들 틈에서 잘 지내기도 굉장히 힘들 것이다. 그렇다고 누구의 도움도 없이 지낼 수는 없는 노릇이라 곧 실의에 빠지게 될 터이니, 그건 더욱이 귀향의 의미가 없는 일이었다. 만약 그렇게 하다가 오히려 친구랄 것도 아닌 사이가 되어 버린다면 그건 전혀 형편이 나아지는 게 아닌데, 그러느니 지금처럼 그냥 남의 땅에 사는 게 차라리 낫지 않을까? 사정이 이러하다면 굳이 이곳에 돌아와 살아가는 게 현실적으로 그에게 무슨 득이 되겠는가? 이런 이유 탓에, 편지로라도 어떻게든 친구와의 관계를 이어가고 싶기는 했으나, 사돈의 팔촌에게도 알릴 만큼 별것도 아닌 소식조차 그에게 전하기는 상당히 조심스럽고 때로는 엄두가 나지 않았다.

친구가 고향에 들른 지 이미 삼 년이 넘은 시점이었고, 이에 대해 시시콜콜 설명하기보다 친구는 그저 러시아의 정치적인 불안 탓에 자기 같은 소상인은 잠시도 자리를 비울 수가 없는 처지라고 에둘러 말하곤 했다. 하지만 혁명이니 뭐니 해서 세상이 좀 시끄럽다고는 해도 사실 수천수만의 다른 러시아 사람들은 아무 일도 없다는 듯 세상 곳곳을 잘만 누비고 다녔다. 이삼 년의 시간 동안 게옥에게는 몇 가지 큰 변화가 있었는데, 이 년 전 어머니가 세상을 떠났고 혼자 남은 아버지와 그가 살림을 합친 사연까지도 그 친구는 알고 있었다. 아무래도 타향에 머물며 갑자기 접한 부음이라 실감이 안 났던지 친구는 제대로 마음을 표현하지 못한 채 으레 하는 위로의 말을 몇 자 적어 계옥에게 보내왔었다.

계옥은 그 무렵부터 작심하고, 다른 일도 그렇지만 사업은 더욱 단단히 챙긴 편이었다. 그건 어머니가 생존해 계신 동안에는 계옥이 뜻대로 사업을 펼 수 없게 아버지가 당신 고집을 관철한 탓이기도 했을 것이다. 어머니 사후에도 아버지가 관여는 하셨으나 사업의 중심에서 차츰 뒤로 빠지는, 아니 꼭 그렇다기보다는 여러 면에서 운이 많이 따랐다. 아버지는 배후에서 더 중요한 역할을 맡아 주시니, 아무튼 지난 이 년 동안 예상 밖의 성과로 직원 수가 두 배는 늘고, 매출 규모도 다섯 배는 성장한 만큼 당분간은 이런 발전이 계속될 전망이 확실해 보였다.

하지만 친구는 이런 변화에 대해서 전혀 알지 못했다. 아마 지난번, 삼가 어머니의 죽음을 애도한다는 마지막 편지에서 그는 계옥에게도 러시아로 오란 얘기를 꺼냈었는데, 계옥이 하는 사업과 관련해서 페테르부르크에도 지사를 하나 차리면 재미가 쏠쏠할 거란 얘기도 했다. 하지만 그가 제시한 사업 규모는 사실 계옥 회사의 현재 규모에 비하면 무척 소박한 수준이었다. 그래서 계옥은 친구에게 더욱더 자기 회사가 최근에 이룬 성공에 대해 편지에다 뭐라고 쓰고 싶은 마음이 들지 않았다. 이제 와서 새삼스레 그런 얘기를 하면, 친구 입장에선 아무래도 좀 듣기가 민망하고 착잡한 기분이 들 것이었다.

그렇다 보니 계옥은 그 친구에게 뭐랄까, 한가한 일요일 문득 떠오르는 상념처럼 별 뜻도 없는 얘기들이나 주절거리곤 했다. 세월이 흘렀으나 친구의 머리에 단단히 새겨 있을 고향의 기억을 벗어나는 이야기는 함부로 꺼내기가 좀 힘들었다. 그래서 아주 이따금 아마도 세 번 정도 보낸 편지에서 게옥은 별 상관도 없는 사람의 약혼 얘기를 하면서, 그의 배필에 대해 별 뜻도 없는 얘기를 지껄였을 뿐인데 엉뚱하게도 친구는 그 얘기에 관심이 쏠리는 모양이었다.

그러니까 바로 한 달 전 일로, 게옥 본인이 양갓집 출신 규수인 프리다 브란델펠트 양과 약혼했다는 얘기는 함구한 채, 그런 쓸데없는 소식이나 늘어놓는 식의 편지를 쓰는 게 더 나았던 셈이었다. 실은 자신의 아내 될 사람에게 게옥은 종종 이 친구에 대해, 그리고 이렇게 애매한 편지나 보내는 야릇한 관계에 대해서도 몇 차례 이미 얘기를 했다.

"그럼 우리 결혼식에는 오지 않겠네."

게옥의 약혼녀는 그렇게 말했다.

"나는 당신 친구 모두를 알아 둘 권리가 있는데."

"부담을 주고 싶지 않아서 그래."

게옥이 대답했다.

"내 입장을 잘 헤아려 봐. 그 친구는 아마 올 거야. 최소한 나는 그리 믿지만, 그가 별로 내키지 않거나 나를 부러워하는 식으로 행여 불편하거나 흡족하지 않은 느낌을 떨치지 못한 채 홀로, 그렇게 홀로 돌아가야 하는 상황이 되어선 안 돼. 무슨 뜻인지 알지?"

"알았어. 하지만 우리 결혼에 대해 다른 식으로 전해 들을 수도 있지 않을까?"

"그것까지 내가 막을 수는 없겠지만, 지금 그의 상황을 보면 그런 일이 생길 리는 거의 없을 거야."

"그렇게 마음에 걸리는 친구들이 있다면, 게옥, 당신은 약혼 같은 건 아예 하지 말았어야 했네."

"맞아, 그건 우리 둘 모두에게 유감이지만, 그렇다고 이제 와서 마음을 바꿀 생각은 또 없어."

그렇게 말하며 키스를 퍼붓자 게옥의 약혼녀는 가쁜 숨을 쉬면서 응답했다.

"돌려 말해도 갑갑한 건 매한가지."

그 말을 듣자 그는 결국 친구에게 이실직고하는 편이 더 낫겠다고 생각을 고쳐먹으며 중얼거렸다.

"있는 그대로의 나를 그도 받아들여야지. 아마도 우정을 핑계로 더는 실제의 내가 아닌, 그에게 더 어울리는 인간을 내 속에서 뽑아낼 수는 없겠어."

그리고 그 일요일 오전 내내 친구에게 얼마 전 식을 치른 약혼에 대해, 다음과 같은 내용을 장문의 편지에 담았다.

"최고의 소식은 이렇게 마지막에 알리려 남겨 뒀는데, 실은 내가 양갓집 규수이신 프리다 브란덴펠트 양과 약혼을 했네. 그대가 러시아로 떠나고 한참 후에 이곳에 정착한 집안이라 아마 잘 모를 거야. 내 신부에 대해서 더 자세한 얘기는 다음 기회로 미루고, 오늘은 그저 내가 요즘 무척 행복하다는 사실, 그리고 우리의 관계에 달라진 점이 있다면, 그대에게는 이제 여태까지의 무심하고 덤덤했던 친구 대신 무척 행복한 친구가 있단 사실을 전하는 정도면 족할 것 같아. 내 신부로 말하자면, 그대에게 마음으로부터 인사를 전해달라시는데, 다음번 편지는 그대와 친한 사이가 되어 몸소 작성하시겠다니, 아직 홀몸이신 그대에게는 별로 나쁜 소식은 아닐 성싶어. 여기 방문할 일정을 잡으려면 여러모로 차질이 생긴다는 점은 알고 있으나, 내 결혼식 날짜에 맞춰 온다면 오히려 그동안 쌓인 잡다한 문제들을 한꺼번에 해소하는 기회가 될 수도 있지 않을까 싶은 생각인데, 형편이 어떠하신지? 하지만 다른 사람 입장만 배려하지는 말고, 오직 그대 형편과 마음 가는 대로 처리하시게.”

게옥은 이렇게 마무리한 편지를 손에 든 채 하염없이 창밖을 바라보며 책상에 앉아 있었다. 길가를 지나던 지인 하나가 그의 모습을 보고 창밖에서 소리쳐 인사했으나, 멍한 얼굴에 그저 미소만 띠고 그는 제대로 답례도 하지 못했다.

마음을 다진 듯 편지를 접어 봉투에 넣고 자기 방에서 빠져나온 그는 작은 복도를 지나 곧장 아버지 방으로 건너갔다. 벌써 몇 달째 얼씬도 한 적 없는 방이었다. 굳이 그 방에 가야 할 이유도 없었던 게, 아버지는 수시로 회사에서 얼굴을 보고 또 식당에서 점심도 함께 먹었다. 저녁에는 대개 친구들과 시간을 보내거나 요즘 들어서는 특히 약혼녀를 보는 일이 훨씬 잦은 편이지만, 그렇지 않을 때에는 각자 알아서 저녁을 챙겨 먹고 거실에서 신문을 훑으며 시간을 함께 보내는 식이었다.

햇빛이 화창한 시간인데도, 아버지 방에 들어서니 너무 어두침침해 게옥은 많이 당황했다. 마당 쪽 높은 담장이 드리운 그림자 탓이었다. 돌아가신 어머니의 유품들을 고스란히 모셔 둔 창가의 귀퉁이에 앉은 채 아버지는 신문을 보고 계셨다. 시력이 나빠진 탓에 신문도 이리저리 돌려 가며 애써 초점을 맞추며 보시는 모양이었다. 탁자 위에는 별로 손댄 흔적이 없는 아침 식사가 그대로였다.

"아, 게옥이냐!"

아버지는 자리에서 일어나 바로 그에게 다가왔다. 아버지가 걸음을 옮기자 두껍고 무거워 보이는 가운이 펄럭이며 가운데가 벌어졌다.

'아버지는 여전히 거인이시네.'

게옥은 혼자 그렇게 생각하며 말을 이었다.

"이 방은 너무 어둡네요."

"그래, 좀 그렇긴 하지."

아버지가 대답했다.

"그런데 왜 창문까지 닫아 놓으셨어요?"

"난 그게 더 좋다."

"바깥은 이제 아주 따뜻해요."

게옥은 무심한 말투로 대꾸하며 앞의 의자에 앉았다.

아버지는 아침 식사용 접시며 컵들을 쟁반으로 치우며 자리를 만들었다. 그 노인의 굼뜬 몸짓을 묵묵히 바라보다 게옥은 다시 말을 이었다.

"페테르부르크에 있는 친구에게 이제 제 약혼 사실을 알리겠단 말씀을 드리려구요."

게옥은 오늘 아침 마무리한 그 편지를 봉투에서 꺼내려다 다시 집어넣었다.

"페테르부르크로 부친다구?"

"예, 거기 친구에게요."

게옥은 대답하며 아버지의 눈치를 살폈다. 그리고 속으로 중얼거렸다.

'회사에서와는 정말 다른 분이야. 여기서는 어쩌면 저렇게 당당히 버티고 앉은 채, 가슴 위에 팔짱을 떡 끼고 계실까.'

"네 친구에게 그걸 보낸단 말이지."

아버지는 유난히 힘을 주며 다시 확인했다.

"제 약혼 얘기는 안 하려 했다는 건, 아버지도 아시잖아요. 다른 이유가 아니라, 친구를 배려하는 뜻에서요. 아버지가 잘 아시듯, 그 친구가 좀 힘드니까요. 워낙 고립된 생활을 하고 있어서, 그럴 일은 없겠지만 행여 다른 경로를 통해서 저의 약혼 소식을 듣게 될 수도 있고, 그것까지 막을 수는 없겠지만, 사실 제 입으로 친구에게 그 소식을 알리고 싶지는 않았어요."

"그런데 이제 생각이 바뀌었단 얘기냐?"

아버지는 커다란 신문을 창문턱 위에 올려놓더니, 안경을 벗어 그 위에 다시 올려놓고는 그걸 또 손으로 덮으며 말을 이었다.

"예, 이제 생각이 달라졌어요. 곰곰 생각해 보니, 그가 정말 좋은 친구라면 저의 약혼이 그에게도 기쁜 일이 될 것 같아요. 그래서 더 망설이지 않고 그에게도 함께 소식을 전하기로 했어요. 하지만 이 편지를 부치기 전에, 아버지께 말씀드리고 싶었어요."

"게옥, 내 말 잘 들어라!"

말을 시작하며 아버지의 입술이 아래로 벌어지자 치아가 다 빠진 잇몸이 드러나 보였다.

"그러니까 지금 그 문제를 상의하고 싶어서 내게 왔단 말이지. 정말 훌륭한 일이다. 하지만 이게 지금 무슨 쓸데없는 짓거리더냐. 모든 진실을 털어놓지 않는다면, 그건 쓰레기보다 더 못한 일이다. 나는 이 일과 상관없는 일까지 여기서 들춰낼 생각은 없다. 가엾은 네 어머니가 세상을 떠난 이후로 온갖 불미스러운 일이 있지 않았니. 드디어 이제 때가 온 것 같은데, 우리가 생각한 것보다 더 일찍 온 것 같구나. 회사에서도 아마 내게 숨기려는 건 아니겠지만, 그리고 일부러 나 몰래 해치우는 거로 생각하지는 않지만, 그런 일이 종종 벌어지잖니. 내가 이제는 힘도 없어지고 기억력도 떨어져서 온갖 잡다한 일에 일일이 시선을 둘 수도 없다. 그건 뭐 내가 너무 늙어 그런 거라 할 수 있겠으나, 네 어머니 죽음에 대해 네가 겪는 것과는 비할 수 없이 내가 힘든 탓이기도 하다. 하지만 게옥, 지금 이 문제, 이 편지와 관련해서는 네게 진심으로 부탁하는데, 부디 날 속이지 마라. 이깟 일 정말 별것도 아니지만, 제발 더는 날 실망하게 하지 말거라. 네가 정녕 페테르부르크에 이런 친구가 있기는 한 거니?"

너무도 황망한 나머지 게옥은 자리에서 벌떡 일어섰다.

"제 친구들 얘기는 그만하죠. 제 친구가 수천 명이 있다고 해도, 그들이 아버지를 대신할 수는 없으니까요. 제 생각을 말해 볼까요? 아버지는 너무 당신 스스로를 돌보지 않으세요. 그런데 이제 나이가 드셨고, 체력이 감당을 못하잖아요. 아버지도 아시다시피, 회사에서 저는 아버지 없이는 아무것도 할 수가 없어요. 하지만 아버지 건강에 해가 된다면 내일 당장 회사 문을 닫아 버릴 거예요. 당연히 그래야죠. 아버지를 위해서라면 여태까지와 전혀 다른 식으로 살아갈 길을 찾아내야 하고 말고요.

거실로 가면 훨씬 밝은데, 왜 아버지는 여기 이렇게 컴컴한 방에 계세요. 제대로 체력을 보충해야 하는데, 왜 이렇게 아침도 드는 둥 마는 둥이에요. 맑은 공기를 쐬면 훨씬 좋은데, 왜 이렇게 창문을 꽁꽁 닫고 계세요. 아버지, 이러시면 정말 안 돼요! 의사를 불러서, 처방을 받아야겠어요. 우리 이제 방도 바꿀 거예요. 아버지가 저기 앞쪽 방을 쓰시고, 제가 이 방으로 들어올게요. 이 방 물건들은 고스란히 옮겨 드릴 테니까 크게 달라지진 않을 거예요. 그러려면 시간이 좀 걸리니까 잠시 자리에 누워 계세요. 일단 좀 쉬고 계시면 돼요. 그 가운부터 벗는 게 좋겠네요. 도와 드릴 테니 이렇게 좀 해 보세요. 아니면 제 침대에 잠시 누워 계시면 되니까, 지금 제 방으로 가실래요? 아무래도 그게 좋겠네요."

백발이 헝클어진 머리를 가슴께로 푹 떨군 아버지 옆에 게옥은 바싹 다가섰다. 미동조차 멈춘 아버지는 아주 작은 소리로 아들을 불렀다.

"게옥!"

아버지 옆에 게옥은 바로 무릎을 꿇고, 뚫어져라 자신을 쳐다보는 것 같았지만 이미 초점이 흐려진 아버지의 눈동자를 바라보았다. 그 얼굴이 몹시 초췌해 보였다.

"너는 페테르부르크에 친구가 없잖니. 늘 실없는 소리나 지껄이는 놈이라, 애비한테도 아무 소리나 떠드는구나. 왜 다른 데 놔두고 이번엔 하필 거기에 또 친구가 있다는 거냐? 난 당최 믿을 수가 없다."

"아버지, 다시 한번 잘 생각해 보세요."

푹신한 의자에서 아버지를 간신히 일으켜 세운 다음, 게옥은 아버지의 몸에 걸친 가운을 벗기며 말을 이었다.

"벌써 삼 년이나 지났지만, 그 무렵 여기 우리 집에도 왔었잖아요. 그 친구를 아버지가 별로 탐탁해 하지 않으신 걸, 저는 아직 기억해요. 그래서 친구가 제 방에 와 있었는데, 두 번이나 아니라고 아버지한테 거짓말을 했거든요. 아버지가 왜 그 애를 싫어하셨는지, 그때도 충분히 이해했어요. 그 친구가 좀 특이한 면이 있으니까요. 하지만 곧 그 애와 말씀도 잘 나누시고, 괜찮아하셨어요. 아버지가 그 친구 이야기에 귀를 기울여 들어 주시고, 고개도 끄덕여 주시고 또 궁금한 걸 묻고 그러셔서, 제가 얼마나 뿌듯했는지 몰라요. 기억을 잘 더듬어 보시면 금세 생각이 나실 거예요. 친구가 러시아 혁명에 대해 믿기 힘든 이야기들을 늘어놓았거든요. 예를 들어 그 친구가 키예프로 출장을 갔을 때 마침 소요가 한창이었다는데, 어떤 성직자 한 분이 발코니에 나와 손바닥에 십자가 모양의 큰 상처를 내고, 피가 뚝뚝 떨어지는 손을 치켜들고 군중을 향해서 뭐라고 소리를 지르는 광경을 보았다고도 했잖아요. 이 얘기는 아버지가 여기저기서 마주치는 분들에게도 다시 들려주곤 하셨어요."

그러는 동안 게옥은 아버지를 다시 자리에 앉히고, 저지 원단의 바지와 양말을 조심스레 벗겨 드렸다. 그런데 아버지 속옷이 깨끗하지 않은 걸 보면서 그간 자신이 너무도 무심했다는 자책이 몰려왔다. 아버지 빨래를 챙기는 건 마땅히 자신의 의무이니까 말이다. 그는 앞으로 아버지를 어떻게 돌봐드려야 할지에 대해 약혼녀와 구체적으로 상의해 본 적은 없었다. 그냥 막연히 이 집에서 홀로 지내시게 될 것이라고 생각한 때문이었다. 하지만 그는 지금 아버지를 자기 살 집에 모셔야겠다고 단단히 마음먹었다. 가만히 생각해 보니, 아버지를 홀로 여기에 남겨 둔 채 따로 돌봐 드리고 어쩌고 할 시간적 여유가 별로 남지 않은 게 거의 확실해 보였다.

게옥은 아버지를 두 팔로 안아서 침대에 눕혔다. 그런데 침대로 몇 걸음을 옮기는 동안, 게옥 가슴에 늘어진 목걸이 시계의 쇠줄을 만지작거리며 아버지가 아이처럼 장난하는 모습에 섬뜩한 느낌이 들었다. 시곗줄을 얼마나 꽉 붙들고 계신지, 침대에 편안하게 내려놓을 수도 없을 지경이었다. 다행히 침대에 등이 닿자 아버지는 금세 괜찮은 모양이었다. 몸소 이불을 끌어당겼는데, 좀 세게 당기다 보니 어깨 위로 너무 많이 올라가고 말았다. 게옥을 바라보는 아버지 표정이 좋지 않았다. 게옥은 마음을 풀어 드려야겠다 싶어 얼른 고개를 끄덕이며 다시 물었다.

"이제 그 친구 기억나시죠, 그렇죠?"

"이불이 잘 덮였니?"

발끝까지 이불이 잘 덮였는지 당신은 보이지 않아 그런다는 듯, 아버지가 그에게 물었다.

"침대에 누우니까 한결 편안하신가 봐요."

게옥은 아버지 이불을 더 잘 덮어 드리며 그렇게 말했다.

"제대로 덮였는지 잘 봐라!"

아버지는 다시 한번 똑같이 물으며, 아들 대답에 유난히 신경을 곤두세우는 것 같았다.

"괜찮아요. 잘 덮으셨어요."

"아니야!"

당신 질문에 마땅한 답이 아니었던지 아버지는 버럭 소리를 지르며 허공에 펄럭일 만큼 세게 이불을 걷어찼다. 그런 다음 침대에서 벌떡 일어나 앉으며 천장에 닿을 정도로 한 손을 치켜들었다.

"나를 덮어 주려 했겠지만, 너란 놈은 이불로 내 몸 하나 제대로 덮어 줄 수도 없는 놈이란 걸 내 잘 알고 있다. 그런데 젖 먹던 힘까지 다해서라도 내가 네놈 하나는 충분히 상대할 수 있어. 당연히 난 네 친구를 알지. 그 애가 내 마음의 아들인걸. 그래서 네놈이 몇 해를 두고 그 앨 속였던 게지. 그렇지 않으면 왜 그랬던 거냐? 그 애가 하도 딱해 내가 얼마나 눈물을 흘린 줄 정말 몰랐단 말이냐? 바빠서 죽을 지경이라며 사장실 문을 닫아걸고 너는 거기 틀어박혀 있지 않았니. 할 줄 아는 거라곤, 가짜 편지를 써서 러시아로 보내는 게 다였지. 하지만 본능적으로 애비는 아들을 꿰뚫어 보는 눈이 있거든. 그 아이를 죽어라 끌어내리고, 기어코 네 엉덩짝으로 깔아뭉갤 수 있게 되니까, 이제 그 애도 더는 꼼짝달싹 못 할 거라고 믿고, 급기야 이 훌륭한 아들놈은 결혼까지 결심했다네!"

게옥은 아버지의 섬뜩한 환영을 고스란히 마주했다. 아버지가 갑자기 그렇게 잘 아신다고 하는 그 페테르부르크 친구가 불현듯 그를 옥죄어 왔다.

러시아의 광대한 땅 어딘가에서 실의에 빠진 모습으로 그는 흘긋 자신을 바라보았다. 강도떼가 들이닥쳤는지 물건이 다 사라진 가게 문에 기댄 채 물끄러미 자신을 쳐다보았다. 넘어진 가스등과 부서진 선반, 약탈당하며 흩어진 부스러기 사이에 그는 아직 기대어 선 채 그대로였다. 친구는 왜 그렇게 멀리 떠나야 했을까!

"하지만 나를 잘 봐라!"

아버지의 고함에 게옥은 다시 혼비백산하고 말았다. 하지만 무엇도 놓치지 않으려 애를 쓰며 서둘러 침대로 향했으나 그만 도중에 걸음을 멈추고 말았다.

"그년한테 홀려서 그런 게지."

아버지는 아주 짓이 난 듯 비아냥거렸다.

"그년이 꼬리를 치며 치마를 팔랑대니까, 그 여우 같은 년한테 홀라당 넘어간 거야."

그 장면을 제대로 보여주겠다는 듯 아버지는 속옷 윗도리를 추켜올렸다. 그러자 아버지 허벅지에 전쟁 때 입은 상처 자국이 고스란히 드러났다.

"이렇게 저렇게 요렇게 치맛자락을 올리며 팔랑대니까 네놈이 환장하며 들러붙었지. 그리고 아주 팔자가 늘어져 제 욕심만 채우느라, 세상 떠난 제 어미 생각도 싹 잊어버리고, 친구한테는 배신을 때리고, 제 아비는 꼼짝 못 하게 묶어 두려고 아예 침대에다 붙들어 매려는 게 아니냐. 그런다고 애비가 진짜로 꼼짝도 못 하는 신세가 될 것 같으냐?"

그렇게 말하며 아버지는 꼿꼿이 몸을 일으켜 두 다리를 쭉쭉 뻗어 보이는 시늉까지 했다. 뭔가 사태를 깨달았다는 듯, 얼굴에는 거의 화색이 돌았다.

게옥은 가능한 한 아버지에게서 멀리 떨어진 구석 저 모퉁이에 가만히 서 있었다. 벌써 좀 오래전 일이나, 그는 뭐든지 아주 꼼꼼하게 관찰해야겠다고 마음을 먹었던 적이 있었다. 앞이 아니라 뒤에서, 혹은 위에서 아래 아니 어느 방향에서든 갑자기 휘몰아칠 수 있는 어떤 일에 속수무책 놀라서는 안 되겠단 생각이 들어서였다. 한참 전 잊어버린 이 결심이, 마치 바늘 귀에 실 끝을 살짝 넣었다 뺀 것처럼 그는 다시 생각이 났다.

"그래 봤자 네 친구는 속지 않았어!"

아버지는 집게손가락을 마구 위아래로 찍어 대며 고래고래 다시 소리 질렀다.

"내가 여기서 이렇게 눈을 시퍼렇게 뜨고 그를 대리해 왔으니까."

"코미디를 하시네요."

게옥은 자기도 모르게 그 말을 내뱉었으나, 금세 손해 볼 짓을 했다고 후회를 하며 눈에 바짝 힘을 주었다. 그러다 그만 혀를 심하게 깨무는 바람에 너무 아파서 온몸이 움츠러들고 말았다.

"그래, 내가 코미디를 했다. 너 말 한번 잘했구나, 홀아비가 된 늙은 애비가 뭐 할 일이 없어 코미디언이 됐겠니? 어디 말 좀 해 봐라. 대답하는 동안이라도 정신이 들어 좀 멀쩡해지면 좋겠구나. 나는 그 못된 직원들 눈총을 받아 가며 골방에 갇혀서 뼈 빠지게 일만 했는데, 내게 남은 게 대체 무어냐? 내가 이걸 어떻게 해서 일군 회산데 아들놈은 온 세상을 휘젓고 다니면

서 각종 서류에 사인하며 으쓱대고, 애비 앞에 나타날 때는 거만한 낯짝으로 온갖 위엄은 다 떠는데, 그래, 너는 널 낳은 네 애비가 널 사랑하지 않았다고 믿는 거냐?"

계옥은 '아버지가 이제 곧 고꾸라질 것'만 같아, '부디 그대로 쓰러져 부서지기'를 주문처럼 되뇌었다. 아닌 게 아니라 아버지는 앞으로 몸을 숙였으나, 그래도 고꾸라지지는 않았다. 예상과 달리 계옥이 가까이 가지 않자 아버지는 노여운 듯 다시 꼿꼿이 몸을 세웠다.

"너는 거기, 그대로 있어. 네깟 놈 도움 따위는 필요 없으니! 너는 아직 이리 올 수 있는 힘이 있지만, 그러고 싶지 않아 그냥 있는 것 같지? 착각하지 마라, 이놈아! 아직은 내가 더 힘이 세다. 내가 혼자라면 벌써 물러서야 했을 수도 있지. 하지만 네 어머니가 아직도 내게 힘을 보태 주고, 놀랍게도 네 친구 녀석이 날 붙들어 주고 있다. 게다가 네 거래처의 명단이 내 주머니에 여기 다 들어 있어!"

'아버지는 내복 윗도리에도 주머니가 있구나!'

계옥은 이렇게 중얼거리며, 말씀을 듣고 보니 아버지가 마음만 먹으면 자신은 세상에서 완전히 매장될 수 있겠다는 생각이 들었다. 하지만 그건 잠시뿐이었고, 그는 이내 모든 것을 잊어버렸다.

"어디 네 색시 좀 안고 와 보렴, 내 단칼에 도려내 줄게! 저기 천 리 밖으로 쫓아 줄 테니, 어떻게 하는지 한번 똑똑히 보렴!"

계옥은 도저히 믿을 수 없다는 듯 얼굴을 찌푸렸고, 아버지는 계옥이 서 있는 구석을 향해 고개를 끄덕이며 자기 말이 진짜임을 다시 확인시켰다.

"네가 오늘 내게 와서 네 친구에게 약혼 소식을 전하는 편지를 써야 할지 물었을 때 내 얼마나 재밌었는지 이제 알겠냐, 이 멍청한 놈아! 그 앤 벌써 다 알고 있어, 모든 걸 다 알고 있단 말이다! 네가 내 필기도구를 다 압수하는 걸 깜박한 덕에, 나는 그 애에게 이미 모든 사실을 다 적어 보냈거든. 그 애가 벌써 몇 년째 여기 오지 않는 이유가 뭐겠니? 그 앤 모든 걸 다 알고 있어. 너보다 백 배나 천 배나 더 잘 알고 있단 말이다. 네가 보낸 편지는 왼손에 들고 구겨 버렸지만, 오른손에 들린 내 편지들은 꼼꼼히 읽고 있거든!"

아버지는 감격을 주체하기 힘들다는 듯 머리 위로 팔을 흔들며 더 큰 소리로 떠들었다.

"그 애는 모든 걸 수천 배는 더 잘 안단 말이다!"

"수만 배도 더 잘 알겠죠!"

어떻게든 응대를 하려고 게오은 이렇게 말했으나, 그저 입안에서만 웅얼거릴 뿐 시원하게 내뱉을 수가 없었다.

"이 문제를 들고 나타나리라고 내 벌써 몇 해 전부터 널 지켜보고 있었다. 내가 뭐 다른 걱정거리가 또 있다고 믿니? 넌 내가 신문이라도 본다고 생각해? 자, 이걸 봐라."

아버지가 게오에게 집어던진, 침대 어디에 처박혀 있던 신문 쪼가리는 그 이름조차 들어본 적 없는 오래전의 것이었다.

"도대체 언제야 철이 들지 모르겠구나! 네 어머니는 결국 그런 기쁜 날을 보지 못한 채 세상을 떠나야 했고, 네 친구는 아예 러시아에 저렇게 쭈그러져 있잖니. 그 앤 삼 년 전 이미 더 이상 버틸 수 없을 만큼 참혹한 형편이었어. 그리고 내 꼴은 지금, 네 두 눈으로 이렇게 보고 있는 그대로 아니냐."

"그런 나를 아버지는 그저 염탐만 하고 계셨네요."

게옥도 그만 아버지를 따라 큰 소리를 냈다.

아버지는 딱하다는 듯 대답했다.

"아마 더 일찍 그렇게 말하고 싶었을 테지. 하지만 이미 너무 늦었다."

그리고 더 큰 소리로 말을 이었다.

"이제야 너 말고 다른 사람도 눈에 들어오니? 너는 이제껏 너 말고는 아무것도 몰랐어. 오로지 너밖에 모르는 순진무구한 아이였겠지. 하지만 실은 악마 새끼였다! 그래서 이제 내가 그에 합당한 판결을 내릴 터이니 좀 제대로 알아먹어라. 너는 그냥 물에 빠져 죽어야 마땅한 놈이니라!"

게옥은 그 방에서 완전히 쫓겨나는 느낌이었다. 정신없이 방을 뛰쳐나오는데 아버지가 아마 침대에 고꾸라지는 소리가 그의 귓전에 왱왱거렸다. 급경사가 진 내리막을 굴러가듯 그는 헐레벌떡 계단을 내달리다 마침 자기 집으로 출근하던 파출부와 딱 마주쳤다.

"에구머니나!"

깜짝 놀라는 시늉을 하며 그녀는 앞치마로 얼굴을 가렸으나, 그는 아는 체도 하지 않고 그대로 달아났다. 현관 밖으로 뛰쳐나온 그는 찻길을 가로질러 강물을 향해 미친 듯 돌진했다. 마치 굶주린 이가 음식을 손에서 놓지 않듯 그는 두 손으로 다리의 난간을 꽉 붙들었다. 그리고 중학생이었을 때 체조 대회에 나가 상을 받던, 부모님의 자랑이던 시절로 돌아간 듯 날렵하게 몸을 돌렸다. 자꾸 힘이 빠지는 양손에 더 바짝 힘을 주어 난간 두 개를 단단히 붙들고 그는, 추락하는 제 몸을 버스가 사뿐히 지르밟고 달릴 수 있는 가장 좋은 순간을 엿보다가 그대로 손을 떼었다. 그렇게 아래로 떨어지면서 그는 울먹이며 낮은 소리로 중얼거렸다.

"사랑하는 부모님, 아무리 힘들어도 난 언제나 두 분을 사랑했어요."

바로 그때 다리 위로 끝없는 차량이 몰려들었다.

시골의 혼인 준비

Hochzeitsvorbereitungen
auf dem Lande

Hochzeitsvorbereitungen auf dem Lande

I

　에두아르트 라반이 복도를 지나 막 건물 현관을 나서려는 데 밖에 비가 내렸다. 보슬비였다. 눈앞으로 쭉 뻗은 보도에는 제법 많은 사람이 각양각색으로 걸음을 옮기고 있었다. 누군가 끊임없이 차도를 질러 건너가고, 쭉 뻗은 손으로 노곤한 강아지를 안고 가는 꼬마 아가씨도 눈에 띄었다. 서로 얘기를 나누며 가는 두 남성도 있었는데, 그중 한 사람은 하늘을 향해 양 손바닥을 쳐들고 허공에 떠 있는 짐의 균형이라도 맞추려는 듯 자꾸 뭔가를 가늠하는 몸짓을 했다. 근처를 지나는 숙녀는 꽃과 리본, 반짝이는 핀들의 장식으로 너무 무거워 보이는 그녀의 모자가 눈길을 끌었다. 청년 하나는 아마도 왼손은 마비가 와서 가슴 위에 올려놓은 듯, 가느다란 지팡이에 몸을 의지하고 서둘러 걸음을 옮겼다. 담배를 피우며 가는 남자들은 길고 가는 구름 모양의 연기를 여기저기에 내뿜었으며, 신사 셋도 길을 가는데 그들 중 둘은 구부린 팔에 얇은 외투를 걸친 채, 늘어선 건물들 쪽에서 보도 가장자리를 향해 함께 걸었다. 그리고 여러 풍경에 대해 무슨 이야기들을 나누는 듯, 다시 뒤로 물러서기를 여러 번 했다.

차도의 표면을 덮은 돌멩이들이 만드는 규칙적인 문양이 행인들 사이로 드러나 보였다. 그 위로 커다란 바퀴를 우아하게 굴리며 목을 길게 뺀 말들이 이끄는 마차들이 지나갔다. 마차의 폭신한 의자에 기대앉은 사람들은 거리를 지나는 행인들과 가게들, 건물의 발코니며 하늘을 물끄러미 바라보았다. 마차 하나가 다른 마차를 앞지르려 서두를 때면, 비켜서야 하는 말들의 몸체가 서로 닿아 마차에 붙들어 맨 나무와 금속 연장들도 함께 덜컹거렸다. 앞지르는 마차가 곡선의 주행을 마무리할 때까지, 비켜서는 마차는 자기네 말들이 제자리를 찾아서 긴 대가리를 편히 흔들 수 있게 속도를 늦춰주었다. 비를 피해 건물 현관으로 달려 들어온 사람 몇은 물기 없는 모자이크 바닥으로 올라선 다음, 천천히 몸을 돌려 좁은 골목으로 휘몰아쳐 쏟아지는 빗줄기를 바라보았다.

라반은 피로가 몰려왔다. 그의 입술은 자신의 목에 두른 뚜렷한 아라베스크 문양의 두껍고 빛바랜 붉은 넥타이처럼 칙칙해 보였다. 저쪽 편 건물 현관 입구 돌계단에서 고개를 숙이고 신발만 내려다보던 여자 하나가 시선을 돌려 그를 쳐다보았다. 꼭 끼는 치마 아래로 그녀의 신발이 유난히 눈길을 끌었다. 무심히 돌린 시선이었으니 라반 앞에 떨어지는 빗줄기 아니면 그의 머리 위, 문마다 쪼르르 박힌 회사 간판들로 눈길을 돌렸을 것임이 틀림없었다. 라반의 눈에 그녀는 넋이 좀 빠진 표정이었다.

"아 내가 아마 이런 말을 건네도, 저 여자는 전혀 놀라지 않을 것 같네."

생각에 잠긴 채 그는 속으로 계속 중얼거렸다.

"회사에서 혹사를 당해 탈진 상태라 휴가를 받아도 제대로 쉴 수가 없지. 그렇다고 열정을 바쳐 일했으니 그걸 모두 인정해 달라고 요구할 수도 없어. 죽도록 일할수록 왕따 아니면 외톨이가 되어 놀림을 받는걸. 게다가 '나' 대신에 '우리'라고 말했다간 곧 무덤을 파는 일이니까 바로 매장이 될 수도 있어. 행여 스스로에게 '그래도 나는 나'라고 다짐을 하는 건 그냥 자폭하는 셈이라 거기서 끝장을 내는 일이지."

그는 체크무늬 천으로 마감된 가방을 바닥에다 내려놓고 무릎을 굽혔다. 어느새 도랑을 이룬 빗물이 차도의 가장자리를 따라 움푹 파인 하수구로 흘러들고 있었다.

"하지만 나 자신이 나와 남을 구분해 생각하면서 어떻게 남들을 원망할 수 있겠냐 말야. 아마 그들도 모두 나름대로는 잘하고 있을 테지만, 내가 워낙 피곤한 탓에 모든 게 제대로 파악이 안 되는지도 몰라. 너무 노곤해서 요기 가까운 기차역에 갈 일도 이렇게 까마득한데, 나는 왜 이 짧은 휴가를 굳이 도시 밖에서 보내려 하지? 이건 어리석은 결정이었어. 여행 자체가 너무나 힘들어 병이 날 거라는 것도 잘 알잖아. 내가 묵을 방도 그다지 편한 곳이 아닌데, 시골이라 그건 뭐 어쩔 수 없지. 지금이 유월 초순이지만 시골 공기는 아직 많이 차가워. 특별히 조심하느라 따뜻이 챙겨 입기는 했어도 늦은 밤 산책하는 이들을 보면 또 안 따라 나갈 수도 없다고. 거기 연못이 몇 개나 있어서 거길 따라서 걷다 보면 아무래도 감기에 걸릴 테니 사람들 이야기에는 가능한 한 끼어들지 말자. 어디 먼 나라 연못들이랑 그 동네 연못이 어떻게 다른지, 내가 그런 걸 비교할 깜냥이 아니잖아. 내가 어디 제대로 여행을 해 본 적도 없고, 남들의 웃음거리가 되든 말든 달빛 황홀경에 빠지거나 뭐 돌무더기에 좀 올라 본 일로도 신바람이 나서 떠들기엔 이미 나이를 충분히 먹었잖아."

사람들이 다들 목을 움츠린 채 머리 위로 느슨하게 우산을 받고 걷고 있었다. 화물용 마차 하나가 지나가는데, 짚으로 채운 자리에 앉은 마부는 아주 편한 자세로 다리를 뻗고 있었다. 다리 하나는 거의 땅에 닿고 다른 하나는 지푸라기와 넝마 조각 위에 걸쳐서, 마치 화창한 날 어느 들판에 나와 앉은 모양새였다. 덜컹이는 금속들과 연결된 고삐 하나는 그래도 확실하게 쥐고 흔드는 덕에 마차는 붐비는 인파 사이를 잘도 빠져나갔다. 차로를 덮은 흠뻑 젖은 돌들이 파도 문양을 빚어내고, 그 사이로 넉넉하게 곡선을 그리는 전차 선로에는 이따금 불빛이 반사되었다.

건너편 여자 곁에 서 있는 꼬마 녀석은 포도 농장 늙은이 같은 차림이었다. 잔뜩 구겨진 내리닫이 옷은 전체가 복주머니 형태였다. 겨드랑이 아래를 가죽끈 하나로 질끈 묶어 둔 게 전부였는데, 눈썹까지 덮어쓴 모자에 대롱대롱 매달린 털실 공이 왼쪽 귀까지 내려와 있었다. 그 녀석은 비 오는 게 마냥 좋은 모양이었다. 현관 밖으로 쫓아 나와 눈을 크게 뜨고 하늘을 쳐다보며 빗방울을 더 많이 움켜잡으려고 깡충거렸다. 그러자 여기저기 빗물이 튀어 행인들이 화를 내며 뭐라고 나무랐고, 여자는 소릴 지르며 거칠게 손으로 아이를 붙들었으나 아이는 울지 않았다.

라반은 문득 소스라치며 놀랐다.

"시간이 많이 흘렀네."

마침 외투 단추가 채워져 있지 않아 허겁지겁 회중시계를 꺼냈으나, 바늘이 그대로 멈춰 있었다. 급한 마음에 저기 복도 안쪽에 서 있는 사람에게 지금 몇 시냐고 물었다. 다른 사람들과 함께 얘기를 나누며 껄껄 웃던 그는 "네 시가 조금 넘었다"고 대답하곤 다시 몸을 돌렸다.

라반은 서둘러 우산을 펼치고 가방을 다시 손에 들었다. 하지만 거리로 나서려는 순간 여자애들 몇이 무리를 지어 오는 바람에 잠시 그대로 서서 또 기다려야 했다. 그러는 동안 어느 소녀의 붉은빛 밀짚모자 테두리가 초록빛 화관으로 장식된 걸 내려다보게 되었다.

거리로 들어선 후에도 초록 테두리의 붉은 밀짚모자를 기억하며 목적지를 향해 약간 오르막길을 계속 걸었다. 하지만 곧 몸이 고달파지자 그대로 잊어버렸다. 손가방 무게도 상당한 데다 맞바람이 몰아쳤다. 라반은 코트의 깃을 세우고 우산으로 앞을 가렸다. 그런데 우산살이 금세 부러질 것 같아서, 호흡을 더 깊이 다듬어야 했다. 근처 광장 저만치의 시계는 네 시 사십오 분을 가리키고, 펼친 우산 밑으로 그를 향해 종종걸음으로 다가오는 이들이 많이 보였다. 브레이크를 거는 마차들이 삐걱대면서 바퀴 소리를 내고, 말들은 천천히 몸을 돌리며 가느다란 앞다리를 마치 산에 사는 염소들처럼 곧게 펴고 있었다.

그 순간 라반은 앞으로 다가올 장장 보름의 시간도 잘 견디어 낼 거란 생각이 들었다. 그래 봤자 열나흘로 시간이 정해져 있으니 말이다. 더 고단한 일들이 점점 더 많이 벌어진다고 해도 어차피 그걸 견뎌야 할 시간은 줄어들 것이다. 그렇게 생각하자 문득 용기가 솟았다.

"시간이 흐르니까, 나를 괴롭히려던 이들, 어느덧 내 주위 공간을 점령한 이들이 굳이 내가 나서지 않아도 점점 물러난다. 이제는 뭐 당연한 결과지만, 워낙 약체인 나는 그냥 가만히 있어도 나와 관련된 일은 모두 순조롭게 진행되었지. 하루하루 시간이 지남에 따라 모든 게 오히려 전화위복이다. 어렸을 때 나는 위험한 일에도 기꺼이 끼어들었는데, 이제는 왜 그렇지 않을까? 내가 꼭 시골로 가야만 하는 건 아닌데. 꼭 그럴 필요는 없지. 굳이 시골로 떠나는 건 옷을 입힌 나의 몸뚱이일 뿐. 그 몸이 내 방에서 문밖으로 나오려고 하면, 그건 두려워서가 아니라 그냥 아무 일도 아닌 걸 보이려는 거야. 비틀거리면서 계단을 오르고, 징징대며 시골로 가고, 거기서 눈물을 삼키며 저녁을 먹는다 해도 그건 결코 격분해서 그러는 게 아니라고. 왜냐하면 난 침대에 편안히 누워 따뜻한 황갈색 이불을 덮고 열린 방문으로 스며드는 신선한 공기를 마구 흡입할 테니까.

마차며 사람들이 골목을 오가고, 번쩍이는 차도 위로도 조심스레 움직인다. 이건 내가 아직 꿈속에 있기 때문이겠지. 마부들도 행인들도 나를 보고는 쩔쩔매며 삼가는 몸짓으로 가려던 길을 다시 살피는군. 나는 그들에게 방해가 되지 않으니 안 그래도 괜찮다고 일러주지. 그런데 침대에 누워 있는 내 모습이 무슨 섬뜩한 버러지, 흉측하고 커다란 딱정벌레나 갑충, 바구미 같아 보인다는 생각이 문득 드네."

그는 비에 젖은 유리창 쇼윈도 바깥에 가만히 서서 입술을 오므리고 안에 여기저기 걸려 있는 중절모들을 들여다봤다.

"흠, 이번 휴가 동안은 지금 쓰고 있는 모자로도 충분하겠어."

이렇게 생각은 꼬리에 꼬리를 물고, 그는 가던 길을 다시 재촉했다.

"사람들이 모자를 보고 나를 피한다면, 그건 더욱더 좋은 일이지. 그래, 딱딱한 갑옷을 챙겨 입은 영락없는 버러지 행색이네. 좋아, 이렇게 볼록한 배에다가 작은 발들을 밀착시키면 아예 겨울잠에 빠져드는 모양새로군. 내 곁에 구부정한 자세로 있는 슬픈 몸뚱이에게 소곤소곤 몇 마디 요령을 일러 주지. 이제 곧 끝나. 나는 몸을 구부려서 정중히 인사를 하고 도망이라도 치듯 거기서 몸을 빼고 사라질 거야. 내가 좀 쉬고 있는 동안, 나의 육신은 모두 최상의 상태로 좋아질 테고."

그는 비탈진 골목을 빠져나와 오르막길 끝에 우뚝 서 있는 둥근 성문에 이르렀다. 거기서 작은 광장으로 이어지는 골목의 즐비한 가게 중에는 벌써부터 불을 켠 곳이 있었다. 그에 비해 불빛이 덜한 광장 중심에는 조그맣게, 생각에 잠긴 채 앉아 있는 남자 조각상이 하나 있었다. 오가는 사람들이 마치 작은 셔터들처럼 여기저기 불빛을 자꾸만 가리고, 물웅덩이들에서 반사되는 불빛이 사방으로 튕겨 나가니 광장은 시시각각 모습이 달라졌다.

광장으로 진입한 라반은 물벼락을 맞지 않으려, 달려오는 마차를 서둘러 피하기도하고, 도로의 여기저기 마른 돌멩이들 위로 발길을 옮기며 주변을 살피느라 손에 든 우산을 높이 쳐들었다. 그리고 드디어 전차 정류장에 도착했을 때, 콘크리트로 된 작은 사각형 받침대에 설치된 가로등 근처에서 걸음을 멈췄다.

"시골에서들 기다릴 텐데. 늦는다고 괜한 걱정이나 안 할지 모르겠네. 하지만 그녀가 시골로 간 지 이미 한 주일이 지났는데 계속 미루다 오늘 아침에야 편지를 썼으니, 나에 대한 이미지는 좀 달라졌겠지. 내가 행여나 아무한테나 들이대는 편일 거라 생각할지도 모르지만, 그건 정말 내 스타일이 아니잖아. 내가 도착하면 그녀를 끌어안을 거라고 생각할지 모르지만, 그런 일도 절대 없어. 그들을 만족시키려고 애쓰다 화만 북돋는 건 아닌지 모르겠네. 아, 그들을 안심시키려 하다가 오히려 서툰 짓으로 그들을 미쳐 버리게 하고 말 것만 같아."

그때 뚜껑 없는 마차가 천천히 다가왔다. 불을 밝힌 두 개의 전등 뒤로 여자 두 명이 짙은 빛깔 가죽 의자에 앉아 있었다. 등을 기댄 여자는 얼굴을 베일로 가린 데다 모자 그림자 탓에 얼굴이 잘 보이지 않았다. 반면 상체를 반듯하게 세우고 앉은 여자는 얼굴이 잘 드러나 보이는데, 테두리에 깃털이 장식된 작은 모자를 쓰고 아랫입술을 살짝 깨물고 있었다. 마차가 라반 곁을 막 지날 때 기둥 하나가 오른쪽 말의 시야를 가리는 바람에, 높다란 실크해트를 쓴 채 유난히 높은 의자에 앉은 마부는 그만 그녀들 앞으로 몸이 쏠린 채 저만치 멀어져 갔다. 그리고 마차는 어느 작은 집 모퉁이를 돌아 그의 시야에서 완전히 사라졌다.

라반은 고개를 갸우뚱하며 그 광경을 지켜보다가 잘 안 보여서 그랬는지, 우산 손잡이를 어깨 위로 올리고 오른손 엄지를 입으로 가져가 벅벅 이빨을 문질렀다. 그의 가방은 옆에 팽개쳐져 땅에 한 면이 닿아 있었다.

마차들이 광장을 거쳐 골목에서 골목으로 발길을 재촉하니, 말들의 몸통이 수평을 이루며 날아가듯 함께 달렸다. 하지만 머리와 목은 각각의 율동으로 번갈아 가며 좀 힘겹게 움직였다. 길모퉁이 주변에서 세 갈래 길이 하나로 모이는데, 그곳엔 작은 지팡이로 도로의 돌멩이들을 톡톡 치며 하릴없이 빈둥대는 사람들도 제법 많았다. 그 패거리들 틈으로 저만큼 작은 탑들이 보였다. 탑 안에는 레몬주스를 파는 아가씨들, 가는 기둥 위에 매달린 묵직한 시계들, 알록달록한 글씨로 무슨 놀 거리를 홍보하는 큰 광고판을 가슴과 등에 걸고 다니는 남자들, 그리고 아마 인턴들 …

[원고 두 쪽 소실]

… 소그룹의 만찬. 이 만찬에 참석하는 신사들 몇이 번쩍번쩍한 마차 두 대에서 내리더니 광장을 가로질러 내리 막진 골목길로 사라졌다. 앞서 도착한 마차가 먼저 빠져나가고, 두 번째 마차도 똑같이 빠져나간 후에야 인도보다 낮은 차도에서 서성이던 이들은 다른 이들과 합류해 긴 대열을 이루어 인도 위로 올라섰다. 그리고 입구에서 쏟아지는 불빛을 받으며 다들 카페로 몰려들었다. 가까운 곳에서 전차들이 요란하게 떼를 지어 지나가고, 희미하게 보이는 길가 저 멀리에도 그 자리에 그대로 서 있는 전차가 많이 있었다.

"허리가 많이 굽었네."

라반은 그녀 사진을 보며 그렇게 생각했다.

"사실 한 번도 반듯한 적은 없었지. 원래부터 등이 휘었나 보네. 앞으로는 그걸 좀 주의해서 살펴 줘야겠어. 그리고 입도 참 크고 여기 아랫입술은 확실히 튀어나왔어. 그래, 아 그것도 생각난다. 그런데 이 옷은 또 뭐냐! 내가 옷에 대해서 아는 건 별로 없지만, 그래도 이렇게 소매가 꽉 끼니까 무슨 붕대를 감아 놓은 것처럼 좀 볼썽사납네. 모자는 이게 뭐야, 테두리가 너무 거추장스럽게 얼굴에서 모두 다 다른 각도로 튀어나왔어. 그런데 눈은 참 예쁘네. 내 기억으로는 갈색 눈인데, 다들 그녀 눈은 예쁘다고 했어."

전차 한 대가 마침 라반 앞에 와서 멈추자, 주변에 서성이던 사람들이 탑승구 쪽으로 우르르 몰려들었다. 쓰고 있던 우산을 제대로 접지 못해 손잡이를 그대로 어깨에 붙인 채였다. 겨드랑이로 가방을 끌어안은 채 라반은 좀 물러서다 물구덩이를 못 보고 그만 차도에 발을 헛디딘 바람에 풍덩 발을 빠뜨렸다. 의자에 무릎을 꿇고 앉아 전차의 창밖을 내다보던 어떤 아이는 양손의 손가락을 입술에 대었다 떼며 누군가에게 작별 인사를 했다. 몇몇 승객이 인파에 휩쓸리지 않으려 전차에서 몇 걸음 떨어진 채 걸음을 옮기자, 그 틈으로 숙녀 한 분이 새치기하면서 전차에 올라탔다. 양손으로 긴 치맛자락을 추켜올려 종아리를 드러내며 계단에 올라타자, 구리로 된 막대 손잡이를 붙들고 있던 신사 한 분은 고개를 높이 들고 그녀에게 뭐라고 욕지거리를 했다. 전차를 타려는 사람들 모두 마음이 조급했다. 차장도 뭐라고 크게 소리 질렀다.

어느덧 라반은 인파의 가장자리로 밀려났고, 누군가가 자기 이름을 부르는 소리에 고개를 돌렸다.

"아, 레멘트네."

가까이 다가오는 청년에게, 라반은 천천히 대답하며 우산 든 손의 새끼손가락을 내밀었다.

"그러니까 이분이 지금 신부님을 찾아가는 신랑님이심? 사랑에 도취해 혼절하기 직전의 모습이시네."

그렇게 말하고 레멘트는 잔뜩 미소를 머금은 입을 꾹 다물었다.

"아 좀 봐 줘, 오늘 출발하잖아."

라반이 대답했다.

"오후 편지에도 썼듯, 나도 낼 아침에 너랑 함께 가는 게 당연히 좋지. 그런데 내일은 토요일이라서 모두 다 만원일 테고, 꽤 먼 여정이잖아."

"아 괜찮아. 약속은 약속, 사랑은 사랑이지. 나도 나중에 혼자 가지 뭐."

레멘트는 한쪽 발을 차도에 다른 쪽 발은 인도에 둔 채, 이쪽저쪽으로 상체 중심을 옮겨 가며 말을 이었다.

"네가 타려던 전차가 출발해 버리네. 나도 함께 갈 테니까 그냥 우리 걸어서 가자. 아직 시간은 충분해."

"너무 늦지 않은 거야 정말? 지금 몇 시지?"

"네가 불안한 심정은 이해하지만, 시간은 진짜 충분해. 나는 전혀 불안하지 않잖아. 그래서 지금 길레만도 그냥 제쳐 버렸고."

"길레만? 길레만도 저기 시골에 가서 살 거 아냐?"

"그렇대, 아내와 함께 떠날 거래. 다음 주에 간다기에 길레만에게 오늘 회사 끝난 다음에 보자고 약속했거든. 이사 갈 집을 고칠 때 참고 사항을 정리해 둔 걸 전해주겠다 해서 만나러 가려 했었지. 그런데 지금 내가 조금 늦었어. 미리 구입할 게 있었거든. 그래서 그이들 집에 가야 하나 말아야 하나 고민 중이었는데 딱 너를 본 거야. 처음에는 가방을 알아보고 조금 놀라 그냥 이름을 불러 봤지. 그나저나 벌써 저녁이라 누구 집에 가기에는 너무 늦었어. 이제 길레만 집에는 갈 수가 없을 것 같네."

"그렇구나. 아무튼 시골에 지인이 생긴다니 좋은 일이네. 그런데 길레만의 처를 나는 아직 한 번도 만난 적이 없는데."

"엄청 이쁘시지. 금발 머리에다가, 아프고 나서 피부는 더욱더 우윳빛이고, 그렇게 눈이 이쁜 여자는 본 적이 없다니까."

"좀 가르쳐 줘. 대체 어디가 그렇게 예쁘다는 거야? 눈빛이 그렇단 건가? 난 아직 그렇게 예쁘다 싶은 눈은 본 적이 없어서 말이야."

"그래, 내 좀 과장을 한 것 같은데, 그래도 그 여자는 진짜 예뻐."

일층에 있는 카페의 두꺼운 창유리 너머 안에 있는 사람들 모습이 보였다. 창가에 있는 삼면의 탁자에 바싹 붙어 앉은 채 뭔가를 읽기도 하고, 또 뭔가를 먹는 이도 있었다. 누군가는 탁자에 신문을 내려놓고 커피잔을 손에 잡은 채 눈길은 골목 어딘가를 쫓고 있었다. 창가에 있는 탁자 뒤 넓은 홀에는 가구와 집기도 많았는데, 소그룹을 이룬 손님들이 여기저기 워낙 빽빽하게 앉아 있어 잘 보이지 않았다.

[원고 두 쪽 소실]

"어쩔 수 없는 일이긴 하지만, 뭐 그다지 언짢은 일은 아니지 않나, 안 그래? 그 정도의 부담은 웬만하면 감당할 수밖에 없다고들 여길 듯한데."

그들은 어느새 제법 어두워진 어떤 광장으로 들어섰다. 광장은 맞은편으로 훨씬 더 넓게 펼쳐진 탓인지 이쪽 편 길이 더 먼저 시작되었다. 이쪽 편 집들은 빼곡하게 줄지어 끝이 없어 보였다. 모퉁이에서 두 길이 시작되는데, 저만치 끝에서 길을 따라 늘어선 집들은 서로 이어질 것처럼 보였다. 작은 집들로 빼곡한 좁은 길에는 상점도 보이지 않고 마차도 다니지 않았다.

그들이 빠져나온 길목 근처의 철제 기둥 양쪽에는 고리 두 개가 나란히 붙어 있고, 등불 몇 개가 달려 있었다. 활활 타는 불길은, 유리 조각을 붙여 맞춘 사다리꼴 작은 공간 아래로, 몇 걸음만 한 크기의 탑처럼 생긴 그림자를 길게 늘어뜨렸다.

"지금 아무래도 너무 늦었어. 기차를 놓치게 하려고 일부러 나를 속였던 건데, 도대체 왜 그런 거지?"

[원고 네 쪽 소실]

"그래, 기껏해야 피커스 호퍼 같은 나부랭이지 뭐."

"그 이름을 내가 들어본 적 있는데. 그래, 베티 편지에서. 그 친구, 혹시 기차역 조수 아냐?"

"맞아, 기차역에서 조수로 일하는 데 아주 밥맛이지. 너부데데한 그 녀석의 작은 코만 한번 쳐다보면, 내 말의 뜻을 바로 알 거야. 내 장담하는데, 그런 부류는 어디 지루한 들녘으로 나가서 함께 걸어보면 … 그런데 아마 어디 다른 자리에 취직이 돼서 다음 주에는 벌써 먼 곳으로 가 버린다지.”

“잠깐만, 아까 나한테 오늘 밤은 여기 있으라고 권했잖아. 몇 차례나 생각을 다시 했는데 아무래도 그건 아닌 것 같아. 오늘 밤에는 갈 거라고 벌써 편지에 써서, 다들 아마 내가 올 줄 알고 있을걸.”

“괜찮다니까, 전보를 치면 되잖아.”

“응, 그래도 되긴 하지만 그건 옳지 않은 것 같아. 물론 내가 조금 피곤하긴 한데, 그래도 지금 바로 떠나는 게 좋겠어. 게다가 전보가 날아오면 너무들 놀라실 거야. 그런데 도대체 우리가 지금 어디를 간다는 거야?”

“정 그렇다면, 어서 가. 난 그저… 오늘은 그냥 갑자기 잠이 쏟아져 함께 가는 게 힘들 것 같은데, 그 이야기를 하는 걸 잊어버렸네. 이제 그만 갈게. 난 아무래도 길레만네 집에 들러야 할 거 같아. 비도 내리니까 공원 산책은 취소하지 뭐. 이제 겨우 다섯 시 사십오 분이네. 친한 집이니까 잠시 들러도 괜찮겠어. 그럼 또 봐. 편안히 가라! 모두에게 안부 인사 전해 주시고!”

오른쪽으로 방향을 틀면서 레멘트가 오른손을 내밀며 작별 인사를 청했고, 라반은 이에 응하며 가던 길로 계속해서 걸음을 옮겼다.

“그래, 잘 가.”

몇 걸음을 가다가 레멘트가 다시 돌아보며 소리쳤다.

“저기 에두아르트, 내 말 들려? 이제 우산 접어! 비가 벌써 그쳤는데, 그 얘기 할 틈을 놓쳤네.”

라반은 답하지 않고 그냥 우산을 접었다. 흐릿한 어둠이 그의 머리 위를 덮기 시작했다. 그리고 다시 생각에 젖어 들었다.

"혹시라도 기차를 잘못 타게 되면, 어쩌면 그래야 제대로 궤도에 들어서는 셈이 될 수도 있을 거라. 얼마 후 허겁지겁 기차를 바꿔 타고 이 역으로 다시 돌아오면 오히려 홀가분해져서 비로소 기분이 상큼할 것 같기도 하네. 그 동네가 레멘트가 말한 대로 아주 지루한 곳일 수도 있는데, 그게 뭐 나쁘기만 한 일은 아니지. 다들 방에만 처박혀서 다른 사람들이 어디에 있는지조차 모를 수도 있을 테니까. 주변에 무슨 유적 같은 게 있다면 사람들은 그 유적을 찾아서 함께 산책이라도 가자고 할 테고, 그러려면 미리 날짜를 잡고 약속을 해야겠지. 그래서 어떻게 될지 궁금하긴 한데, 이건 몸소 겪어 보는 수밖에 다른 도리가 없네.

아무 볼거리도 없다면 이런저런 약속 같은 것도 필요 없지. 그리고 예컨대 훨씬 멋진 소풍 거리가 있단 얘기가 갑자기 나오면, 그렇게 해 본 적이 없다 해도 아주 가볍게 그 자리에서 의기투합할 수가 있잖아. 누구 심부름 해 줄 아이 하나 보내 얘길 전하면 되는 일이고, 편지나 책을 읽다 이런 소식을 접하면 또 얼마나 흔쾌한 마음이 들겠냔 말이야. 그런 초대는 거절하는 것도 어렵지 않거든. 그렇다 해도 실제로 내가 그럴 수 있을지, 그건 잘 모르겠네.

나는 지금 홀몸에 아직 혼자 모든 걸 다 할 수 있고, 어딜 가도 혼자서 돌아올 수 있지만, 만약 어딘가로 가고 싶은데 딱히 찾아갈 사람도 없고, 고생스러운 여행도 하고 싶지만 함께 해 줄 사람도 없고, 막상 가 봤자 그 동네 농사법이나 특산물을 만드는 법을 제대로 보여 주고 가르쳐 줄 사람도 없다면 사정이 다를 거 아냐. 아무리 오랜 친구여도 늘 한결같을 거라는 보장이 없단 말이지. 레멘트 녀석도 나한테 좀 이상한 짓을 한 덕에 몇 가지 중요한 걸 깨닫게 했어. 앞으로 벌어질 온갖 일을 아주 세세하게 일러준 셈이네. 자기가 먼저 와서 말을 붙이고, 그리고 함께 걸었는데 전혀 내 얘기는 듣지 않고 뭔가 자기 꿍꿍이만 잔뜩 있는 것 같았어. 그러다 갑자기 허둥대며 꽁무니를 빼는데, 난 한 마디도 뭐라고 할 수가 없었잖아. 시내에서 함께 저녁을 보낼 수 없다고 거절했지만, 그건 너무 당연한 일이지. 그 친구도 생각이 있고 상식이 있는데, 그걸 모욕이라고 여길 리는 없지."

기차역의 시계가 다섯 시 사십오 분을 알렸다. 심장의 박동 소리가 느껴져 라반은 잠시 숨을 고른 다음 공원 연못을 따라서 다시 발걸음을 재촉했다. 흐릿한 조명에 의지해 풀숲 사이 좁은 길을 부지런히 걸어가니 넓은 공터가 나오고, 작은 나무들과 거기 기댄 벤치도 많이 있었다. 속도를 좀 줄이고 다시 숨을 고르며 찻길로 연결된 철창문을 빠져나가 저 눈앞에 보이는 기차역 입구로 향했다.

드디어 매표소를 찾았지만 창구를 여러 차례 두드린 후에야 매표원이 나타나서, 하마터면 막차를 놓칠 뻔했다는 얘기를 라반에게 했다. 라반이 지불한 요금을 접수한 그는 거스름 쟁반에다 요란한 소리가 날 정도로 잔돈과 차표를 떨구었다. 라반은 아무래도 거스름을 더 받은 것 같아서 세어 보려 했으나, 가까이 있던 조수 하나가 서두르며 승강장으로 통하는 유리문을 열고 라반을 밀어 넣었다. 조수에게 "고맙습니다, 고마워요!"를 연발한 다음 주변을 둘러봤으나 더 이상 안내해 줄 차장은 보이지 않았다. 라반은 그냥 혼자 가장 가까운 위치의 기차 출입문으로 갔다. 계단 위에 먼저 가방을 올린 후 가방 손잡이를 그대로 잡고 다른 손은 아직 우산에 의지한 채 기차에 올라탔다.

정차한 자리가 기차역의 중앙 홀 바로 앞이고 그곳을 밝힌 불빛이 쏟아져 들어온 탓에, 라반이 올라탄 칸은 굉장히 밝았다. 위쪽까지 창을 닫았지만 계속 소음을 내는 작은 등불이 딱 눈높이에 매달려 있었다. 창문에 맺힌 빗방울들이 하얗게 반짝이다 이따금 저 홀로 주르르 흘러내리기도 했다. 라반은 찻간 문을 닫고 마지막 남은 자리, 밝은 갈색 나무 의자에 가서 앉았다. 하지만 창틈으로 들어오는 바깥의 승강장에서 떠드는 소리가 아직도 시끄러웠다. 찻간에는 승객들의 등과 뒤통수가 줄지어 보이고, 그들 사이로 맞은편 좌석들에 기대앉은 이들 얼굴도 드러나 보였다. 몇몇 자리에서 담배 연기가 피어오르고, 연기는 어느 소녀의 얼굴 앞으로도 스쳐 지나갔다.

승객들은 서로 자리를 바꾸며 다시 또 바꾸자는 이야기도 주고받았고, 의자 위에 걸린 푸른 빛깔의 좁은 그물에 넣었던 짐을 다른 의자의 그물로 바꿔 넣기도 했다. 불거져 나온 지팡이며 여행 가방의 모서리에 박힌 금속이 위험해 보인다고 누군가 주의를 주면, 주인들은 자리에서 일어나서 그 위치나 방향을 조금 달리했다. 라반도 곰곰 무슨 생각을 했던지 벌떡 일어나 자기 가방을 다시 의자 밑으로 밀어 넣었다.

그의 왼쪽으로 창가에 마주 앉은 신사 둘은 무슨 제품의 가격에 대한 이야기를 나누고 있었다.

"출장 가는 영업 사원인 모양이네."

라반은 그렇게 생각하며 숨을 고르고 그들을 바라보며 생각에 잠겼다.

"사장님께서 시골로 가라면 가는 수밖에 더 있겠나. 기차를 타고 마을마다 들어가 이 가게 저 가게 기웃거려야지. 마을 내에서 이동할 때는 마차도 이용하겠고 뭐든지 그 자리에서 후다닥 해치워야 하니 어디를 가도 진득하게 묵을 수는 없어. 주야장천 제품에 대한 얘기만 떠들고 다니겠지. 저렇게 직업 전선에서 기꺼이 목숨을 거는 일이 무슨 새로운 기쁨일까."

더 젊은 신사가 바지 뒷주머니에서 수첩을 꺼내더니 집게손가락에 침을 발라 가면서 페이지를 넘겨 댔다. 집게손가락을 뒤집어 손톱으로 어느 페이지를 훑어 내리다 그는 문득 고개를 들고, 자신을 바라보는 라반과 시선이 마주쳤다. 실값 얘기를 하던 그는 아마 얘기의 핵심을 놓치지 않으려 그렇게 시선을 집중하는 모양이었다. 동시에 그는 두 손을 들어 양 눈썹을 세게 눌렀다. 왼손으로 반쯤 접은 수첩을 든 채, 조금 후 다시 보려고 그러는 듯 방금 읽던 페이지를 엄지손가락으로 꽉 누르고 있었다. 철로를 달리는 기차가 고장 난 망치처럼 덜덜덜 뭔가를 찧어대고, 어디에 팔을 의지한 것도 아니다 보니 수첩도 따라서 덜덜덜 떨렸다.

그의 상대는 의자에 등을 기댄 채 조용히 얘기를 들으며 일정한 간격으로 고개를 끄덕여 주었다. 그렇다고 모든 경우마다 동의하는 건 아닌 듯 얼마 후 열심히 자기 의견을 개진하는 걸 볼 수 있었다. 라반은 둥글게 쥔 손을 무릎에 올리고 앞으로 몸을 구부린 채 이들의 머리 사이로 보이는 창밖으로 시선을 돌려 저 멀리 지나가는 불빛, 휙휙 날아가는 불빛들을 차근차근 감상했다.

무슨 얘기를 하는 건지, 한참이나 떠드는 이야기를 그는 전혀 알아들을 수 없었다. 아마도 상대편 신사가 얘기를 시작해도 마찬가지일 것 같았다. 이들은 특정한 제품 분야에서 잔뼈가 굵었기에 상당한 배경지식이 있어야만 그 얘기를 알아들을 것이다. 하다못해 실 꾸러미라도 손에 들고 고객을 상대해 본 경험이 있다면 가격도 대략 알 것이고, 그러면 창밖으로 마을이 다가오고 또 멀어지다 순식간에 사라지는 틈틈이 어떻게든 한두 마디 끼어들 수 있을 것이다. 그 마을에도 주민들이 살고, 이 영업 사원들은 거기 가서도 이 가게 저 가게 돌아다닐 테니 말이다.

객차의 다른 쪽 모퉁이 앞에 키 큰 남자 하나가 카드 패를 손에 쥔 채 일어서더니 큰 소리로 물었다.

"마리! 저기 면직물 셔츠들 짐도 챙겼어?"

라반의 맞은편에 앉아 있던 젊은 아줌마가 바로 답했다.

"응, 챙겼어."

잠시 졸다가 남편의 물음에 퍼뜩 잠이 깬 듯, 그녀는 마치 자기 앞에 있는 라반에게 답을 해야 하는 사람처럼 이야기했다. 신나게 떠들던 영업 사원이 그녀에게 물었다.

"지금 융분츨라우 장터로 가는 길이세요?"

"네, 융분츨라우로 가요."

"이번 장이 제법 크다던데 정말 그런가요?"

"네, 아주 큰 장이에요."

아직도 졸음이 쏟아지는 듯, 그녀는 하늘색 보따리에 왼쪽 팔꿈치를 파묻고 손으로는 자기 머리를 떠받쳤다. 얼마나 머리가 무거웠던지 뺨에서 광대뼈까지 벌건 손자국이 듬뿍 묻은 그녀를 보고 출장 중인 영업 사원이 중얼거렸다.

"너무 앳돼 보이네."

라반은 기차역에서 매표원에게 받았던 거스름돈이 생각나, 조끼 주머니에서 꺼내 세어 보았다. 동전들을 엄지와 집게손가락 사이에 단단히 쥔 채 집게손가락 끝을 엄지 안쪽으로 이리저리 굴리며 라반은 거기 새겨진 황제의 초상을 한참이나 들여다봤다. 평소에는 눈여겨본 적 없던 황제의 머리에 씌워진 월계관의 모양새며 리본의 매듭을 어떻게 만들어 뒷머리에 고정시켰는지 따위가 하나하나 눈에 들어왔다. 그리고 거스름돈의 액수가 틀림없다는 사실도 확인한 다음, 그 동전들을 커다란 검정 지갑에 다시 집어넣었다.

"둘이 부부인 것 같죠?"

출장 중인 앞자리의 승객에게 라반은 이렇게라도 말을 건네려는데 갑자기 기차가 멈춰 섰다. 기차의 소음이 멎는가 싶더니 안내원들이 정차한 지역의 이름을 외치고 다녔다. 라반은 아무 말도 하지 않았다.

다시 출발한 기차는 어찌나 느리게 가는지, 바퀴들이 어떻게 구르는지도 짐작할 수 있을 정도였다. 하지만 곧 내리막길로 접어들었다. 창밖으로 갑작스럽게 나타나는 다리의 기다란 받침대들이 마치 찢겨진 모습처럼 순식간에 스쳐 지나갔다. 기차가 이렇게 속도를 내니 라반은 기분이 퍽 좋아졌다. 아까 멈춰 섰던 그 역에서 한참이나 지체했던 게 상당히 싫었던 모양이었다.

"그곳이 어두운 곳이면, 그곳에 아무도 아는 이가 없다면, 그곳이 집에서 너무 멀리 떨어진 곳이라면, 설사 낮이라 해도 거긴 끔찍할 것 같다. 다음 정류장이나 아니면 지나온 정류장 혹은 나중에 도착할, 아니 내가 가고 있는 동네는 좀 다를까?"

앞자리에 앉은 출장 중인 신사의 목청이 갑작스레 높아진 바람에 라반은 다시 정신이 들었다.

"아직 멀었구나."

"선배는 나보다 더 잘 알잖아요. 이 망할 놈의 제조업자들은 닥치는 대로 사람을 뽑아서 시골 마을 어디든 보내요. 개나 소나 행상으로 마구 뽑으니, 어느 촌구석이든 안 가는 곳이 없어요. 그런데 우리 같은 도매상 가격이랑 행상 거래 가격이랑 차등을 둔다고 생각하세요? 절대 아니라고요. 그냥 똑같은 값으로 넘겨요. 그걸 난 어저께서야 두 눈으로 똑똑히 확인했어요. 완전 기만이지요. 우릴 그냥 죽으라고 쥐어짜는 거예요. 지금의 조건으로는 도저히 장사해 먹을 수가 없어요. 우리를 아주 쥐어짠다니까요."

그는 다시 라반과 눈이 마주쳤다. 자기 눈에 눈물이 고인 것도 상관없는 모양이었다. 그는 왼손 손가락 마디를 입으로 가져가 파르르 떨리는 입술을 힘주어 눌렀다. 라반은 얼른 의자에 등을 기대고 왼손으로 가만히 자기 수염을 잡아당겼다.

맞은편 행상 아줌마는 잠에서 깨어 배시시 웃으며 두 손으로 이마를 문질렀다. 옆자리의 출장 중인 신사가 목소리를 낮췄다. 아줌마는 다시 잠을 청하려는 듯 보따리에 몸을 기대고 절반쯤 눕는 자세로 긴 숨을 내쉬었다. 오른쪽 엉덩이 위로 치맛자락이 팽팽히 당겨졌다.

그녀의 뒷자리에는 여행 모자를 쓴 아저씨 한 분이 신문을 크게 펼쳐 든 채 읽고 있었다. 아마도 그의 친척인 것 같은, 맞은편에 앉은 계집아이가 오른쪽 어깨 쪽으로 머리를 기울이며 너무 더우니 창문을 좀 열어 달라고 했다. 아저씨는 눈길조차 주지 않은 채, 요기 읽고 있던 기사만 마저 다 읽고 열어 주겠다며, 굳이 손가락으로 자기가 읽던 기사를 가리키며 아이에게 보여 주었다.

행상 아줌마는 아무래도 더 이상 잠을 잘 수 없었던지 자세를 바르게 고쳐 앉고 창밖을 내다보았다. 그리고 객차 천장에 매달려 노란 불꽃을 내는 석유 등불을 한참이나 바라보았다. 그가 얼핏 눈길을 돌렸을 때 행상 아줌마는 갈색 잼을 겉에 바른 과자 하나를 막 꺼내 입에 물었다. 그녀 곁의 보따리가 열려 있었고, 옆자리 출장 중인 신사는 말없이 담배를 하나 입에 물었다. 마지막 재까지 털어 내겠다는 듯, 그는 손가락으로 계속 담뱃재를 툭툭 털어 댔고 맞은편의 선배 신사는 주머니에서 회중시계를 꺼내 주머니칼의 끄트머리로 이리저리 태엽 장치를 감아 대니 그 소리가 좀 크게 들렸다.

라반은 거의 눈을 감은 채 앞자리에 앉은 여행 모자 아저씨가 창문의 끈을 잡아당겨 문을 여는 모습을 어렴풋이 볼 수 있었다. 한 줄기 시원한 바람이 들이치자, 창가 고리에 걸려 있던 밀짚모자가 툭 떨어졌다. 라반은 자신이 아직 깨어 있어서, 이렇게 자기 두 뺨이 시원하구나, 아니 누가 문을 열어 자기 방으로 들어오거나 혹은 이게 다 뒤섞여 혼몽하다는 생각을 하다가 바로 잠이 든 채 깊은숨을 들이마셨다.

II

　라반이 열차에서 내려오는 동안에도 내내 객차의 계단은 덜덜 떨렸다. 기차 밖으로 얼굴을 내밀자 곧 빗방울이 떨어져 얼른 눈을 감았다. 정거장 건물 앞 철판 지붕 위로 요란스러운 소리를 내며 비가 내리고 있었다. 하지만 저 시골 들녘의 벌판에 쏟아지는 빗소리는 바람 소리처럼 은은하게 사방에 울려 퍼졌다.

　소년 하나가 이쪽을 향해서 맨발로 달려왔는데, 그 애가 어디서 나타났는지 라반은 미처 보지 못했다. 아이는 가쁜 숨을 몰아쉬면서, 비가 오니 자기가 가방을 들고 가게 해 달라고 부탁했다. 비가 오니까 마차를 타고 가려 한다, 그러니 굳이 도움이 필요 없겠다고 라반이 답하자 소년은 가방을 누구에게 들리고 빗속을 걷는 편이 여러 사람과 승합 마차를 타는 것보다는 더 우아해 보인다고, 아마도 그렇게 확신하는 듯 얼굴을 잔뜩 찌푸리고 돌아서더니 곧 달려가 버렸다. 라반은 아이를 다시 부르려 했으나 이미 보이지 않았다.

저만치서 두 개의 등불이 타고 있었고 문을 열고 역무원 하나가 나왔다. 그는 아무렇지도 않은 듯 그대로 비를 맞으며 기차 쪽으로 걸어와 팔짱을 낀 채 가만히 서서, 기관사가 허리를 굽혀 난간을 붙들고 내려오기를 기다렸다. 그는 기관사로부터 무슨 얘기를 전달받았고, 조수 하나가 불려 왔다가 다시 돌아갔다. 기차 창문 여러 곳에서 실내에 앉아 있는 승객들이 보였는데, 이 기차역 건물이 너무 평범한 탓인지 바깥을 내다보는 이들의 눈길도 흐릿했다. 기차에 발동이 걸렸는데도 다들 그냥 눈꺼풀을 닫아 버렸다.

꽃무늬 양산을 쓴 젊은 여성 하나가 찻길에서 헐레벌떡 승강장으로 들어와, 접지도 않은 채 양산을 바닥에 던져두고 자리에 앉았다. 젖은 치마를 얼른 말리고 싶었던지 양다리를 벌리고 양쪽으로 치마를 잡아당겨 손가락 끝으로 여기저기를 털어 댔다. 불 밝힌 등불이 거기 두 개뿐이라 그녀 얼굴은 알아볼 수가 없었다. 아까 그 조수가 투덜거리며 그 앞을 지나면서 양산에서 흐른 빗물이 웅덩이가 되었다는 듯, 두 팔로 크게 동그라미를 만들어 빗물이 흘러간 크기를 가늠해 보였다. 그리고 더 깊은 물속의 물고기 두 마리처럼 양산이 지금 어떻게 통행을 방해하는지 두 손을 움직이며 설명해 보였다.

기차가 출발을 했고, 마치 기다란 미닫이문이 벽으로 들어가듯 스르르 사라졌다. 철로 저편의 포플러 나무들 뒤쪽으로 곧 숨이 멎을 것처럼 엄청난 광경이 드러났다. 너무 어두워진 탓인지 아니면 숲이 있어 그런지, 아니면 연못 혹은 이미 사람들이 잠든 어떤 집이 있는지, 아니 거기 교회 탑 혹은 언덕 사이에 협곡이 있어 그런 것인지, 아마 그 누구도 거기에 가 볼 엄두를 내지 못할 것이다. 하지만 그렇다고 누가 또 거기에 빨려 들어가지 않을 수 있겠는가?

역무실 계단 앞에서 두리번거리던 라반은 역무원을 보고 얼른 달려가 그를 막아서며 말을 붙였다.

"죄송합니다만 여기서 마을이 먼가요? 거길 가야 하는데…."

"아뇨, 걸어서 십오 분 정도 걸리는데 마차로는 오 분이면 가요. 비가 오니까 그렇게 하세요."

"비가 오네. 봄날인데 날씨는 참 별로네요."

라반은 아무렇게나 맞장구를 쳤다. 역무원이 오른손을 엉덩이에 올리고 있어, 그의 팔과 몸통 사이에 생긴 세모꼴 사이로 이제 양산을 얌전히 접어 놓고 벤치에 앉아 있는 아가씨가 눈에 쏙 들어왔다.

"하필 지금 여름휴가를 가서 거기 묵으면 좀 억울하겠어요. 누군가 나를 마중 나와 줄 거라고 생각했는데."

라반은 자기 얘기가 좀 그럴듯하게 들리게 하려는 듯 근처에 누가 왔는지 둘러보는 시늉을 했다.

"마차 놓치지 않게 서두르세요. 그렇게 오래 기다려 주지 않거든요. 감사할 필요는 없고요. 저기 울타리 사이에 난 길로 가 보세요."

철로 바깥 도로에는 등불이 켜 있지 않았다. 불빛이라고는 단층 건물에 쪼르르 난 세 개의 창에서 희뿌옇게 흘러나오는 정도로 조명의 반경이 넓지 않았다. 라반은 발끝으로 진흙탕을 피하며 걷다가 "마부님!"을 부르고 "여보세요!"를 외치고 "마차!"와 "여기 좀 봐요!"까지 여러 차례 목청을 높여야 했다. 그러면서 길가에서 가장 어두운 쪽에 연이어진 물구덩이를 간신히 피할 수 있으려나 싶었는데 곧 뒤꿈치가 완전히 진에 빠져 쩔쩔맸다. 그리고 이마에 갑자기 축축하게 말의 주둥이가 와서 닿았다.

마차가 거기 있었다. 라반은 아무도 타지 않은 마차에 서둘러 올라가 운전석 뒤편 창문 가까이에 자리를 잡았다. 비스듬히 허리를 구부리고 귀퉁이에 앉았으니, 이제 그가 할 일은 다 한 셈이었다.

"혹시 마부가 잠들었다고 해도 내일 아침까지는 일어날 테지. 그가 죽는다 해도 다른 마부가 올 것이고, 아니면 여관집 주인이라도 올 거 아냐. 아니 내일 새벽 기차 타고 오는 이들도 갈 길이 바쁘다고 소란을 피울 테니 나는 이제 가만히 앉아서 기다리기만 하면 돼."

라반은 창문 앞 커튼이나 잘 가리고 앉아 있다가 마차가 덜컹이며 출발하면 이제 만사 오케이였다.

"그래. 내가 해야 할 일은 다 했고, 내일이면 베티와 어머니께 가는 것도 보장되었으니 이제 마음을 놓아도 되네. 내가 보낸 편지가 내일 도착한다는 건 확실하니까, 사실 시내에 그냥 있으면서 엘비네 집에서 하룻밤 더 편히 보냈어도 좋을 뻔했네. 아무리 노는 게 좋아도 다음날 출근할 생각을 하면 속이 메스꺼워지곤 했는데, 그럴 필요도 없었단 말이지. 아, 그런데 발이 너무 젖었다."

그는 조끼 주머니에서 양초 조각을 하나 꺼내 불을 붙이고, 맞은편 의자 위에 세워 두었다. 그 정도로도 이제 충분히 밝았다. 바깥이 워낙 어두운 탓인지 유리창이 없는 승합 마차 창문이며 검정으로 칠한 내부 벽면도 드러나 보였다. 하지만 마차 아래에 큰 바퀴가 달려 있고, 앞에는 고삐로 묶어 둔 말이 있다는 건 지금 굳이 생각할 필요가 없었다.

라반은 두 발을 의자에 박박 문지른 다음 새 양말로 갈아 신고, 반듯하게 자리에 앉았다. 그런데 기차역 쪽에서 뭐라고 하는 소리가 들렸다.

"누구 있어요?"

승합 마차 안에 승객이 와 있으면 알려 달란 소리였다.

"예 여기요, 어서 떠나죠!"

라반은 오른손으로 기둥을 꽉 붙들고, 열려 있는 차 문밖으로 몸을 내민 채 왼손을 입 가까이에 대고 큰 소리로 대답했다. 양복 깃과 목 사이로 빗물이 후두둑 흘러들었다. 커다란 망태 두 개를 적당히 잘라서 뒤집어쓴 마부가 이쪽으로 건너올 때 그의 발아래 물웅덩이에 그가 들고 오는 등불의 그림자들이 일렁거렸다. 좀 투덜거리며 그는 한참을 떠들었다.

"그러니까 이게 뭐냐면, 아 레베다와 카드놀이를 하는데 기차가 도착했다니까 허둥지둥 정신이 사납잖아요. 바깥에 손님이 기다리는지 쳐다볼 경황이 없었어. 그래서 그런 거지 여기 처음 오는 사람이라고 일부러 골려 주려 기다리게 했던 건 아니란 말이오. 그런데 여기는 참 고약하고 지저분한 곳인데. 이 신사 양반이 여기 무슨 일이 있는지 모르지만 이제 곧 거기로 갈 거니까, 나중에 딴소리는 하지 마시구려. 조금 전에야 피커스 호퍼, 우리 조수님이 들어와서, 저기 지금 금발 꼬마 신사가 마차를 타고 갈 거라고 했지요. 그런데 그놈이 바로 와서 묻던가요, 아님 그러지도 않던가요?"

말과 마차의 이음새 위에 등불을 고정하고 낮은 음색으로 짧게 마부가 소리를 내자 말이 움직이기 시작했다. 마차가 흔들리니 지붕 위에 고였던 빗물이 차량의 틈새를 타고 객실 안으로도 방울져 흘러들었다.

마부는 빗방울이 뚝뚝 떨어지는 말의 고삐를 최대한 느슨하게 붙들고 몰았지만 울퉁불퉁한 언덕길 탓인지 차체가 흔들리며 바퀴 안쪽으로 진흙이 날아들고, 바큇살이 구르는 뒤쪽으로는 웅덩이에 괴었던 물이 튕겨 올랐다. 그런데 이 모든 것이 대체 라반을 나무라는 일이 아니라고 볼 수 있을까? 수레의 이음새 위에 세워 둔 등불이 흔들릴 때마다, 수레바퀴 아래 물웅덩이들이 갈라지며 마구 자태를 드러내는 물결이 눈부셨다. 이는 모두 라반이 아름다운 노처녀, 그의 신부 베티를 찾아가는 까닭에 벌어지는 일이었다. 여기서 굳이 이런 이야기를 꺼낼 필요가 있을까마는, 이렇게 해서 라반이 얻는 건 대체 무엇일까? 물론 이렇게 솔직한 마음으로 그에게 따져 물을 수는 없는 질문이긴 하다. 그는 물론 기꺼이 그렇게 했다. 베티는 그의 신부였고, 그는 그녀를 사랑했으니까. 그렇지만 그녀가 만약 그에게 그걸 고마워해야 한다면, 그건 굉장히 역겨운 일이다. 실제로 그렇다 해도, 그건 정말 아닌 것이다.

멍하니 앉아 있던 라반은 자신이 기대고 있는 벽에 자꾸만 머리를 찧게 되어, 잠시 동안 천장을 바라보았다. 오른손을 허벅지 위에 올려놓고 있었는데, 한 번은 그 손도 미끄러졌다. 그래도 팔꿈치는 배와 다리 사이에 그대로였다.

합승 마차가 어느덧 집들 사이를 누비며 달리니 여러 방마다 밝힌 불빛이 마차 객실에도 빛을 나눠 주었다. 계단도 있어서 그걸 보려 몸을 조금 일으킨 라반은 층계 꼭대기에 교회당이 있고, 공원 문 바깥쪽에 큰 불꽃이 타고 있는 등불도 볼 수 있었다. 하지만 교회 앞 성상에는 그 빛이 닿지 않았고, 인근의 작은 상점 불빛 덕에 간신히 그 음영만 드러나 보였다. 라반은 이제 맞은편 의자 위에 세워 둔 양초로 시선을 돌렸다. 다 타 버린 끝이어서 의자에서 아래로 흘러내린 촛농이 그대로 굳어 있었다.

마차가 숙소 앞에 멈춰 섰을 때 퍼붓는 빗소리도 빗소리지만, 아마 창문이 열려 있던 탓인지 밖에서도 들리는 숙박객들의 걸쭉한 목소리가 장난이 아니었다. 라반은 바로 내리는 게 좋을지, 여관 주인이 나올 때까지 기다리는 게 좋을지 아무래도 망설여졌다. 이 작은 마을 풍습으로 어떻게 하는 게 나을지 모르지만, 아무래도 베티가 이미 그녀의 신랑감에 대해 뭐라고 얘기를 해 두었을 것임에는 틀림이 없었다. 그런데 신랑감의 출현이 얼마나 위엄이 있는지에 따라 그녀의 명망 또한 커지거나 작아질 것이고, 이는 다시 라반에게 영향이 있을 것이다. 사실 현재 그녀의 명성이 어떤 정도인지 그는 잘 알지 못했고, 그녀가 어떤 식으로 그를 이야기했는지에 대해서도 알 수 없으니 라반은 그만큼 더 불안하고 불편했다.

"아 고향이 그립고 집으로 되돌아가고픈 마음이 간절하네! 거긴 비가 오면 바로 전차에 올라타고 젖은 돌바닥 길을 지나 그냥 집으로 가면 되는데, 여긴 마차를 타고 진흙탕을 밟고 와서 여관에 들러야 하네. 여기는 시내에서 한참 떨어져 있어서 지금 내가 행여 집에 가고 싶어 죽을 것 같다고 해도 오늘 거기까지 나를 데려다줄 사람도 없어. 집에 가고 싶다고 죽을 리야 있겠냐만, 아 오늘 밤에 집에 있으면 지금 맛난 저녁이 식탁에 차려지고,

접시 오른편에는 신문이 놓여 있고, 왼편에는 전등도 켜 있을 건데. 아 여기는 도대체 감당이 안 되는 기름진 식사밖에는 없을 거야. 내가 그런 느끼한 음식은 소화를 못 한다는 사실을 이들은 알지도 못할 터인데. 그들이 설사 안다고 해도, 행여 식탁에 놓여 있을 신문은 또 나는 알지도 못하는 이 동네 지역 신문일 테지. 그저 말로만 들었던 낯선 사람들이 함께 있을 것이고, 전등 하나로 여기 모든 사물을 다 밝혀야 할 테니, 불빛 하나에 의지해 뭐 카드놀이는 할 수 있겠으나, 하지만 그 불빛을 함께 나눠서 과연 신문을 좀 읽을 수는 있으려나?"

여관 주인은 나오지 않는다. 그는 손님이 오든 말든 정말 대수가 아니란 말인가? 아마 뻣뻣한 사람일 확률이 높다. 아니면 혹시 내가 베티 신랑감이라는 사실을 아는 까닭에, 그래서 일부러 나를 맞으러 나오지 않는 것일까? 아니 그 정도가 아니라 저기 역에서 마부가 나를 그렇게 오래 기다리게 한 것도 실은 그래서였을 수 있다. 그래, 베티가 그런 얘기를 자주 했었다. 이 동네 건달들 탓에 얼마나 시달렸으며, 흉악한 손길들을 뿌리치느라 얼마나 애를 먹는지, 그게 아마 다 여기 이런 사연들 … .

[중 단]

[두 번째 원고]

에두아르트 라반이 복도를 지나 현관 밖으로 나서려는데, 비가 오는 게 보였다. 보슬비였다. 비가 오는데도 그의 눈앞에는 많은 행인이 더 높지도 더 낮지도 않은 보도로 지나갔다. 사람들이 끊임없이 차도를 질러 건너가고, 쭉 뻗은 손으로 회색빛 강아지를 안고 가는 꼬마 아가씨도 눈에 띄었다.

서로 얘기를 나누며 가는 두 남성도 있었다. 어떤 내용인지 그들은 이따금 마주 보면서 얘기하다 천천히 다시 몸을 돌렸다. 그 몸짓은 바람이 불어 스르르 문이 열리는 장면을 연상시켰다. 그중 한 사람은 허공에 떠 있는 짐의 무게라도 재 보려는 듯 하늘을 향해 양 손바닥을 쳐들고 위로 아래로 뭔가를 가늠하는 몸짓을 했다. 마침 근처를 지나던 날씬한 숙녀 얼굴에 마치 별빛처럼 살짝 경련이 일었고, 그녀의 납작한 모자는 뭔지 모를 장식들이 가장자리까지 잔뜩 달려 있어 눈길을 끌었다. 지나는 사람들 눈에 그녀는 무슨 법률 조항이라도 되는 것처럼, 그런 뜻이 전혀 아닌데도 정말 낯설고 이상하게 보였다. 청년 하나는 아마도 마비가 와서 왼손을 가슴 위에 올리고 가는 듯, 가느다란 지팡이에 몸을 의지하고 서둘러 걸음을 옮겼다.

청년들은 회사 일로 길을 나선 경우가 많아 보였다. 빠른 걸음을 재촉하는 회사원들은 보도에서도 그렇고 차도에서도 금세 그리고 남들보다 오래 눈에 들어왔다. 그들은 되는 대로 옷을 걸쳐 입는 편이라 자신들 행동에도 별로 마음을 쓰지 않았다. 아무나 밀치고 또 밀리기도 했다. 신사 셋도 길을 가는데 그들 중 둘은 구부린 팔에 얇은 외투를 걸친 채, 바깥 차도와 건너편 인도에서 일어나는 일들을 물끄러미 바라보며 건물의 담 쪽에서 보도의 가장자리를 향해 함께 걸었다.

차도의 표면을 덮은 돌멩이들이 만드는 규칙적인 문양이 행인들 사이로 잠깐씩, 그래도 편안하게 드러나 보이곤 했다. 그 위로 덜컹대는 바퀴들을 굴리며, 모가지를 길게 뺀 말들이 이끄는 마차들이 잽싸게 지나갔다. 마차의 폭신한 의자에 기대앉은 사람들은 거리를 지나는 행인들과 가게들, 건물의 발코니며 하늘을 물끄러미 바라보았다. 마차 하나가 다른 마차를 앞지르며 서두를 때면, 비켜서야 하는 말들의 몸체가 서로 부딪혀 마차에 붙들어 맨 나무와 금속 연장도 함께 덜커덩거렸다. 앞지르는 마차가 곡선의 주행을 마무리할 때까지, 비켜서는 마차는 자기네 말들이 제자리를 찾아서 긴 대가리를 편히 흔들 수 있게 속도를 늦춰 주었다.

중년의 아저씨 하나도 현관으로 비를 피해 달려들어 오더니 물기 없는 모자이크 바닥으로 올라서서 몸을 돌리고는, 좁은 골목으로 휘몰아쳐 쏟아지는 빗줄기를 바라보았다. 라반은 검은 천으로 마감된 가방을 바닥에 내려놓고 무릎을 굽혔다. 어느새 도랑을 이룬 빗물이 차도의 가장자리를 따라 움푹 파인 하수구로 흘러들고 있었다. 그 아저씨는 나무 문짝에 몸을 기댄 라반 근처에 그대로 서 있다 자꾸만 흘끔거리며 라반을 쳐다보느라 한 번은 아예 목을 꺾기도 했다. 주변에 들여다볼 게 전혀 없고 딱히 할 일도 없다 보니 자연스럽게 그런 충동이 일어난 모양이었다. 하지만 구체적 목표 없이 여기저기 기웃거렸던 탓에 그는 아주 많은 것을 제대로 보지 못했다. 예컨대 라반의 입술이 그의 빛바랜 넥타이의 붉은 색보다 오히려 더 칙칙

하다는 사실을 알아차리지 못했다. 아라베스크 문양이 굉장히 눈에 띄고 선명했을 거란 사실도 마찬가지였다. 그런 걸 만약 모두 눈치챘다면 그는 분명 속으로라도 비명을 지르고 말았을 것이다. 그렇게 수선을 떠는 방식이 올바른 것은 물론 아니지만 말이다. 요 얼마 동안 피곤한 일이 유난히 많긴 했지만, 라반은 사실 언제나 창백한 편이기도 했다.

"뭐 이따위 날씨가 다 있답니까?!"

안 그래도 티가 나는데 아저씨는 더욱 꼰대 스타일로 머리를 흔들며, 낮은 소리로 그에게 말을 걸었다.

"네네, 여행을 떠나기에는 더 그러네요."

라반은 공손히 대답하며 얼른 바른 자세를 취했다.

"아무래도 쉽게 개일 것 같지가 않군그래."

아저씨는 최종적으로 모든 걸 한 번 더 확인하겠다는 듯 허리를 굽혀 골목의 아래위 쪽으로 골고루 시선을 돌린 다음, 다시 하늘을 쳐다보며 결론지었다.

"이건 앞으로 몇 날 며칠, 아니 몇 주까지 계속될 수도 있어. 내 기억에 기상청에서 6월에서 7월 초에도 별로 나아질 게 아니라고 했거든. 이거 정말 난감한 소식이네. 내 건강의 제일 비결이 산책인데 그것부터 포기해야한단 말이지."

이어서 늘어지게 하품을 했다. 이번에는 라반의 얘기를 들을 차례였는데, 이제 더 이상 대화 자체에 흥미가 없다는 건지 아저씨는 마냥 피곤한 내색을 했다. 라반은 어이가 없었다. 먼저 말을 걸어온 건 그 아저씨고, 그래서 실은 눈곱만큼도 자신은 뭔가를 드러내고 싶은 마음이 없었음에도 기왕이면 그냥 좀 있어 보이게 답을 하려 꽤나 애를 쓰던 참이었다.

"그렇더군요. 도시에서는 좀 힘든 일이 겹치면 너무나 쉽게 포기하더라고요. 하지만 일단 포기해 버리면 결국 누굴 탓하겠어요. 뒤늦게 후회하지만, 그래도 다음번에는 어떻게 하는 게 좋은 건지만 똑똑히 배우면 되죠. 그런데 그게 개별적인 경우라도 …

[원고 두 쪽 소실]

"그런 뜻이 아니에요, 절대 그런 뜻이 아니라니까요."

라반이 급히 말했다. 아저씨의 마냥 산만한 태도에 대해 그는 어지간하면 그냥 좀 있어 보이고 싶은 마음으로 모른 척 넘어가 줄 작정이었다.

"그냥 아까 제가 말씀드린, 얼마 전 어느 날 저녁에 우연히 읽었다고 한 그 책에 나오는 이야기일 뿐이에요. 저는 대개 혼자 지내거든요. 저희 집안 사정이 좀 그랬어요. 아무튼 그런 얘기는 필요 없고, 좋은 책이라면 저는 맛 난 저녁 식사 다음으로 좋아해요. 그건 늘 그랬어요. 그런데 얼마 전 어떤 전단에서 '좋은 책 한 권은 최고의 친구'라는 어떤 작가든가 누군가의 인용문을 봤어요. 그거 정말 맞는 말이거든요. 좋은 책 한 권은 진짜 제일 좋은 친구잖아요."

"흠, 그래, 젊을 때는 뭐…"

아저씨는 대단한 말이라도 할 것처럼 운을 뗐으나, 아무 맥락도 없이 그저 비가 오는데 빗줄기가 굵어져 이제 멈출 것 같지 않다는 그런 허접한 말로 자기 얘기를 다시 마무리했다. 하지만 라반에게는 그 얘기가 마치 예순 살 나이에도 자신은 아직 젊고 싱싱한 반면 서른 살 먹은 라반은 아무것도 아닌 철부지 취급을 하는 것처럼 들렸다. 그 속내를 좀 더 까발리면 그건 자신이 서른 살 먹었을 때에는 라반보다 훨씬 더 똑똑했다는 뜻이기도 했다.

할 일이 아무것도 없을 때라도 예컨대 아무리 나이가 먹었더라도, 이렇게 복도에 가만히 서서 비 오는 걸 쳐다보는 건 시간을 허비하는 짓이고, 심지어 쓸데없는 수다까지 떠는 이런 짓은 시간을 두 배로 허비하는 것이라는 투로 말한 것 같았다. 언제부턴가 라반은 자신의 능력이나 의견에 대해 남들이 하는 말은 결코 개의치 않을 것이고, 아니 그 정도가 아니라 묵묵히 듣고만 있어야 하는 아무 말 대잔치라면 그렇게 떠들고 싶은 분께서 그를 치켜세우든 깎아내리든 아예 정색하고 피해 버리는 게 상책이라고 믿는 편이었다. 그래서 다시 말씀드렸다.

"제가 드리려던 말씀을 끝까지 듣지 않으셨어요. 그래서 우리는 지금 전혀 다른 이야기를 하는 것 같은데요."

"아, 그럼 어디 끝까지 한번 해 보쇼."

아저씨께서 수긍하셨다.

"아녜요, 뭐 그렇게 중요한 얘긴 아니었어요."

라반이 조금 망설이다 자기 의견을 정리해 대답했다.

"제 말씀은 책이란 게 두루 쓸모가 있지만, 특히 예상 밖의 방식으로 도움을 받을 수도 있단 뜻이었어요. 어떤 일을 시작하기 전에 이것저것 들춰보던 책들이 그 일과 아무 상관이 없는 내용인데도 굉장히 요긴한 데가 있거든요. 예컨대 어떤 사업을 준비할 때 책을 읽는 동안 그 영향으로 이미 후끈 달아 있게 되니, 그게 일시적 효과이긴 하지만, 그 기운으로 더 열심히 착수한 일에 몰입하고 용맹정진할 수 있거든요. 일과 관련한 잡다한 생각에도 책은 시시때때로 훌륭한 자극을 줘요. 책의 실제 내용과는 아무 상관이 없어요. 책을 읽는 동안에도 사업에 대한 생각은 절대 방해받지 않고, 오히려 집중하는 가운데 사업에 대한 생각이 함께 굴러가요. 유대인들이 홍해를 건넌 것과 마찬가지 이치라고 말씀드리고 싶어요."

아저씨의 전체 인격이 라반에게 이제 몹시 불편한 존재로 변해 갔다. 그는 점점 더 가까이 다가오는 것 같았으나, 그건 뭐 그렇게 대수로운 일은 아니었다 ….

[원고 두 쪽 소실]

"물론 신문도 그렇죠. 그런데 제가 말씀드리려던 건, 저는 시골로 가는 길인데, 딱 보름 동안 휴가예요. 모처럼 얻은 건데 실은 다른 사연도 있어서 꼭 가야 하는 상황이에요. 아까 말씀드렸듯이 얼마 전 읽었던 책이 이 짧은 여행에도, 선생님이 상상하실 수 있는 것보다 훨씬 더 많은 도움을 주더라는 거예요."

"알아들었어."

아저씨가 답했다. 라반은 말을 그치고 아까 자세대로 반듯이 선 채, 겉옷의 좀 위쪽에 달린 양쪽 주머니에 두 손을 꽂아 넣었다. 시간이 잠시 흐른 후에야 아저씨는 다시 말을 이었다.

"이번 여행에 뭐 특별한 사연이 있으신가 보군."

"그게 아니고요."

라반은 다시 현관 입구에 몸을 기대며 대답했다. 그러다 비로소 현관 복도에 어느새 많은 사람이 밀려들어 와 있다는 사실을 깨달았다. 건물의 계단 앞까지 사람들이 꽉 차 있었다. 같은 집에 라반처럼 방 하나를 세 들어 사는 공무원 친구가 계단을 내려가며 사람들에게 잠시 길을 내 달라고 부탁하는 모습도 눈에 띄었다. 그는 여러 사람을 사이에 둔 저만치에서 라반을 향해 다음 일요일은 자기도 시골로 오겠다는 약속을 확인하는 인사를 했다.

"행복한 여행 떠나시게."

라반은 그에게 손으로 빗줄기를 가리켰고, 그들 사이에 서 있던 사람들 모두 라반을 향해 시선을 돌렸다.

[원고 두 쪽 소실]

그도 역시 만족했고, 마침 그 같은 사람이 오기를 고대했던 딱 그런 일자리였다. 그는 인내심이 대단할 뿐만 아니라 워낙 유쾌해서 혼자서도 즐거운 사람이었다. 그가 없으면 모두 그를 찾았다. 더욱이 그는 언제나 건강했다.

"아, 말씀 안 하셔도 돼요."

"내가 지금 말싸움을 하려는 게 아니라니까."

아저씨가 대꾸했다.

"말싸움하려는 게 아니라고 하시지만, 도대체 잘못을 인정하지 않으시잖아요. 왜 그렇게 고집을 부리시나요? 그렇게 기억력이 좋으시다 하시면서, 이렇게 말씀드려서 죄송하지만, 그 친구와 이야기만 하고 나면 모두 다 잊어버렸다고 하세요. 지금 제가 선생님을 좀 더 분명하게 반박하지 않았다고 저를 나무라실 거잖아요. 그 사람은 책 이야기만 하면 좋을 거예요. 뭐든 아름다운 것이라면 그는 바로 감동을 먹는다고요." …

변신

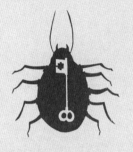

Die Verwandlung

Die Verwandlung

I

　어느 날 아침 어수선한 꿈들로 뒤척이다 잠에서 깬 그레고르 잠사는, 침대에 누워 있던 자기 몸이 이상한 갑충으로 변해 있다는 걸 알게 되었다. 침대에 닿은 등짝이 철갑처럼 딱딱했다. 머리를 좀 들어 올리자 당겨진 활 모양의 갈색 배때기에는 큰 주름 몇 개가 접혀 있고, 그걸 덮고 있는 이불은 당장이라도 미끄러져 내릴 듯 위태로워 보였다. 게다가 저기, 눈앞의 덩치에 비해 너무 가늘어 참 볼썽사나운 다리들이 버둥거리고 있었다.

　"나한테 무슨 일이 일어난 거야?"

　그는 잠시 생각했다. 꿈은 아니었다. 크기는 좀 작지만 여기는 분명 사람이 사는 방이고, 사방이 벽으로 둘러싸인, 고요하고 익숙한 자기 방이었다. 탁자도 하나 있는데, 그 위에 직물 샘플이 흩어져 있었다. 잠사는 영업 사원이었다. 그리고 벽에는 황금빛 예쁜 테두리의 액자도 걸려 있고, 얼마 전 어느 화보지에서 본인이 오려 넣어 둔 그림이 그대로 들어 있었다. 모피 모자를 쓰고 풍성한 모피 목도리를 두른 여인이 정면으로 화가를 바라보며 앉아 있는 그림이었다. 팔을 약간 치켜세웠으나 모피 토시에 전부 가리어, 팔꿈치 아래는 보이지 않았다.

그레고르는 얼른 창문으로 시선을 돌렸다. 빗방울이 톡톡 함석 창틀에 떨어지는 소리에다 희끄무레한 날씨 탓인지 기분이 무척 울적했다.

"일단 눈을 좀 붙이고 잠을 더 자면서, 이 말도 안 되는 상황을 잊어버리는 게 좋겠다."

생각은 이렇게 했지만 도저히 그럴 수가 없었다. 그는 오른쪽으로 누워야 잠이 오는데, 지금 상태로는 도무지 그런 각도가 나오지 않았다. 죽을힘을 다해 오른쪽으로 몸을 세우려 했으나 힘을 줄수록 금세 누운 자세로 되돌아갔다. 버둥대는 다리들을 보지 않으려 눈을 꼭 감고 백번도 넘게 다시 시도했으나 번번이 허사였다. 너무 열심히 힘을 줬는지 옆구리에 한 번도 느껴본 적 없는 무지근하고 괴이한 통증까지 와서 포기할 수밖에 없었다.

"아 정말…"

그는 생각에 잠겼다.

"나는 왜 하필 이 고단한 직업을 선택했을까. 하루가 멀다고 길을 떠나야 하는 신세라니! 영업직은 일반 사무직에 비해 스트레스가 훨씬 심하다. 늘 출장을 가야 하는데 기차를 갈아탈 때마다 길에 버리는 시간도 그렇고, 기차를 놓칠까 봐 노심초사하는 것도 그렇고. 끼니에 맞춰 따뜻한 밥을 챙겨 먹을 수가 있나, 거래처도 항상 바뀌고 담당자도 도무지 한철 만나면 그만이니, 사람 냄새를 느낄 수 없는 인간관계! 정말 더는 이 짓을 못 해 먹겠다."

그런데 배때기 저 끝부분이 조금 간지러웠다. 침대 모퉁이 기둥 쪽으로 등짝을 조금 밀어 몸을 옮기고 머리를 살짝 들어 올리니 가려운 자리가 눈에 들어왔다. 왜 그렇게 생겨 먹었는지 알 수 없으나 하얀색 작은 점들이 잔뜩 덮여 있었다. 좀 더듬어 볼까 싶어 다리 하나를 그쪽으로 뻗다가 얼른 몸을 옴츠리고 말았다. 살짝 닿았는데도 온몸에 소름이 돋을 정도로 그 자리가 차갑게 느껴졌기 때문이었다. 그래서 얼른 몸을 미끄러뜨려 원래 자세로 되돌아왔다.

"이렇게 꼭두새벽에 일어나는 거, 이건 정말 간단하게 멍청이가 되는 일이야."

그는 다시 생각했다.

"사람이 잠은 충분히 자야 해. 영업직이어도 다른 이들은 무슨 왕실에 딸린 애첩들처럼 빈둥빈둥 잘만 살아. 나는 일을 다 보고 계약서 마무리에 필요한 작업을 끝내려 오전 중에 헐레벌떡 숙소로 돌아오면 그 치들은 실컷 자고 일어나 그제야 아침밥을 먹고 있잖아. 내가 만약 그렇게 굴었다간 우리 사장은 당장 내 모가지를 날려 버렸을 거다.

진즉 그런 꼴을 당했다면 나한테는 어쩌면 더 나을 수도 있었어. 부모님 탓에 내가 참고 견디는 거지, 그렇지 않으면 벌써 집어던졌을 테고. 사표를 쓰고 당당히 사장 앞에 나아가 마음속에 눌러 둔 생각들을 죄다 뱉어 버렸을 거다. 그랬다면 사장님은 기겁하고 책상에서 바닥으로 나뒹구셨겠지! 사장님은 정말 특등 갑질 인간인 게, 사원들한테 말할 때는 꼭 책상에 걸터앉아 위에서 아래로 눈을 내리깔면서 말을 해야 살맛이 나는 사람 같다. 게다가 귀까지 어두워 가까이 달려가 말씀을 올려야 간신히 알아먹지.

아무튼 나는 아직도 그 희망을 완전히 포기한 건 아니야. 부모님이 사장님께 진 빚 때문에 아마 오륙 년은 더 그 밑에서 일할 수밖에 없겠지만, 빚만 다 갚으면 나는 반드시 그렇게 하고 말 거다. 그놈의 빚만 다 털어 버리면 그때는 제대로 본때를 보여 줘야지. 하지만 지금은 자리를 박차고 일어나 다섯 시 기차를 타는 게 급선무인데."

그런 생각을 하며 저기 서랍장 위에서 째깍거리는, 알람을 맞춰 둔 시계를 바라보았다.

"어, 제기랄!"

이건 정말 난감했다. 벌써 여섯 시 반인데, 시곗바늘은 느긋하게 계속 행진하면서 삼십 분 너머 사십오 분을 향해 가고 있었다. 허걱, 저 시계가 울리지 않았어? 아니 여기 침대에서 봐도 알람은 분명히 네 시에 맞춰져 있는데, 그렇다면 절대로 울리지 않았을 리가 없는데 대체 어쩐 일이지? 저 시계는 서랍장이 흔들릴 정도로 세게 우는데, 대체 내가 어떻게 그걸 견디며 여태껏 잠을 잘 수가 있었던 거야? 도저히 편안한 잠을 잤을 리가 없는데, 그렇다면 아주 깊은 잠에 빠져 버렸던 게 확실하다. 그나저나 이제 어떡하면 좋담!

다음 기차는 일곱 시 출발이었다. 그걸 타려면 지금이라도 일어나서 미친 듯이 서둘러야 한다. 어질러진 샘플들도 챙겨야 하는데, 지금은 몸 상태가 안 좋아 아주 굼뜨니 정말 어찌할 바를 모르겠다. 그리고 간신히 일곱 시 기차를 잡아탈 수 있다고 해도 사장님은 노발대발 지랄을 떨 게 뻔하다. 그 인턴 녀석이, 다섯 시 기차를 기다리다가 아직도 잠사 씨가 나타나지 않았다고 쪼르르 일러바쳤을 게 틀림없다. 사장님 꼭두각시나 다름없는 그 녀석은 도무지 줏대도 없고 머리도 안되는 놈이라니까!

그럼 이제라도 병이 났다고 보고를 하면 어떨까? 하지만 그것도 참 난처하고 믿기지 않을 것이다. 지난 오 년 동안 그레고르는 단 한 번도 아팠던 적이 없었기 때문이다. 틀림없이 사장님은 의료 보험 소속의 담당 의사를 대동하고 나타날 거다. 그리고 어쩌면 그렇게도 게으른 아들을 두었냐고 그레고르의 부모에게 호통을 치며, 보험 의사의 속단을 근거로 어떤 변명도 들으려 하지 않을 것이다. 그런 의사들 눈에는 이 세상 모든 인간은 사지가 멀쩡한데도 일하기 싫어 게으름을 떠는 거로 보이기 때문이다. 게다가 이 경우는 의사가 틀린 얘기를 하는 것도 아닌 셈이다. 평소보다 잠을 좀 넉넉히 자서 졸음이 밀려오는 것 말고, 갑자기 허기가 몰려오는 걸 보니 그레고르는 지금도 컨디션은 괜찮은 것 같았다.

침대를 벗어나야겠다는 결심을 아직도 다 마무리 짓지 못하고 잡다한 생각들로 번민하는 사이 시계는 벌써 여섯 시 사십오 분을 가리켰고, 조심스레 침대 머리 쪽의 방문을 두드리는 소리가 났다.

"그레고르야, 여섯 시 사십오 분이야. 출근 안 하니?"

어머니의 목소리였다.

부드러운 음성. 그런데 막상 그레고르 본인의 대답 소리가 너무 이상해 그만 식겁을 했다. 그게 자기 목소리인 건 틀림없는데, 저 아래에서 올라오는 듯 그냥 눌러둘 수 없는 고통스러운 쇳소리가 섞여서 나왔다. 말을 시작하면 처음에는 똑똑하게 들리지만 금세 웅얼웅얼 뭉개진 소리로 변해 아무래도 상대는 그의 말을 알아들을 것 같지 않았다. 현재 상황을 자세히 설명하려 했으나 그는 제대로 소리가 나오지 않아 그냥 짧게 답했다.

"응, 응, 알아. 엄마, 나 일어나."

나무로 된 문이어서인지 밖에서는 그레고르의 목소리가 변했다는 걸 알아차리지 못한 듯했다. 어머니는 안심한 듯 곧 발길을 돌렸다. 하지만 이 짧막한 대화는 그레고르가 여태 출근을 하지 않고 침대에 자빠져 있단 사실을 다른 식구들 모두에게 알린 셈이었다. 바로 달려온 아버지는 다른 쪽 벽의 문을 주먹으로 살살 두드려 댔다.

"그레고르!"

아버지는 아들을 불렀다.

"무슨 일이냐?"

그리고 잠시 후 다시 와서 좀 더 목소리를 가라앉히고 심각하게 아들을 불러 재겼다.

"그레고르! 그레고르!"

그리고 반대쪽 문으로는 누이가 달려와 애타는 목소리로 소곤거렸다.

"오빠, 그레고르 오빠! 어디 아파? 좀 도와줄까?"

그레고르는 양쪽 모두에 대고 답했다.

"다 됐어, 나갈게."

발음을 최대한 명료하게 하려고, 그는 말의 마디마다 일부러 끊어 가면서 자기 목소리가 분명히 전달되도록 굉장히 애를 썼다.

아버지는 아침 식사를 하러 갔으나, 누이는 그 자리에 그대로 서서 기다리며 작은 소리로 다시 속삭였다.

"오빠, 문 좀 열어 봐."

하지만 그레고르는 문을 열어 줄 생각이 전혀 없었다. 그는 출장을 다니며 밤이면 항상 방문을 꼭꼭 걸어 두는 습관이 몸에 배었다. 이렇게 집에 있을 때까지 그 습관이 고스란히 작동하다니! 이 얼마나 다행이고 훌륭한 일인지 스스로에게 축배라도 들고 싶었다.

그는 차분하게 일어나 옷을 입고 무엇보다 아침을 좀 제대로 챙겨 먹은 다음, 나중의 일들을 생각할 작정이었다. 그 점은 침대에 누운 채 줄곧 다짐한 터였다. 대책 없이 꼬리에 꼬리를 무는 생각을 따라가다 보면 곧 거기에 휘말리게 되어 현명한 답을 낼 수 없으리라는 결론이었다.

그는 간혹 불편한 자세로 잠을 잤기 때문에 큰 병이라도 난 게 아닐까 상상할 만큼 여기저기가 욱신거렸던 기억이 났다. 하지만 잠에서 깬 다음 자리를 털고 일어나면 아무 일도 아니곤 했다. 그래서 오늘도 조금 전 상상했던 버러지 관련 일들이 어떻게 사라지는지, 그게 살짝 궁금해지기도 했다. 목소리가 달라진 건 아마 독감의 전조일 텐데, 영업직을 뛰는 이들에게는 이게 일종의 직업병이란 사실도 의심의 여지가 없었다.

이불을 걷어내는 건 어렵지 않았다. 몸을 약간 들어 올리니 바로 흘러내려서 이 문제는 저절로 해결되었다. 하지만 다음부터는 좀 어려웠다. 몸통이 너무 옆으로만 너부데데해 그걸 가누기 힘들었다. 일어나려면 어떻게든 손과 팔을 써야 하는데 그게 없고 다리만 잔뜩 있으니 제대로 움직이기가 정말로 힘들었다. 게다가 그 다리들은 쉴 새 없이 멋대로 절뚝거려, 도무지 통제할 수가 없었다. 다리 하나를 구부리려 하면 도리어 그 다리가 쭉 펴져 버렸다. 그러다가 드디어 다리 하나를 마음대로 움직이는 요령이 터득되는가 싶었다. 하지만 동시에 다른 다리들이 제멋대로 꼬물거리며 격앙이 되다보니 이들이 죄다 너무 아팠다.

"하지만 이렇게 침대에만 누워 있으면 안 되는데."

그레고르는 다시 중얼거렸다.

그는 먼저 하반신을 침대 밖으로 밀어내려 했으나, 자기 힘만으로는 어떻게 움직일 수가 없었다. 하반신은 어떻게 생겼는지 아직 확인조차 못 했고, 사실 상상도 되지 않았다. 그래서 자꾸 더 지연되었다. 그러다 정말 죽을힘을 다해, 거의 미쳐 날뛰기라도 할 듯 앞쪽으로 몸을 밀어 댔는데 그만 방향이 살짝 어긋나 버렸다. 그 탓에 침대 아래쪽 모퉁이 기둥에 아주 세게 부딪혔다. 그 자리가 얼마나 얼얼했던지 몸에서 제일 아래쪽은 가장 예민한 부위가 틀림없다는 걸 금세 알게 되었다.

이번에는 상반신을 먼저 침대 밖으로 밀어내야겠다는 생각으로 아주 조심스럽게 머리를 돌려 먼저 침대 끝으로 방향을 틀었다. 이건 훨씬 쉬운 편이었다. 그 넓적하고 무거운 몸뚱이도 드디어 머리가 향한 쪽으로 살살 움직였다. 하지만 머리가 침대 밖으로 간신히 나와 허공에 떠 있게 되자, 그 방향으로 계속 움직이는 것에 갑자기 겁이 났다. 그렇게 하다 만약 침대에서 그대로 곤두박질을 치면 어떻게 되나? 기적이 일어나지 않는 한 머리를 크게 다칠 것이 뻔했다. 그런데 지금은 절대 의식을 잃어서는 안 되니까 차라리 지금 그대로 침대에 가만히 누워 있는 편이 더 나을 듯했다. 같은 고생을 연달아서 하다 한숨을 내쉬었더니, 작은 발들이 싸움이라도 벌이려는 듯 아까처럼 허공에서 허우적대는 모습이 곧 눈에 들어왔다. 하지만 그렇게 멋대로 움직이는 것들을 어떻게 진정시키고 가라앉힐 도리가 없으니 정말 마음이 답답했다. 그렇다고 마냥 침대에만 누워 있을 수도 없는 노릇이어서, 어떻게든 침대에서 벗어날 수 있다면 어느 정도의 희생은 감당하는 쪽이 낫지 않을까, 다시 생각을 바꾸게 되었다.

하지만 서두르다가 엉뚱한 결론을 내리는 것보다 차분하고 또 차분하게 생각을 거듭하는 편이 낫다는 결론이었다. 그런 생각을 하며 얼른 창문 쪽으로 정확하게 시선을 돌려 봤지만, 안타깝게도 창밖 좁은 길 건너편까지 아침 안개가 자욱하게 덮고 있었다. 거기서는 어떤 활력도 믿음도 얻기 어려웠다.

"벌써 일곱 시네."

탁상시계의 알람이 다시 울리자 그는 또 혼잣말을 중얼거렸다.

"벌써 일곱 신데 아직까지 저렇게 안개가 자욱하다니."

그리고 잠시 숨을 고르며 이 완전한 고요 속에 잠기면 혹시라도 원래의 상태, 정상적이고 자연스러운 예전 상태로 되돌아갈 수 있지 않을까 싶어 가만히 누워 있었다. 그러나 곧 생각이 바뀐 듯 다시 혼잣말을 중얼거렸다.

"늦어도 일곱 시 십오 분 전에는 무슨 일이 있어도 자리를 털고 일어나야만 한다. 안 그래도 그 시간이면 회사에서 나를 찾아올 거다. 회사는 일곱 시 전에 문을 여니까."

그래서 이번에는 몸 전체를 출렁이며 전부 같은 비율로 침대에서 한꺼번에 빠져나오도록 애써 보았다. 이런 식으로 침대에서 떨어질 경우, 바닥에 닿는 순간 머리만 살짝 추켜올리면 크게 다치지는 않을 것이다. 등짝은 제법 단단한 것 같으니, 바닥의 깔개 위로 잘 떨어지기만 하면 별 탈이 없을 것이다. 걱정이라면, 침대에서 바닥으로 떨어질 때 요란한 소리가 날 수 있다는 사실이었다. 밖에서 그 소릴 들으면 뭐 기겁할 정도는 아니겠지만 안에서 무슨 일이 난 건가 싶어 크게 걱정을 하게 될 테니 말이다. 하지만 그 정도는 감수할 수밖에 없다.

그레고르가 몸의 절반 가까이를 침대 밖으로 밀어냈을 때 또 다른 생각이 났다. 사실 이 새로운 방법은 몸을 계속 흔들어 주기만 하면 되니까 크게 긴장할 필요도 없었다. 일종의 놀이를 한다고 여기면 되기 때문에 옆에서 누군가가 그를 조금만 거들어 주면 전혀 어려울 게 없는 일이었다. 그의 아버지나 식모 언니*처럼 덩치가 좀 되는 사람 딱 둘이면 충분한 일이었다. 힘센 사람 둘이 그레고르의 둥그런 등짝 아래로 팔을 밀어 넣어 침대 밖으로 들어낸 뒤 약간 허리를 굽혀 그를 바닥에 내려놓은 다음, 그가 완전히 몸을 뒤집을 때까지 지켜봐 주기만 하면 되는 것이다. 그러는 동안 바라건대 이 많은 다리도 좀 제대로 쓸 수 있게 될 테니까 말이다. 그런데 저 문들이 저렇게 잠겨 있는 것도 그렇고, 이제는 도와 달라고 소리를 지르는

---

* 급격한 산업화로 도농의 생활 격차가 급속도로 심화던 한국의 1960년대, 가난한 농촌 고향을 떠나 무작정 상경한 10대 소녀들은 "식모 언니"라 불리며, 도시의 소시민 가정에 함께 기거하며 집안의 허드렛일을 맡은 고단한 시절을 보냈다. 사회적인 신분으로는 시민이지만 사회적으로 시민 의식이 형성되지 못한 상태였고, 하는 일도 이전 시대의 계집종과 유사했다. 서유럽의 경우는 이에 해당하는 현상이 한국의 경우보다 좀 일찍, 즉 20세기 초반 동안 지속하였다. 1915년 작품인 카프카의 소설 『변신』은 바로 이 시기에 작성되었다.

편이 옳지 않을까? 그는 이렇게 생각을 한번 바꿔 보았다. 그랬더니 이 곤혹스러운 상황에서도 마음이 흡족해져서 얼굴에 미소가 번지는 것 같았다. 하지만 몸을 구르는 방식으로 움직임을 자꾸만 키우다 보니 점점 균형 잡기가 힘들어져 이제는 정말 침대 밖으로 몸이 떨어져 내릴 순간이 가까워지고 있었다. 그리고 오 분 후 드디어 일곱 시 십오 분 전이 되자, 때맞춰 현관의 초인종 소리가 났다.

"드디어 회사에서 누가 왔구나."

그가 다시 혼잣말했다. 몸뚱어리는 뻣뻣하게 굳어 버린 반면, 작은 발들은 더 제멋대로 버둥거리며 춤을 추었다. 그 순간 모든 게 잠잠해졌다.

"설마 아침부터 현관문을 열어 주지는 않겠지."

그레고르는 막연한 희망을 되새기며 중얼거렸다. 하지만 식모 언니는 당연히 여느 때처럼 씩씩한 걸음을 옮겨 문을 따 주는 모양이었다. 현관 앞에 도착한 손님의 목소리가 그레고르의 귀에 바로 꽂혔다. 아니나 다를까 상무님이 몸소 출동을 하신 것이다.

그레고르는 왜 이 정도 지각을 가지고 저렇게 사원을 의심하고 난리를 치는지, 하필 자신은 왜 이런 회사에 몸을 바쳐 일하는 신세가 되었나 싶어 화가 치밀었다. 사원들을 모두 사기꾼으로 아나? 새벽에 한두 시간 늦은 일로 자신은 정신에 이상이 올 만큼 양심이 사무쳐서 침대조차 벗어날 수 없는 지경에 이르지 않았는가! 그런 사람에게 한 움큼 신뢰도 가질 수가 없단 뜻일까? 그리고 설사 이번의 실수가 그래서 마땅할 만큼 중대한 일이었다 해도, 인턴 하나 보내는 정도면 충분하지 않을까? 그런데 저 상무란 자께서 몸소 저렇게 나타나, 아침부터 죄 없는 가족들까지 놀라게 하며 이 상황에 함께 의심을 품게 만들다니! 게다가 이게 다 저 멍청이 상무 놈의 소관이라니 이런 빌어먹을 일이 또 있는가 말이다.

그레고르는 제대로 마음을 먹고 행동에 옮겼다기보다는 아마 이런 생각으로 흥분을 했던 것 같다. 그렇다 보니 그만 죽을힘을 다해 침대 밖으로 몸을 던졌고, 아닌 게 아니라 천지가 진동하는 정도는 아니지만 둔탁하고 제법 큰 소리가 났다. 그레고르가 우려한 것보다 등짝은 더 탄력이 있었다. 게다가 바닥의 깔개 위에 곱게 떨어지며 충격이 완화된 덕에, 그 둔탁한 소리는 별로 요란스레 들리지 않았다. 다만 더 조심하여 머리를 곧추세우지는 못했다. 그는 바닥에 좀 세게 부딪혀 화가 나기도 하고, 또 많이 아프기도 해서 이리저리 머리를 돌리며 바닥 깔개에 자꾸 문질렀다.

"안에서 뭔가가 떨어진 모양이에요."

왼쪽 옆방에서 그 둔탁한 소릴 들은 상무가 말했다. 그레고르는 언제 저 상무 놈에게도 자신이 오늘 겪는 일과 비슷한 일이 일어날 수는 없을까 하는 상상을 했다. 그에게도 이런 일이 절대 없으란 법은 또 없지 않은가. 이 질문에 거칠게 답이라도 하듯 옆방에 있던 상무는 또각또각, 반짝이는 장화로 발소리를 내어 가며 몇 걸음을 옮기는 모양이었다. 한편 오른쪽 옆방에서는 여동생이 조심조심 이런 사정을 설명했다.

"그레고르 오빠, 상무가 왔어."

"나도 안다."

누이 귀에 잘 들릴 수 있을 만큼 그렇게 큰 소리를 낼 엄두가 나지 않아 그레고르는 그냥 속으로만 대답했다.

"그레고르."

왼쪽 옆방에서 이번엔 아버지의 음성이었다.

"상무님께서 오셨다. 네가 왜 새벽 기차를 타지 않았는지 물어보신다. 뭐라고 답을 드려야 할지 우린 잘 모르겠다. 아니 그것보다 너랑 직접 얘기를 나누고 싶어 하시는구나. 그러니까 얼른 문 좀 열어라. 방이 좀 어질러져 있다 해도 상무님은 그러려니 하실 테니 그냥 열어라."

아버지의 말 도중에 상무님의 목소리가 나긋하게 끼어들었다.

"좋은 아침이에요, 잠사 씨!"

"좋지 않아요!"

아버지가 그레고르 방문에 대고 얘기하는 중에 어머니가 급히 끼어들며 상무에게 말했다.

"얘가 지금 아파요, 정말이에요 상무님. 안 그러면 그레고르가 어떻게 기차를 놓칠 수가 있겠어요! 저 아이는 머릿속에 온통 회사 일밖에 없는 녀석이에요. 퇴근 후에도 외출 한 번 하는 적이 없어 내가 다 답답할 지경인걸요. 요 여드레는 줄곧 시내에 있었잖아요. 그런데 매일 밤 집에만 머물렀어요. 저기 식탁에 우리랑 함께 앉아 신문도 보고, 출장 갈 스케줄을 짜며 기차를 어떻게 갈아탈지, 그것도 연구했고요. 그나마 심심풀이는 톱으로 목공을 하는 거예요. 요전에 한 이틀, 사흘 저녁을 거기 매달리더니 작은 액자 하나를 만들었어요. 얼마나 예쁘게 만들었는지 이따 보시면 깜짝 놀라실 거예요. 저 방에 걸려 있어요.

그레고르가 문을 열면 보실 수 있어요. 상무님이 여기 오셔서 얼마나 좋은지 모르겠네요. 식구들이 아무리 얘기해 봤자 그레고르는 문을 안 열어줄 텐데, 저 아이 고집이 또 이만저만이 아니거든요. 아침에는 괜찮다 했었는데 아무래도 몸이 많이 안 좋은 게 틀림없어요."

"금세 나가요."

그레고르는 천천히 공을 들여 대답했지만, 한 마디라도 혹시 바깥에서 하는 말을 놓칠까 싶어 아직 몸뚱이를 움직이지는 않았다.

"뭐 다른 식으로는 생각할 수가 없겠네요, 어머니."

상무도 동의하며 말을 이었다.

"별일이 아니면 좋겠네요. 하지만 제가 드리고 싶은 말씀은, 영업하는 사람들은 원래, 그게 보기에 따라 다행일 수도 있고 불행일 수도 있는데, 몸이 좀 피곤한 일은 언제나 있는 일이라 영업을 우선에 두다 보면 도저히 그런 건 내색조차 할 수 없는 겁니다."

"자, 이제 상무님이 들어가셔도 괜찮겠지?"

아들의 방문을 두들기며 아버지는 그새를 못 참고 다시 물었다.

"아니요"

그레고르의 단호한 반응에 왼쪽 방에선 고약하고 난감한 침묵이 흘렀고, 오른쪽 방에선 누이가 훌쩍이기 시작했다.

그런데 누이는 왜 저쪽 방으로 가지 않았지? 아마도 자리에서 일어났지만 아직 옷을 입지 않았기 때문인가? 그런데 울기는 또 왜 울어? 오라비는 아직 안 일어났는데 상무님이 방에 들어가려고 해서? 아니면 저러다 혹시라도 오라비가 회사에서 쫓겨날까 봐? 아님 사장님이 다시 옛날처럼 부모님 빚 독촉을 하면서 괴롭힐까 봐서 그런가? 하지만 지금 당장은 이 모두 공연한 노파심일 뿐이었다. 그레고르는 아직 여기에 있고, 가족을 내팽개쳐 버릴 생각은 단 한 순간도 해 본 적이 없으니까 말이다. 그리고 지금 바닥의 깔개 위로 사뿐히 떨어져 잠시 숨을 고르며 얌전히 누워 있을 뿐이었다.

그레고르의 상태가 지금 어떤지 제대로 알기만 하면, 상무님을 당장 방으로 들어오시게 하라고 누구도 그에게 요구하지 않을 것이다. 지금은 도저히 예의를 갖출 형편이 안 되지만 그거야 어떻게든 차후에 변명거리를 찾아낼 수 있을 것이고, 이 자리에서 당장 그레고르가 해고당할 정도로 심각한 상황도 아니었다. 그레고르의 입장에서는 굳이 가족들이 질질 짜거나 하소연을 하는 식으로 수선을 떠는 것보다 잠시 그냥 두는 게 한결 도움이 되는 상황이었다. 하지만 가족들 입장에서는 모든 게 난감하고 그저 황망하니, 뭐라도 도모해야만 할 것 같아 점점 더 쩔쩔맬 수밖에 없는 노릇이었다.

"잠사 씨!"

드디어 상무님은 한껏 격앙된 목소리로 그레고르를 닦달하기 시작했다.

"대체 무슨 일인가요? 방에 처박혀 아예 담을 쌓을 작정이신가? 가타부타 아무런 대답도 하지 않고, 부모님들에게 왜 말도 안 되는 심려를 끼쳐 드리는지 모르겠네. 이건 굳이 말 안 하려 했지만, 잠사 씨는 지금 듣도 보도 못한 방식으로 영업상 의무를 소홀히 하는 거야.

이제 당신 부모님과 사장님의 이름으로 내가 얘기하는데, 지금 당장 분명하고 정직하게 해명하시게. 이거 진짜 기가 막히고 코가 막히는구먼. 난 자네를 얌전하고 반듯한 사람으로만 알았는데, 이제 보니 완전 또라이 똥고집 아닌가. 사실은 오늘 아침 사장님이 자네의 지각 이유에 관해, 요 얼마 전 자네가 맡았던 수금 건으로 상당히 께름칙한 얘기를 꺼내셨네. 하지만 그럴 리가 없다고 내 명예를 걸고 솔직히 그런 식의 얘기는 부당하다고 내가 나서서 말씀을 드렸거든. 그런데 자네의 이 황당무계한 똥고집을 목격하고 나니 자넬 위해 눈곱만큼이라도 그런 변명을 보탤 의욕이 완전히 사라졌네.

게다가 지금 자네 자리도 그렇게 완전히 보장된 것은 아니야. 이렇게 사적인 얘기는 원래 둘이만 있을 때 할 생각이었는데, 자네가 지금 쓸데없이 내 시간을 소모하니까, 굳이 부모님 안 듣는 데서 따로 얘기할 이유가 없겠다 싶네. 요 몇 달 동안 자네 실적도 초라하기 짝이 없었지. 물론 아직은 비수기라 영업이 어려운 건 잘 알지만, 그렇다고 잠사 씨, 아예 문 걸어 잠그고 장사를 안 한다는 건 도저히 있을 수가 없는 일이잖아."

"하이고, 상무님."

그레고르는 끓어오르는 부아를 더 이상은 참을 수가 없어 다른 일은 모두 잊은 듯 목청껏 소리를 지르기 시작했다.

"당장 열게요, 지금 바로! 조금 어지러워 몸을 가누기 힘들어서 못 일어났어요. 아직 자리에 누워 있는데 이제는 괜찮아요. 이제 자리에서 일어나니까 잠깐 기다려요! 생각한 만큼 내가 아직 좋지 않은데, 금세 괜찮아질 거예요. 대체 이런 일이 어떻게 생길 수 있는지! 어젯밤까지 말짱했어요, 부모님이 잘 아세요. 아니 어젯밤에 이상한 기미가 있긴 했네. 그걸 바로 알아챘어야 했는데. 어제 회사에서 그걸 보고했으면 좋았을걸! 하지만 굳이 병가를 내지 않고 잘 넘기려 하게 되는 거잖아요.

상무님, 우리 부모님은 진짜 아무 잘못도 없으세요. 그리고 저한테 하신 꾸지람, 그거 정말 모르시는 말씀이에요. 아무도 제게 그런 얘길 한 적이 없어요. 아마 제가 선적한 최근 계약서들을 못 보신 것 같네요. 하여튼 여덟 시 기차는 꼭 타고 갈게요. 몇 시간 좀 쉬었더니 한결 괜찮아졌어요. 상무님, 이제 가셔도 돼요. 저도 바로 회사로 갈게요. 부디 혜량을 베푸셔서, 사장님께도 잘 말씀 좀 드려 주세요!"

이렇게 횡설수설 아무 말이나 뱉어 대는 동안 그는 자신이 뭐라고 지껄이는지 스스로도 잘 알 수가 없었다. 대신 침대에서 숙달된 덕인지 서랍장 쪽으로 쉽게 움직여져 이제 거기 기댄 채 몸을 세워 보려고 애를 쓸 수 있게 되었다. 그는 정말 자기 방의 문을 열고, 자신의 모습을 있는 그대로 보이며 상무님과 허심탄회하게 이야기를 나눠 보고도 싶었다. 그들이 학수고대하는 바를 다 하게 해 주고, 그들 눈에는 대체 자신이 어떻게 보이는지도 좀 알고 싶었다.

그들이 많이 놀란다고 해도 그건 본인들이 자초한 바니, 그와는 상관이 없어 따로 책임질 일이 아니었다. 그리고 혹시 좀 대수롭지 않게 받아준다면 그레고르도 그렇게 당황할 필요가 없는 셈이다. 게다가 지금부터 서두르면 여덟 시까지는 기차역에 도착할 수 있을 것이다. 그래서 처음에는 서랍장 표면이 많이 매끄러워서 몇 차례 미끄러지긴 했지만, 결국 날렵하게 몸을 날려 그런대로 거기 의존해 몸을 세워볼 수 있었다. 몸 아래쪽으로는 통증이 지독했으나, 아무리 화끈거려도 지금은 그 정도 일에 연연할 바가 아니었다.

그리고 이번에는 가까이 있던 의자 등받이에 몸을 던지며 가는 다리들로 그 테두리를 꼭 붙들어, 자기 몸도 간신히 가눌 수 있게 되었다. 그런데 밖에서 상무님이 뭐라 하는 소리가 방금 다시 들려, 그 얘길 들으려고 또 귀를 기울였다.

"근데, 저 친구가 뭐라고 하는지 한 마디라도 알아들으셨어요?"

상무님이 부모님에게 묻는 소리였다.

"혹시 우릴 데리고 장난을 하자는 걸까요?"

"어머머 세상에!"

그렁그렁 울음이 터질 것 같은 소리로 어머니가 다시 말했다.

"쟤가 아주 많이 아픈가 봐, 우리가 쟤를 더 힘들게 하나 봐, 그레테! 그레테야, 어딨니?"

어머니가 소리쳤다.

"엄마, 왜요?"

건너편 방에서 누이가 외쳤다. 두 사람은 그레고르가 있는 방을 가운데 두고, 양쪽 방에서 서로에게 큰 소리로 이야기했다.

"너 당장 의사 선생님한테 좀 가렴. 그레고르가 많이 아프다. 어서 좀 오시라 그래! 너 오빠 목소리 들었지?"

"짐승 소리였는데."

벌벌 떠는 어머니와 달리 상무님은 아주 태평스레 토를 달았다.

"안나! 안나야, 어디 있니?"

아버지는 손뼉을 짝짝 치면서 부엌 쪽으로 발길을 옮기며 소리쳤다.

"빨리 열쇠공 좀 불러와라!"

여동생과 식모 언니는 치맛자락 휘날리며 복도를 내달려 현관문을 열어 젖혔다. 근데 어느결에 여동생은 옷을 다 주워 입었지? 문이 닫히는 소리는 전혀 들리지 않았다. 큰 사고가 터지면 별로 문단속을 안 하고 다 열어 두 듯이 그들은 현관문을 그냥 열어 둔 모양이었다.

그레고르는 한결 차분해졌다. 다른 사람들이 이제 더는 자기 말을 못 알 아듣는 반면, 그의 귀는 이전보다 훨씬 더 밝아진 것 같았다. 밖에서 떠드는 사람들의 소리가 아주 또렷하게 잘 들리니 그 적응 능력은 정말 놀라웠다. 아무튼 그가 지금 몹시 힘든 상태라는 사실을 누구도 이제는 의심하지 않 으며 그래서 다들 신뢰와 확신으로 그를 도우려 한다는 점도 분명해졌다.

의사와 열쇠공을 데리러 당장 뛰어가는 훌륭한 대처에 그는 기분이 썩 좋아졌다. 이제 다시 인간의 품으로 포용 되는 느낌이었고, 의사건 열쇠공 이건 그들의 능력을 충분히 발휘하면 당장이라도 놀라운 성과가 나타나리 라는 기대에 한껏 부풀지 않을 수가 없었다.

그는 이제 곧 승부수를 던져야 할 상무와의 면담을 앞두고 먼저 목소리 를 가다듬어야겠다 싶어서 몇 차례 헛기침을 해 보았다. 하지만 이 소리 또 한 인간의 기침 소리와는 완연히 다르게 들릴까 봐 조심스럽고, 더 이상 그 런 판단조차 제대로 할 자신이 없어 아주 작게 소리를 죽여 가며 연습을 했다. 그동안 옆방에서는 아무 소리도 나지 않았다. 어쩌면 부모님은 상무님과 함께 식탁에 앉아 소곤거리고 계실 것이다. 아니면 그들 모두 그의 방문에 기댄 채, 열심히 귀를 기울이고 있을지도 몰랐다.

그레고르는 안락의자에 의지해 문 쪽으로 천천히 몸을 옮긴 후 의자는 그대로 두고 문을 향해 돌진했다. 그리고 그대로 거기에 몸을 기대고 반듯이 섰다. 그의 작은 발들에서 끈적이는 점액이 발바닥으로 배어 나왔다. 먼저 긴장을 풀고 그 자세로 잠시 휴식을 취하면서 이제 문에 꽂힌 열쇠를 입으로 돌려 볼 작정이었다. 그래서 먼저 열쇠를 꽉 물어야 하는데, 안타깝게도 이빨이 없으니 그렇게 할 수가 없었다. 하지만 턱은 제법 단단해서, 턱을 들이밀었더니 정말 열쇠가 움직이기 시작했다. 그런데 어찌나 기를 쓰고 들이댔던지 입에서 거무스름한 액체가 흘러나와 열쇠며 바닥까지 적시는 것으로 보아 주둥이 어디에 생채기가 난 게 틀림없었다.

"어, 무슨 소리가 나는데요."

옆방에서 상무님의 목소리가 들렸다.

"열쇠를 돌리는 모양이에요."

그레고르에게 이는 복음과 다름없는 울림이었다. 아버지도 어머니도 모두 다 함께 그를 향해 이제 아낌없는 성원을 보내시는 게 분명했다.

"아자, 그레고르!"

마음을 합해 다 함께 소리를 질러 주어야 했다.

"아자, 아자, 좀 더 힘을 줘, 열쇠를 끝까지 돌려 봐랏!"

모두 숨을 죽이고 자신이 얼마나 애를 쓰는지 밖에서 지켜보고 있다고 상상하면서 그는 젖 먹던 힘까지 짜내고도 모자랄까 봐 더 죽을힘을 다해 열쇠를 물고 늘어졌다. 열쇠가 조금씩 움직이기 시작하자 그는 아예 온몸을 주둥이에 의지했다. 그런 다음 더 끈질기게 매달리거나 아니면 온 체중을 실어 위에서 아래로 지그시 내려 누르는 방법으로 살살 완급을 조절하면서 열쇠에 매달려 돌아가는 얄궂은 춤사위를 펼쳐 보였다.

드디어 찰칵 자물쇠가 당겨지는 청아한 소리에 그레고르도 금세 정신이 맑아졌다. 안도의 숨을 내쉬며 그는 중얼거렸다.

"굳이 열쇠공은 안 불러도 되는 거였네."

그리고는 손잡이에 머리를 올려 드디어 방문을 살짝 열었다. 이렇게 공을 들이며 방문을 열어 문은 빠끔히 열렸지만 그는 아직 밖으로 모습을 드러내지 못했다. 문 모서리를 천천히 돌아서 문밖으로 빠져나가다가 행여나 미끄러져 자빠지는 불상사가 생기지 않도록 그는 극도로 조신하게 몸을 옮겼다. 한 치의 실수도 없이 조심 또 조심하며 움직이느라 아직은 어떤 다른 것에도 주목할 시간적 여유가 전혀 없었다.

그런데 문득 "오!", 마치 바람이 내는 휘파람 같은 소리로 상무님의 입에서 탄성이 울려 퍼졌다. 방문에 가장 가까이 있던 상무님, 그는 벌어진 입을 손으로 꼭 누른 채 마치 보이지 않는 강력한 힘에 떠밀려 살살 뒷걸음질을 치는 모양새였고, 그런 상무님의 괴이쩍은 모습을 그레고르도 고스란히 보게 되었다.

상무님이 와 계셨으나 그레고르의 어머니는 매무새를 다듬는 것도 까맣게 잊어버린 듯, 밤새 이리저리 뻗고 흐트러진 머리카락 그대로 얌전히 그 곁에 서 계셨다. 두 손을 가지런히 모으고 아버지를 바라보던 어머니는 그레고르에게 두어 걸음을 다가오는가 싶더니 그 자리에 폭 고꾸라지고 말았다. 그러느라 입고 있던 치마가 구름처럼 부풀어 가슴까지 다 덮어 버린 바람에 어머니의 얼굴은 아예 드러나 보이지 않았다. 난데없이 나타난 적군이라도 무찌르려는 듯 아버지는 주먹을 불끈 쥐고는 그레고르를 그의 방에 도로 밀어 넣으려는 자세를 취하다가 주춤했다. 아버지는 거실 여기저기를 휘휘 둘러보더니, 두 손으로 눈을 가리고 떡 벌어진 가슴이 들썩거릴 정도로 꺼이꺼이 억센 울음을 뱉어내기 시작했다.

그레고르는 이제 문밖으로는 한 걸음도 뗄 엄두를 내지 못한 채, 항상 잠가 두는 맞은편 문짝의 돌쩌귀에 몸을 기댄 채 그냥 가만히 서 있었다. 그러니까 거실 쪽에서 보면 바깥쪽을 훔쳐보려 삐죽 내민 그의 머리 부분 그리고 몸통은 절반 정도만 드러나 보일 뿐이었다. 어느새 바깥은 더욱 밝아져서, 창문 밖 길 건너편에는 그 끝이 보이지 않는 진회색의 건물 (그건 병원이었다) 일부가 선명하게 그 모습을 드러냈다. 건물 전면에는 일정하게 삐져나온 똑같은 테두리의 창문이 줄을 이었다. 바깥에 여전히 내리는 비, 그런데 점점 더 굵어져 바닥으로 툭툭 떨어져 내리는 빗방울의 윤곽 하나하나가 또렷이 보일 지경이었다.

식탁에는 아직 아침 식사 때 차려 둔 접시들이 잔뜩 쌓여 있었다. 하루 중에 아침 식사를 가장 소중히 여기시는 아버지는 보통 식탁에 자리를 잡은 채 다양한 매체의 신문을 몇 시간이고 훑어보며 일과를 시작했다. 맞은편 벽에는 그레고르가 중위로 복무하던 시절 군복 차림으로 손으로는 칼을 붙든 채 위엄과 자부심을 뽐내며 환하게 웃고 있는 사진 하나가 걸려 있었다.

현관으로 나가는 거실문이 그대로 열려 있고 현관문까지 열려 있으니 층계참을 지나서 아래로 내려가는 계단 입구까지 모두 한눈에 들어왔다.

"저 이제 옷부터 좀 챙겨 입을게요."

이 시점에서 평정을 유지할 수 있는 사람은 자신밖에 없다는 사실이 확실한 그레고르는 차근차근 자기가 먼저 설명을 시작했다.

"직물 샘플도 모두 챙겨, 바로 출발할게요. 그렇게 하면 되겠지요? 상무님, 저는 똥고집을 부리는 사람이 결코 아니고, 아주 행복하게 일하는 사람이란 걸 확인하셨지요? 출장 일이 좀 고되기는 해도 저는 출장을 가지 않으면 몸이 근질거리는 사람이에요.

상무님 그런데 지금 어디로 가시나요? 회사로요? 그런 건가요? 그렇다면 모든 상황을 있는 그대로 진실하게 보고하시겠죠? 지금 당장은 일하기가 좀 힘들어도, 하지만 오히려 지금 이 시점이 바로, 지난 성과를 돌이켜 보면서 장애 요소들을 확실하게 제거한 다음 앞으로의 업무에서 선택과 집중의 항목을 잘 따져 볼 기회가 아니겠어요? 제가 사장님께 큰 빚을 지고 있다는 건 잘 알고 계실 거예요. 게다가 저는 부모님과 여동생도 돌봐야 하는 처지거든요. 지금 좀 난관에 빠져 있지만 금세 벗어날 겁니다. 부디 저를 지금 닥친 일보다 더 힘든 지경으로 몰지만 말아 주세요. 회사에서 제 편이 되어 말씀 좀 잘 해 주세요!

영업직에 대해서 사람들이 탐탁해 하지 않는다는 점은 잘 알아요. 아주 떼돈을 벌며 늘어지게 사는 줄로 알잖아요. 이게 얼마나 황당한 편견인지 그걸 제대로 따져 볼 생각들은 안 하거든요. 하지만 상무님은 다른 직원들보다 이런 사정을 꿰뚫고 계시잖아요. 솔직히 말씀드리면 사장님보다도 안목이 높으시지요. 사장님이야 경영주 입장이니 사원에게는 아무래도 불리한 쪽으로, 좀 판단이 흐려지실 일이 많으시지요. 저희 영업직들은 거의 일년 내내 회사 밖에서 돌다 보니까 근거 없는 비난이나 엉뚱한 구설수에 쉽게 희생되어도 당당히 맞설 방도가 없단 사실도 상무님께서는 잘 아시잖아요. 저희는 회사 내부에서 떠도는 소문 따위를 들을 길이 거의 없어요. 출장을 마치고 파김치가 되어 돌아오면 도무지 어디서 시작된 건지 알 수 없는 뒷담화의 최종 결과만 갑자기 내 몸으로 감당해야 하는 경우들이 너무 많아요. 상무님, 부디 그냥 가시지 말고 제 말이 그래도 진실하고 일리가 있다고, 딱 한 마디만 답해 주세요!"

하지만 그레고르가 몇 마디 말을 시작했을 때부터 상무님은 이미 고개를 돌리기 시작해서 입을 비쭉거리고 어깨를 움찔거리다 이따금 힐끔거리며 그에게 눈길을 줄 뿐이었다. 그레고르는 줄곧 하소연을 해 댔지만, 상무님은 잠시도 가만히 있지를 못하고 그레고르에게서 시선을 완전히 거두지는 않으면서 아주 조금씩 뒷걸음질을 치고 있었다. 거길 바로 떠나면 곧 큰일이 터지고 말 거라는 은밀한 금지 조항이라도 있는 것 같았다.

그는 이미 현관으로 발길을 돌려 살살 거실을 빠져나갔다. 그러다 갑자기 속도가 붙어 버리니, 진짜 발등에 불이라도 붙은 것 같았다. 드디어 현관에 이르자 천상에서 그를 구원할 존재가 내려와 기다리기라도 하는 듯, 그는 계단 손잡이를 향해 있는 힘껏 오른손을 뻗으며 달려나갔다.

이토록 황망한 상황에서 저렇게 상무님이 떠나시게 내버려 두면 절대 안 된다. 그렇게 되면 회사에서 그의 자리는 더욱더 위태로워질 것이기에 무슨 일이 있어도 그냥 내버려 두어서는 결코 안 된다. 그레고르는 이런 사실을 바로 간파했다. 부모님은 그 모든 일을 이해하실 수가 없을 것이다. 벌써 여러 해 전부터 그분들은 그레고르가 이 회사에 다니는 한, 평생 먹고 살 일은 보장을 받고 있다는 굉장히 허황된 믿음을 갖고 계시기 때문이다. 게다가 요즘은 유난히 근심거리가 많아져서 차분히 미래를 가늠하는 선견지명이란 게 도무지 작동하지 않았다.

그에 비해 그레고르는 선견지명이 확실한 사람이었다. 저 상무님은 무조건 붙들어 모셔야 할 분이었다. 먼저 좀 진정을 시켜 드리고, 자기 말을 믿어줄 수 있도록 그분의 마음을 확실히 사로잡아야 한다. 그레고르와 그의 가족의 미래는 지금 완전히 그에게 달린 것이다. 여동생이 여기 꼭 있어야 하는데!

그 애는 참 영리했다. 그레고르가 아직 등을 대고 가만히 누워만 있었는데도, 누이는 이미 모든 걸 파악하고 찔찔거리기 시작하지 않았는가! 그 애라면, 무던히도 여자를 밝히는 상무님 정도는 확실히 휘어잡을 수 있을 것이다. 그 아이가 집에 있다면 진즉 거실문을 꼭 닫아걸고 절대로 현관 밖으로 빠져나가시지 않게 한 다음 그분의 놀란 마음을 충분히 다독여 놓았을 것이다. 하지만 여동생은 지금 여기에 없다. 그레고르가 직접 나서야 하는 처지였다. 그래서 안간힘을 다해 여태껏 기대고 있던 문짝에서 자리를 박차고 일어났다. 제대로 움직일 수 있는 능력이 과연 얼마나 남아 있는지를 따져 볼 겨를도 전혀 없었고, 자기가 하는 얘기를 남들이 얼마나 알아먹을지 아닐지에 대해서도 생각해 볼 여유가 없었다. 그냥 문짝부터 힘껏 걷어찬 다음 열린 틈으로 돌진해 상무님께 달려갈 참이었다. 하지만 그분은 이미 현관을 벗어나, 좀 우스꽝스러운 자태였지만 두 손으로 층계참의 난간을 꼭 붙들고 계셨다.

그레고르도 어딘가에 의지하려 쩔쩔매다 짧은 비명을 지르며 그 자리에 고꾸라졌는데, 그 많은 발을 그만 모두 깔아뭉개며 자빠진 꼴이 되었다. 그런데 이렇게 엎어지고 나니까 비로소 그는 오늘 아침 들어 처음으로 육신의 편안함이라는 걸 맛본 셈이었다. 자신의 수많은 다리가 비로소 단단한 바닥에 사뿐히 착지하게 되었으니 말이다. 어여쁘고 작은 발들은 이제 드디어 주인님의 뜻을 고스란히 따르는 경지를 넘어 세상 어디라도 원하는 곳이라면 기꺼이 주인님의 옥체를 옮겨 드릴 자세가 확실히 되어 있었다. 그레고르는 이제 드디어 모든 고통이 마무리될 시점에 도달했다는 확신 같은 게 느껴졌다.

하지만 어머니 곁으로 다가가던 그레고르가 바닥에 쓰러져 계신 그녀를 바로 목전에 두고 걸음을 늦추느라 잠시 몸뚱이가 흔들린 순간, 완전히 의식을 잃으신 줄만 알았던 어머니께서 갑자기 허공에 양팔을 뻗고 손가락까지 더 활짝 펼치시며 비명을 질러 대셨다.

"살려 줘, 제발 사람 살려!"

어머니께서는 그레고르를 더 잘 보려 고개를 숙이시는 것 같더니만 오히려 후다닥 몸을 빼고 뒷걸음질을 치셨다. 그녀 뒤편에 잔뜩 어질러진 채 아직 치우지 않은 아침 밥상이 있다는 사실을 까맣게 잊으신 듯 그 가까이몸을 피하다 다시 정신줄을 놓아 버리셨다. 그러다 그만 밥상 위로 주저앉아 버리신 바람에 커다란 커피 주전자가 엎어지며 바닥 양탄자로 커피가 쏟아진다는 사실조차 깨닫지 못하신 것 같았다.

"엄마, 엄마!"

그레고르는 작은 소리로 안타깝게 엄마를 부르며 멀거니 바라보았다. 그 순간이나마 상무님에 대한 생각은 까마득히 잊어버린 채, 식탁에서 흐르는 커피에 꽂혀 몇 차례나 허공으로 턱 쪼가리를 주억거렸다. 그 모습에 다시 기겁한 어머니께서는 허둥지둥 식탁에서 일어나 달아나다 털썩 넘어지는 순간, 마침 맞은편에서 달려오던 아버지 품에 쓰러지셨으니 그나마 천만다행이었다.

하지만 상무님께서는 벌써 계단을 내려가기 시작한 터라, 그레고르는 부모님을 돌봐 드릴 여유가 전혀 없었다. 상무님께서는 두 손으로 꼭 붙들고 있던 계단 난간에 턱을 기댄 채 한 번 더 마지막으로 돌아보셨다. 그레고르는 이제 무슨 일이 있더라도 그분을 붙들어야 한다는 일념으로 다시 한 발을 떼었으나 상무님께서는 바로 뭔가를 예감하신 듯, 계단을 몇 개씩이나 한꺼번에 건너뛰며 바로 사라지셨다. 하지만 그가 뱉은 마지막 탄성은 곧 메아리가 되어 계단 전체로 울려 퍼졌다.

"에휴!"

그런데 상무님의 이 탈주극은 여태껏 상당히 침착하셨던 아버지마저 혼란의 소용돌이로 몰아넣은 듯했다. 안 그랬다면 당신이 직접 상무님을 쫓아가거나, 아니면 적어도 그레고르가 쫓아가려는 걸 방해하지는 말았어야 하지 않았겠는가. 그런데 아버지는 오른손으로 상무님이 의자 위에 두고 간 모자와 외투 그리고 지팡이를 움켜쥐고, 왼손으로는 식탁에 있던 두꺼운 신문을 거머쥔 채 바닥을 발로 쿵쿵 구르다 손에 들린 지팡이와 신문을 흔들면서 그레고르를 그의 방에 다시 처넣으려고만 했다. 그레고르가 아무리 말려도 소용이 없으셨고, 애원하는 그의 말을 알아듣지도 못하셨다. 서러움을 참느라 힘껏 고개를 돌렸음에도 아버지는 쾅쾅 더 세게 발을 굴러댈 뿐이었다.

그 사이 정신을 차리고 일어난 어머니는 바깥 날씨가 제법 쌀쌀한데도, 굳이 저쪽 창문을 열어젖히고 두 손으로 뺨을 괸 채 창밖으로 얼굴을 내미셨다. 골목과 계단 사이에서 생겨난 강한 바람 탓에 창문 커튼이 펄럭이고, 식탁 위에 있던 신문도 석석 소리를 내며 온 바닥으로 흩어졌다. 아버지는 이제 야만인처럼 씨근대다 인정사정 볼 것 없다는 듯 아들을 밀어붙였다. 하지만 그레고르는 아직 뒷걸음 연습을 한 적이 없어서, 더더욱 더디게 움직일 수밖에 없었다.

그레고르가 혼자서 몸을 돌릴 수 있게 조금만 기다려 주신다면 그는 곧 방으로 돌아갈 수 있을 것이다. 하지만 그 회전이란 게 워낙 시간을 잡아먹는 일이니만큼 아버지께서 도저히 그걸 참지 못하실까 겁이 났고, 등짝이든 머리통이든 어느 순간에 날아올지 모를, 아버지 손에 들린 치명적인 지팡이도 굉장히 위협적이었다. 하지만 그레고르는 달리 방도가 없었다. 뒷걸음질로는 방향조차 제대로 가누지 못한다는 걸 여태껏 몰랐다는 게 본인도 놀라울 따름이었다. 그래서 계속 곁눈질로 아버지를 예의 주시하며 가능한 한

빨리 (하지만 사실은 너무나도 느릿느릿) 자기 몸의 방향을 돌리기 시작했다. 아마도 아버지는 아들의 착한 마음을 알아차리신 듯, 이 굼뜬 행동을 방해하지 않으셨다. 아니 오히려 저만큼 떨어져서 지팡이를 휘저어 대니, 멀리서 바라보면 오히려 아들의 회전 동작을 이리저리 지팡이 끝으로 지휘하는 것만 같았다.

아무리 그래도 아버지 입에서 부디 저 쉭쉭 소리만 나지 않으면 훨씬 참을 만할 텐데! 그레고르는 그 괴상망측한 소리에 정말 머리가 돌아 버릴 것 같았다. 그놈의 쉭쉭 소리가 계속 들리니까 더욱 신경이 곤두서서, 간신히 다 돌린 몸뚱어리가 잠시 중심을 잃어 좀 되돌아오고 말았다. 다행히 열린 문 방향으로 그의 머리를 잘 맞춰 걸음을 멈춰 세우기는 했는데, 그의 몸뚱어리 폭이 너무나 넓어 도저히 그 방향으로 직진해서는 문을 통과할 수가 없었다.

아버지가 만약 정신이 온전하시면 다른 문짝을 마저 열어 그레고르가 넉넉히 통과할 수 있게 도와줄 수도 있었겠으나, 지금은 전혀 그런 걸 기대할 수 있는 상태가 아니었다. 아버지 머릿속에는 어떻게든 빨리 그레고르를 그의 방으로 쳐넣어야겠다는 생각밖에는 없어 보였다. 지금 그냥 이대로 문을 통과하려면 그레고르는 먼저 몸을 일으켜 세워야 하고 그러려면 다시 몇 가지 준비를 더 해야 하는데, 아버지는 전혀 그렇게 하도록 내버려 둘 심산이 아니셨다. 오히려 더 심한 괴성을 질러 대고 무지막지한 우격다짐으로 밀어붙이며 그레고르를 방 안으로 몰아넣으려고만 했다.

그레고르 뒤에서 들리는 소리는 이제 세상에 한 분뿐인 아버지의 음성이 결코 아니었다. 그레고르는 더 이상 어떻게 해 볼 도리가 없고 자포자기 심정이 되어 그냥 문 안으로 떠밀려 들어갔다. 몸의 한쪽이 위로 들리는가 싶더니, 몸뚱어리 전체가 문틀에 비스듬히 걸려 있는 꼴이 되었다. 한쪽 옆구리가 완전히 쓸리고 긁혀 상처투성이가 되는 바람에, 하얀 문짝에도 여기저기 보기 흉한 얼룩들이 함께 남았다.

이제 그는 문틀에 꽉 끼인 채 혼자 힘으로는 꼼짝할 수 없는 신세가 되고 말았다. 한쪽 다리들은 허공에서 벌벌 떨고, 다른 쪽 다리들은 바닥에 처박혀 그 통증이 지독했다. 그런데 아버지가 뒤에서 냅다 발길질로 걷어차 주신 바람에, 그건 일생일대에 다시없을 구원이 되어, 비록 피는 철철 흐르지만 드디어 방 한가운데로 사뿐히 나가떨어졌다. 그리고 그 지팡이로 다시 쾅 하고 문을 닫아 주시니 어느새 강물 같은 적막이 방 안에 출렁거렸다.

Ⅱ

　저녁 어스름이 되어서야 그레고르는 초주검 같았던 깊은 잠에서 깨어났다. 아무도 그를 건드리지 않았던 덕에 더는 곯아떨어질 수 없을 만큼 늘어지게 자고 잘 쉬었단 느낌이었다. 하지만 날랜 걸음 같은 기척이며 현관을 향한 문이 조심스레 닫히는 소리에 잠을 깬 것 같은 느낌도 어렴풋이 남아 있어 썩 개운치만은 않았다. 천장과 가구 위쪽으로 흐릿하게나마 창밖 가로등이 비추었으나 그레고르가 누워 있는 바닥은 아주 침침했다.

　그동안 무슨 일이 벌어졌는지 궁금해서 그는 천천히 문 쪽으로 몸을 틀어 보다가 아직은 서툴러 능숙하게 움직일 수 없지만 더듬이가 제법 쓸모가 있다는 사실도 알게 되었다. 왼쪽 옆구리의 묵직한 통증으로 짐작하건대 거기 상처가 길쭉하게 뻗어 있는 게 분명했다. 두 줄로 난 그 많은 다리로 움직이는데도 옆구리가 너무 아파 심하게 절룩일 수밖에 없었다. 더구나 오전에 난리 법석을 떠는 동안 다리 하나를 심하게 다쳐서 덜렁덜렁 그냥 매단 채 끌고 다니는 꼴이었다. 하긴 그만한 정도에서 상처가 그친

것도 기적이라고 할 수 있었다.

간신히 문 앞에 이르러서야 그는 자기가 왜 그렇게 열심히 몸을 움직였는지를 깨달았다. 어디선가 솔솔 음식 냄새가 풍기는데, 거기 달착지근한 우유가 담긴 접시에 하얀 빵 조각들이 동동 떠 있었다. 너무 좋아 그는 웃음이 터질 것 같았다. 아침과는 비할 수 없이 배가 고파서 머리를 그대로 우유에 처박았다. 우유에 거의 눈까지 잠길 지경이었으나 곧 머리를 쳐들고 말았다. 그걸 먹자면 온몸이 함께 헐떡거려야 하니 옆구리가 너무 아파서 힘들기도 했지만, 그보다는 우유 맛이 굉장히 이상하기 때문이었다. 오라비가 워낙 우유를 좋아하니 아마 그 생각을 하고 누이가 가져다 둔 모양이지만, 이제는 도무지 그 맛이 아니었다. 도저히 그걸 그냥 먹을 수가 없어서 접시에서 고개를 돌린 채 힘들게 기어 다시 방 한가운데로 돌아오고 말았다.

문틈으로 보이는 저 바깥 거실에는 가스 불이 밝혀져 있었다. 이 무렵이면 아버지는 보통 목청을 높여 어머니 그리고 이따금 딸내미도 곁에 앉혀 놓고 애지중지하시는 석간신문을 읽어주곤 하셨는데 지금은 아무 소리도 나지 않았다. 누이는 아버지가 읽어주신 신문 내용을 기억했다가 그레고르에게 이야기하고 종종 편지에도 써 보냈는데, 생각해 보니 요즘 들어서는 별로 그런 적이 없던 것 같았다. 그런데 마치 집이 텅 빈 것처럼 아무 인기척이 나지 않았다.

"우리 가족은 어찌 이리들 고요하게 지내시나?"

그레고르는 다시 혼잣말하며, 부모님과 여동생이 자기 덕에 제법 이 정도 좋은 집에서 이토록 평온히 지낼 수 있다는 사실이 새삼 뿌듯하고 또 흡족한 마음이 들어 물끄러미 어둠 속 눈앞을 응시하였다. 그런데 이제 모든 게 박살이 나게 되었다. 이 평온함, 쾌적하고 단란한 생활 수준을 더 이상 유지할 수 없게 될 텐데, 그럼 앞으로 우리는 어떻게 되는 걸까 싶어서 심란했다. 암울한 생각을 떨쳐 내고자 그레고르는 애써 몸을 움직이며 방안을 이리저리 기어 다녔다.

그 길고 긴 저녁 시간에 그의 방 한쪽 문이, 그리고 다른 쪽 문이 각각 한 차례씩 아주 살짝 열리는 것 같더니 곧 닫혀 버렸다. 아마도 누군가가 방으로 들어오려다 곧 마음을 바꿀 만큼 생각이 복잡한 모양이었다. 그레고르는 그렇게 망설일 필요 없이 바로 들어오게 하려고, 아니 최소한 그게 누구였는지는 좀 알고 싶은 마음에 거실로 향한 문 바로 곁으로 몸을 옮겨 기다렸으나, 안타깝게도 문은 더 이상 열리지 않았다.

문이 다 잠겨 있던 오늘 아침에는 그 방으로 들어오려고들 그토록 애를 쓰더니, 한쪽 문은 그가 이미 열어 두었고 다른 쪽 문도 하루 종일 열려 있었는데 누구도 이제 더는 그의 방으로 들어오지 않을뿐더러, 열쇠 또한 방 안이 아니라 바깥쪽에 꽂혀 있었다.

늦은 밤이 되어서야 거실의 불도 모두 꺼졌다. 부모님과 여동생이 그때껏 잠자리에 들지 않고 있었다는 게 확실해졌다. 세 사람 모두 조심조심 발끝걸음으로 살살 거실을 떠나는 소리가 분명히 들렸기 때문이었다. 그러니 다음 날 아침까지 이제 아무도 그레고르 방으로는 들어오지 않을 것이다. 덕분에 이전과는 다를 수밖에 없게 될 자신의 삶을 앞으로 어떻게 꾸려야 할지, 아무 방해도 받지 않고 생각할 시간이 충분하게 확보된 셈이었다.

반면 지난 오 년 동안 살았던 자기 방이지만, 이제 그 바닥에 납작하게 누워 있을 수밖에 없는 신세가 되니 높은 천장이 더 썰렁하게 느껴지고 마음이 심란해서 정말 걷잡기 힘들었다. 그 참담함을 떨쳐 내려 그랬는지 얼떨결에 몸을 돌려 소파 밑으로 기어들어 갔다. 소파 밑은 등짝도 좀 눌리고 고개를 쳐들 수도 없었으나 마음은 오히려 편하고 뭔가 꼭 들어맞는 기분이 나쁘지 않았다. 몸뚱이가 너부데데해서 소파 밑에 완전히 몸을 숨길 수 없는 게 유감일 따름이었다. 허기가 몰려와 몇 번이나 잠을 깼고, 소파 밑에서 밤을 지새우는 비몽사몽 속에서 끊임없이 근심이 몰려들었다. 그러나 역시 얌전히 굴면서 가족들을 배려해야만 그들도 함께 인내하고 결국 그레고르의 흉측한 몰골을 받아들여 주리라는 희망으로 결론이 나곤 했다. 그리고 얼마 후 그레고르는 자신의 결론을 시험할 수 있는 기회가 왔다.

아직 한밤중이나 다름없는 꼭두새벽이었다. 겉옷까지 거의 차려 입은 누이가 거실 쪽을 향한 그레고르의 방문을 열더니 몹시 긴장한 모습으로 방 안을 들여다보았다. 오라비가 어디 있는지 바로 알아보지 못한 채 둘러보다 소파 아래로도 눈길을 돌렸다. 도대체 어디 숨은 거야, 어디 멀리 날아갔을 리는 없는데. 그녀는 한참을 두리번거리다 기겁을 했다. 그리고는 스스로를 추스르지 못한 듯 결국 있는 힘껏 다시 문짝을 닫아 버렸다.

하지만 자신의 태도를 반성이나 하는 것처럼 다시 문을 열더니 마치 중환자실에 아니, 낯선 이를 찾아오는 듯 살금살금 발끝걸음을 하고는 방 안으로 들어왔다. 그레고르는 소파 바깥을 향해 머리를 추켜올리고 그녀의 행동을 가만히 관찰했다. 자기가 우유를 먹지 않고 그대로 놔두었다는 걸 과연 저 애가 알아차릴 수 있을까, 더욱이 그게 배가 고프지 않아 그런 게 아니란 것까지도 눈치를 채고 부디 오라비가 먹을 수 있는 다른 음식을 좀 가져다줄 수 있을까?

그는 당장 소파 밑에서 뛰쳐나와서 누이 발치에 몸을 던지고 제발 자기가 먹을 수 있는 음식을 좀 가져다 달라고 애걸이라도 하고 싶은 심정이었다. 그럼에도 불구하고 만약 누이가 스스로 알아서 행동하지 않을 경우, 누이에게 굳이 그 사실을 깨닫게 해 주려고 애를 쓰니 차라리 굶어 죽는 편이 낫겠다는 생각도 했다. 하지만 놀랍게도 누이는 접시 주변에 우유가 몇 방울 흩어져 있을 뿐 거의 그대로임을 알아차린 듯 바로 그걸 집어 들었다. 당연히 맨손으로 잡은 건 아니었고 걸레를 가져와 잡긴 했으나 아무튼 그 냄새 나는 접시를 고맙게도 바깥으로 치워 주었다.

누이가 이제 우유 대신 뭘 가져올지 그레고르는 굉장히 궁금해 하며 온갖 추측을 다 해 보았다. 하지만 아무리 궁리를 해도 예쁘고 착한 누이동생이 들고 올 음식이 무엇일지는 전혀 가늠할 수가 없었다. 그런데 누이는 놀랍게도 그의 입맛을 알아보기 위해 정말 다양한 종류의 음식들, 이미 상하기 시작한 오래된 채소며, 저녁 밥상에서 나온 게 분명한 하얀 국물이 엉겨 붙은 뼈다귀, 건포도와 아몬드 조금, 벌써 이틀 전 그레고르가 맛이 갔다고 치워 버렸던 치즈, 아무것도 바르지 않은 빵, 버터를 바르고 소금을 살살 뿌린 빵까지 골고루도 챙겨 와서는 오래된 신문지 위에 죄다 펼쳐 놓았다. 그뿐만 아니라 적당히 물이 담긴 접시도 하나 다시 갖고 왔는데, 그건 분명히 그레고르의 처지를 제대로 파악했다는 증거였다.

이 마음씨 고운 누이는 자기 앞에서 그레고르가 게걸스레 먹는 모습을 보이고 싶어 하지 않으리란 심정까지도 헤아린 듯 서둘러 방에서 나가 주었고, 바깥에서 열쇠까지 돌려 방문도 확실히 잠가 주었다. 가엾은 오라비에게 이제 마음 놓고 그 음식들을 즐겨도 된다는 걸 분명히 알게 해 주려고 그랬음이 틀림없었다. 드디어 음식을 향한 행진을 위해 그레고르의 가녀린 발들이 부르르 떨렸다. 그런데 놀랍게도 여기저기 남아 있던 상처들이 깔끔히 나아 버린 게 확실했다. 더 이상은 어디도 불편한 데가 느껴지지 않으니 믿기 힘들 만큼 놀라운 재생 능력이었다. 그저께까지만 해도 심지어 한 달 전 칼끝에 베어 아물지 않은 손가락 상처가 아직 좀 남아 있었는데 말이다.

"섬세한 감각들은 점점 사라지는 건가?"

그레고르는 잠시의 걱정을 접어 두고 구미를 자극하는 음식을 향해 군침을 흘리며 달려가 먼저 치즈에 입을 댔다. 흡족한 마음에 그렁그렁 눈에 눈물까지 맺힌 채 상한 채소와 치즈, 그리고 맛이 변한 소스까지도 허겁지겁 먹어 치웠다. 그에 비해 신선한 음식들은 도무지 맛이 없었다. 아니 그런 정도가 아니라 입에 맞는 음식들과는 굳이 저만치 떼어 놓아야 할 만큼 그 냄새조차 역겨웠다. 그렇게 허둥지둥 입에 맞는 걸 몽땅 먹어 치우고 나니 금세 노곤해서 혼곤히 그 자리에 주저앉아 있던 오라비에게, 누이는 천천히 방문 열쇠를 돌리며 잠시 물러나 있는 게 좋겠다는 신호를 보냈다. 잠이 막 쏟아지던 참이었는데, 열쇠를 돌리는 소리에 화들짝 놀라서 잠이 깬 그레고르는 다시 서둘러 소파 아래로 기어들었다.

하지만 누이가 방에 들어와 잠시 머물던 그 짧은 시간 동안 그레고르는 소파 밑에서 이루 말할 수 없는 곤욕을 치러야 했다. 풍성한 식사로 한결 둥글둥글해진 갑충의 몸뚱이가 소파 밑 좁은 공간에 들어가니 제대로 숨쉬기조차 힘들었기 때문이었다. 그레고르는 질식사를 할 것 같은 기미가 느껴지는 걸 간신히 참으면서 다소 튀어나온 버러지의 눈으로 누이동생의 일거수일투족을 지켜보았다.

그녀는 오라비의 상태를 살필 겨를이 전혀 없는 듯 그레고르가 흘린 음식 부스러기뿐 아니라 전혀 손대지, 아니 입도 대지 않은 음식들까지 이제 더는 쓸데가 없다는 듯 빗자루로 모조리 쓸어 모았다. 그렇게 쓰레기통에 넣어 허겁지겁 나무 뚜껑으로 덮어 버리더니 방 밖으로 죄다 가져 나갔다. 누이가 등을 돌리자 곧바로 기어 나온 그레고르는 소파 밑에서 오그린 채 숨어 있느라 힘겨웠던 몸뚱이를 드디어 쭉 펼 수 있었다.

이런 식으로 그레고르는 하루에 두 차례씩 음식을 받아먹었다. 부모님과 식모 언니가 아직 잠에서 깨기 전 이른 아침에 한 차례, 그리고 식구들이 모두 점심을 먹은 뒤에 한 번 더 얻어먹었다. 부모님은 점심 식사 후 잠시 낮잠을 주무시고, 식모 언니는 이것저것 심부름 거리를 만들어 누이가 밖으로 내보내는 모양이었다. 그들도 그레고르가 굶어 죽기를 바랐을 리는 없다. 하지만 그가 뭘 어떻게 먹고 지내는지, 그 소상한 내용을 자꾸만 캐물을 엄두가 나지 않으니 누이한테 모두 맡겨 버린 셈이었다. 누이는 아마 시시콜콜 그 고통스러운 현실을 떠들어 봤댔자 가족들은 더욱더 비통할 따름이니, 조금이라도 그걸 줄이는 게 낫겠다는 입장이었을 것이다.

그레고르는 그 사건이 터진 날 아침결에 대체 어떤 식으로 이야기를 해서 의사 선생님과 열쇠공을 돌려보냈는지 궁금하지만 그건 도무지 알 수가 없는 노릇이었다. 목소리가 변하면서 자신들이 그레고르의 말을 알아들을 수 없게 되었으니, 누이는 물론 그 누구도 버려지가 된 그레고르는 여전히 사람의 말을 알아들을 수 있으리란 사실을 생각조차 못 하는 것 같았다. 그렇다 보니 그의 방에 누이가 이따금 들어온다 해도 그가 들을 수 있는 건, 오가며 내뱉는 누이의 한숨 소리와 여러 천사의 이름을 불러 대는 탄식 소리가 전부였다.

그나마 누이가 이 모든 일에 어느 정도 적응이 된 후에는, 물론 완전한 적응이란 있을 수 없는 얘기겠지만, 그래도 제법 친절한 혹은 친절하다 싶은 마음이 느껴지는 표현들을 이따금 얻어들을 수 있어서 정말 고마웠다.

"오늘은 맛이 괜찮았나 봐."

그레고르가 깨끗이 먹어 치운 접시를 보면 누이는 그렇게 말했다. 하지만 그와 정반대인 경우는 몹시 슬픈 목소리로 이렇게 말하곤 했다.

"이런, 또 그냥 잔뜩 남겨 놓았네."

그런데 이렇게 잔뜩 남기는 경우가 점점 더 빈번해졌다.

그레고르는 이제 어떤 소식도 누구에게서 직접 들을 수는 없게 되었으나 이따금 옆방에서 나는 소리를 엿듣고 대략의 사태를 짐작할 수는 있었다. 아무리 작은 소리라도 뭔가 소리가 난다 싶으면 얼른 더 가까이 소리가 나는 쪽으로 기어가서 그 문짝에다 온몸을 비비대며 귀를 바싹 가져다 붙이곤 했다.

특히 처음 얼마 동안은 밖에서 들리는 그들 대화는 그레고르와 무관한 이야기는 없는 것 같았다. 좀 에둘러서 얘기해도 그것 역시 한결같았다. 처음 이틀은 식사 때마다 번번이 앞으로 그들이 어떻게 해야 좋을지에 대해 논의를 했다. 아니 식사 때가 아니고 그 중간에도 늘 같은 주제로 이야기를 나누었다. 누구라도 집에 혼자 있게 되는 걸 꺼려서인지, 아니면 어떤 경우라도 집을 통째로 비울 수는 없어서였던지 집에는 늘 최소한 두 식구는 남아 있었다.

부엌 담당이던 식모 언니도 사건 첫날 이미 어머니께 무릎을 꿇고 부디 자신은 나가게 해 달라고 간곡하게 부탁을 했다. 그리고 십오 분 후 작별 인사를 하며 최대한 선처를 베풀어 준 점에 대해 눈물을 흘리고 고마워하며 집을 떠났다. 이번 사태에 대해 식모 언니가 뭘 얼마나 알고 있는지 확실히는 알 수 없으나, 가족 중 누구도 그녀에게 특별히 뭘 요구한 바 없건만 그녀는 아무리 사소한 얘기라도 결코 입 밖으로 꺼내지 않겠노라고 혼자서 거듭 맹세를 하고 떠나 버렸다.

그래서 이제 부엌일은 어머니와 누이가 맡아야 했다. 물론 모두 식욕이 줄어든 탓에 뭘 크게 준비할 일은 없었다. 그레고르는 가족들이 서로에게 반복하는 매일 똑같은 소리를 들을 수 있었다. 그러니까 서로에게 "난 됐어, 실컷 먹었어."라는 답변 외에 별다른 얘기를 나누지 않는다는 사실도 알 수 있었다. 아버지는 아예 술도 끊어 버리신 모양이었다. 사건이 터진 첫날부터 사실 아버지는 어머니와 누이에게 현재 집안의 재정 형편이며 앞으로의 전망 일체를 상세하게 설명하셨다. 이따금 식탁에서 벌떡 일어나서, 5년 전에 말아먹은 사업체의 살림 찌꺼기에서 건져 낸 작은 금고 속에 있던 거라며 무슨 서류며 영수증, 장부 따위를 꺼내 오곤 하셨다. 그런 다음 몹시 복잡하게 생긴 열쇠로 금고를 열어 어떤 자료를 열심히 꺼내신 다음 다시 찰칵 하고 금고를 잠그는 소리가 들리곤 했다.

이따금 아버지에게 목이 마르지 않냐, 원하시면 가서 맥주를 좀 사 오겠노라고 분위기를 띄우는 누이의 목소리도 들렸다. 하지만 내내 묵묵부답일 뿐 아무 답이 없었다. 누이는 아버지 심기를 살피려는 듯 경비 아저씨네 아줌마한테 그 정도 심부름은 부탁할 수 있다고도 말을 보태지만, 아버지는 단칼에 "됐다!"고 한껏 소리를 높여 말을 자르곤 했다. 그럼 더 이상 어떤 이야기도 이어지지 않았다.

자기 방에 갇혀 살기 시작한 이후 그레고르가 문짝에 귀를 바짝 대고 엿듣게 된 아버지의 설명 중 이전에는 전혀 알지 못했던 반가운 소식도 조금 있었다. 아버지의 지난 사업에서는 한 푼도 건질 게 없다고만 그는 알고 있었다. 그렇지 않다는 얘기를 아버지가 하신 적이 한 차례도 없기 때문이었다. 그레고르도 당연히 그에 대해 물어본 적이 없었다. 아버지의 사업이 완전히 파산에 이른 탓에 당시 그레고르의 관심은 어떻게든 온 가족이 겪게 된 그 절망적인 상황에서 조속히 출구를 찾아 거길 벗어나는 일에 집중되어 있었고 아울러 모든 걸 잊으려 했다.

그래서 불같은 열정으로 당장 일에 뛰어들었고, 한낱 인턴으로 들어간 직장에서 불과 하룻밤 사이에 정규직 영업 사원으로 승진을 했다. 떠돌이 영업 사원에게는 일반 사원과는 전혀 다른 방식으로 돈벌이의 기회가 주어지는데, 거래 회사를 상대로 실적을 올리면 해당하는 배당액이 곧 현금으로 지급되었다. 귀가 후 이를 탁자에 떠억 올려놓으면 식구들은 깜짝 놀라고 마냥 행복해 저절로 입들이 벌어지곤 했다.

한껏 좋은 시절이었다. 그 후에도 그레고르에게는 가족 모두 풍족하게 지낼 만큼 꾸준히 돈을 벌 기회가 왔고, 실제로 그렇게 수입을 올릴 수 있었다. 하지만 그때처럼 눈부신 행복을 다시는 맛볼 수 없었으니 가족들도 그렇고 그레고르도 일종의 타성에 길들여진 탓이었다. 가족들은 그레고르가 벌어 오는 돈을 당연히 받아서 썼고 그 또한 아낌없이 돈은 내놓았으나, 그런 과정에서 각별하고 *끈끈한* 정 같은 게 점점 더 희미해졌다. 단지 누이만이 그레고르와 좀 돈독한 관계였다고 할 수 있을 것이다.

그레고르와 달리 누이는 음악을 무척 좋아하고 바이올린도 멋지게 연주할 줄 알았다. 그래서 비용이 엄청 드는 일이었으나 그레고르는 비용에 상관없이 내년에는 누이동생을 음악 대학에 보낼 계획도 조심스레 세워 놓았다. 닥치면 또 새로운 길이 열리리라는 믿음으로 그렇게 준비를 하고 있었다.

장기 출장 후 집에 돌아와 머무는 동안 그레고르는 누이동생과 많은 시간을 함께 보내곤 했다. 남매는 종종 누이가 음악 대학에 가서 공부하는, 아주 막연하고 꿈같은 이야기를 나누었는데, 부모님은 현실성 없는 일이라며 시답잖은 소리로 여길 뿐 한 번도 귀를 기울여 주지 않았다. 하지만 그레고르는 벌써 오래전부터 어떻게든 이 꿈을 이루겠다고 단단히 마음을 먹고 있었다. 그리고 돌아오는 성탄 전야에는 이 기쁜 소식을 알리며 함께 축하할 생각이었다.

그러나 지금 그는 문짝에 몸을 붙이고 끙끙대며 뭐라도 바깥에서 나는 소리를 주워들으려 애쓰는 꼴이 되었다. 어느새 모두 물거품이 되었다는 생각이 머릿속을 스치며 지나갔다. 몸을 문에 붙이고 엿듣는 일이 때로 너무 고되고 더는 버티기 힘들어 끙끙대다 문짝에 그만 머리를 부딪치기도 했으나, 그레고르는 얼른 자세를 바로잡아 머리를 곧추세우곤 했다. 살짝 부딪친 소리가 옆방에도 들린 탓에 거기서 얘기를 나누던 가족들이 그만 말하기를 그친 때문이었다.

"저 애가 또 뭘 하는가 보네."

잠시 후 아버지의 목소리가 들렸다. 아버지는 분명 방문 쪽으로 돌아보며 그렇게 말했을 것이다. 그렇게 얼마가 지난 후에야 끊겼던 대화가 다시 이어지곤 했다.

그레고르는 이제 드디어 사태의 전모를 알게 되었다. 아버지가 시시때때로 같은 이야기를 반복한 덕분인데, 그건 어머니가 단번에 알아듣지 못한 탓이기도 했고, 실은 아버지 당신이 오래전 집안의 재정 문제를 방치해 둔 탓이기도 했다. 하지만 결론은 온갖 재난과 시련으로 거덜 났던 예전의 살림 찌꺼기에서 뭔가 상당히 남아 있는 게 있다는 뜻이었고, 더욱이 그걸 건드리지 않았더니 그사이 살짝 이자까지 불어났단 얘기였다. 게다가 그레고르가 매달 집에 갖다 준 돈도 다 써 버리지 않아서 (그는 자기 몫으로는 용돈이나 조금씩 갖다 쓰는 정도였던 덕에) 그동안 쌓인 돈도 제법 된다는 것이었다.

문짝에 몸을 바짝 붙이고 그 얘기를 모두 엿들으며 전말을 알게 된 그레고르는 이 예상치 않던 신중함과 알뜰함에 연신 감탄을 하며 함께 고개를 끄덕였다. 이런 여분의 돈이 있다는 사실을 진즉 알았다면 그는 아버지가 사장에게 진 빚도 훨씬 더 많이 갚을 수 있을 것이었다. 더욱이 그 지긋지긋한 영업 사원 일도 계획보다 훨씬 더 일찍 그만둘 수 있는 거였다. 하지만 지금 여러 사정이 이렇게 되고 보니, 이런 식으로 방치해 둔 아버지의 처사가 정말 너무도 훌륭하셨다는 사실에 어떤 이의도 제기할 수 없게 된 것이다.

하지만 그 정도의 돈으로는 그래 봤자, 거기서 나오는 이자만으로는 도저히 그들 가족이 나머지 생계를 꾸려갈 수 없는 현실이었다. 원금을 까먹기 시작한다 해도 한두 해 지나면 곧 바닥이 드러날 딱 그 정도 액수였다. 그러니 그건 절대 건드려서는 안 되는, 만일의 사태를 대비해 꼭 쥐고 있어야만 할 비상금에 해당했다. 그러므로 어떻게든 별도로 집안의 생활비를 벌어야만 한다. 아버지는 아직 건강하시나 이미 나이가 많이 들었고 또 지난 5년 동안은 아무 일도 않고 지내신 탓에 새로운 일을 찾을 엄두를 낼 수가 없는 형편이었다. 게다가 건진 건 별로 없다고 해도 평생을 이리 뛰고 저리 뛰며 사시다가 요 5년 처음 늘어지게 쉬었던 탓에 몸집이 많이 불어 거동도 크게 둔해진 상태였다.

그렇다고 어머니가 나가서 돈을 벌어 올 수 있을까? 어머니는 천식을 달고 사는 분이라 집 안에서만 돌아다녀도 숨이 가빠지고, 안 그래도 이틀에 한 번꼴로 호흡 곤란이 와서 창문을 열어 놓고 그 아래에 놓아둔 소파에 누워 숨을 고르며 지내는 형편이었다. 그렇다고 누이가 나서서 돈을 벌어 올 수 있을 것인가? 나이는 어느새 열일곱이나 먹었지만, 미인은 잠꾸러기라고 누이동생은 여전히 응석받이 애기나 다름없었다. 가끔 집안일을 거들기는 하나 그저 옷이나 예쁘게 차려입을 줄 알고, 그만그만한 연회에도 몇 차례 놀러 가 거기서 바이올린 연주나 하고 오는 철부지 딸 그 정도였다.

가족들이 처음 돈을 벌어야 한단 이야기를 시작한 이후 같은 이야기를 엿듣게 될 때마다 그레고르는 문에서 몸을 돌려 그 옆에 있는 차가운 가죽 소파에 몸을 던졌다. 너무 부끄럽고 울컥한 심정을 추스르기 힘들어서였다. 때로는 거기 그렇게 드러누워 한순간도 눈을 붙이지 못한 채 밤을 꼴딱 새우며 몇 시간 동안 소파 가죽을 긁어 대기도 했다. 때로는 죽을힘을 다해 의자 하나를 창가로 끌고 가서는 창틀로 기어올라 의자에 몸을 의지하고 창문에 기댄 채 시선을 저 멀리 창밖으로 돌려 보기도 했다.

그건 아마 이전에도 그렇게 창밖을 내다보며 느꼈던 어떤 충족감 같은 기억들이 올라왔기 때문이었을 것이다. 그런데 요즘은 그렇게 멀리 떨어져 있는 사물이 아닌데도 하루가 다르게 모든 게 점점 더 희미하게 감지되었다. 창문 너머 병원 건물도 전에는 날 선 윤곽이 너무 차갑고 도드라져 보여 슬며시 시선을 돌리곤 했는데 이제는 아예 그 형체조차 제대로 드러나 보이지 않았다.

그레고르의 집은 상당히 조용하지만 시내 한복판인 샬로테 거리에 있었다. 그런데 지금 그의 눈에는 창밖으로 아무런 형태가 잡히지 않고 잿빛의 하늘과 땅조차 제대로 구분이 되지 않았다. 자기네 주소를 알고 있지 않았다면 아마도 자신이 어느 막막한 황야에 와 있는 줄로 오해했을 정도였다.

영민한 그의 누이는 의자가 창가에 놓여 있는 걸 딱 두 차례 본 후부터는 그의 방을 청소하고 나면 언제나 의자를 다시 창가 옆의 같은 자리에 정확히 갖다 놓았다. 게다가 이제는 안쪽 창문까지 활짝 열어 놓았다. 그레고르가 누이와 이야기를 할 수 있다면, 그리고 오라비를 위해 여러 일을 챙겨주어서 정말 감사하다고 표현을 할 수 있다면, 누이동생이 베푸는 여러 호의를 그는 훨씬 편안히 받아들일 수 있을 것 같았다. 하지만 도무지 말을 할 수가 없으니 정말 미안하고 괴로웠다.

누이는 이 난감한 일을 죄다 덮어 버리려 무던히도 애를 썼고, 아무래도 시간이 지날수록 모든 일을 한결 수월히 해치우는 요령도 익히게 되었다. 하지만 시간이 지날수록 그레고르는 이 상황을 조금 더 제대로 파악할 수 있게 되었다. 그러자 누이가 문 여는 기척만 나도 금세 소스라치곤 했다. 누이는 방에 들어오면 마치 문 닫을 시간도 없어 서두르는 것처럼 냅다 달려가서 두 손으로 힘껏 창문을 열어젖혔다. 숨이 막혀 곧 죽을 것 같아 그렇게 서두르는 것처럼 보였다. 바깥 공기가 아직은 차가운데도 창가에 그대로 선 채 연달아 심호흡했다. 그러는 걸 보고 있자면, 행여 누가 그레고르방을 훔쳐보기라도 할까 봐 안절부절못하던 때가 언제였던가 싶었다.

매일 이렇게 두 차례씩 방에 들어와 난리 법석을 떠니, 그레고르는 하루 종일 소파 밑에 기어들어 가 벌벌 떨기 일쑤였다. 하지만 그는 알고 있었다. 그 아이는 만약 그레고르 방의 창문을 닫고도 그와 함께 편안히 숨을 쉴 수 있다면 기꺼이 그렇게 했지, 절대로 오라비에게 함부로 할 사람이 아니라는 것을 말이다.

그레고르의 변신 이후 한 달이 지났을 때 일이었다. 누이 입장에서는 더이상 그레고르 오라비의 몰골을 보고 새삼 기겁할 까닭이 없을 것 같았다.

그날도 그레고르는 의자에 올라가 몸을 세운 채 하염없이 창밖을 내다보고 있었다. 그런데 그날따라 누이가 평소보다 좀 일찍 방에 들어오는 바람에 그 모습을 고스란히 들키게 되었고, 그게 너무 괴이했던지 누이는 다시 기겁을 했다. 그레고르가 창문을 막고 서 있으니까 그 사이를 비집고 들어와서 문을 열 수는 없고, 그래서 방에 들어오지 않고 나갔더라면, 그건 그렇게 뜻밖의 일은 아니었다고도 할 수 있었다. 하지만 누이는 그냥 멈칫하며, 방에 들어오지 않았던 게 절대 아니고 질색을 하며 물러서더니, 너무 화가 나 참을 수 없다는 듯 아주 세차게 방문을 닫아 버렸다. 모르는 사람이 아마 이 장면을 보았더라면, 그레고르가 누이를 물어뜯을 작정으로 거기 숨어 기다렸나 하는 생각이 들 정도였다.

그레고르는 누이를 생각해 얼른 소파 밑에 들어가 몸을 숨기고 기다렸다. 하지만 누이는 정오가 되어서야 다시 나타났는데, 평소보다 훨씬 더 어쩔 줄을 몰라 하는 모습이었다. 누이의 안색을 살피며 그레고르는 여전히 자신의 꼬락서니가 견디기 힘들 만큼 흉측스럽다는 사실을 새삼스레 깨달았다. 더욱이 앞으로도 내내 그럴 수밖에 없을 것이며, 자기 몸의 작은 일부라도 소파 밑에서 삐죽 나와 있는 걸 보면 누구라도 곧 달아나는 게 인지상정일 것이었다. 아마도 누이 딴에는 그런 걸 참느라 나름대로 애를 쓰고 있으리라 여기며 자기 마음을 애써 추스를 수밖에 없었다. 그는 자신의 몸꼴이 누이동생의 눈에 조금이라도 덜 띄게 하는 방법을 찾아 어느 날 얇은 담요 하나를 자기 등에 실어서 소파 위로 끌어 올렸다. 그리고 담요로 자기 몸을 완전히 덮어, 이제는 누이가 행여 몸을 구부린다고 해도 오라비의 생김새가 잘 드러나 보이지 않게 했다. 이 작업을 하느라 그는 자그마치 네 시간이나 끙끙거렸다.

굳이 담요로 몸을 전부 덮을 필요까지는 없다 싶으면 누이가 그걸 벗길 것이라고 그는 생각했다. 몸을 그렇게 담요로 전부 덮는 것, 그레고르 오라비도 좋아서 그럴 리는 결코 없다는 건 금세 알 수 있을 것이기 때문이었다. 하지만 누이는 담요로 둘둘 덮은 상태 그대로 내버려 두었다. 그리고 한번은 오라비가 이토록 애쓰고 있다는 걸 누이가 어찌 받아들이는지 확인하고파, 담요 밖으로 조심스레 머리를 내밀고 누이의 동태를 살폈는데 역시 고마워하는 기색이 역력해 보였다.

처음 두 주 동안 부모님은 아들 방에 들어와 볼 엄두를 내지 못했다. 그런데 두 분의 대화를 통해 지금 누이가 제 오라비에게 하는 모든 일에 그들이 전적으로 감사하며 의지하고 있다는 사실을 자주 확인할 수 있었다. 사실 여태까지 두 분에게 누이는 뭐 하나 제대로 할 줄 아는 게 없어 쓰잘데기없는 철부지 계집애일 뿐이었고, 실제로 그렇게 노상 타박이나 당하던 딸이었다. 그런데 이제 누이동생이 오라비 방을 치우는 동안 어머니와 아버지 두 분은 하릴없이 바깥에서 딸이 나오기를 기다리는 눈치였다. 그러다 누이가 일을 다 마치고 바깥으로 나오면 그레고르의 방 상태가 어떤지, 그레고르가 무엇을 좀 먹었는지, 이번에는 어떤 행동을 했는지 그리고 혹시 증세가 좀 나아진 점은 없는지 등을 물으며 누이동생 입에서 나오는 귀한 소식에 각별히 귀를 기울이게 되었다.

특히 어머니는 훨씬 노심초사하며 조금이라도 더 빨리 그레고르를 만나

보고 싶어 했다. 하지만 아버지와 누이는 절대로 그래서는 안 된다며 어머니를 붙잡아 앉히곤 했다. 처음에는 그 이유가 제법 합리적이라, 그레고르도 그 얘기를 엿들으며 전적으로 수긍을 했다. 하지만 나중에는 그런 설명도 아무 소용이 없었다. 어머니가 마냥 소리를 질러 대시니 그냥 완력으로 붙들어 두는 수밖에 다른 도리가 없는 모양이었다.

"그레고르를 내가 봐야 해. 내 아들한테 도대체 무슨 일이 일어난 거냐! 아니, 어미가 새끼를 보겠다는데 왜 그걸 말리는 거야?"

고래고래 어머니가 질러 대는 소리를 들으며 그레고르는 정녕 매일은 아니더라도 어머니가 일주일에 한 번 정도는 방 안에 들어오시면 좋겠다는 생각을 했다. 그래도 어머니가 누이보다는 사태 파악을 더 잘하실 것이다. 누이는 그 용기가 대단하지만, 그래 봤자 아직 어린아이일 따름 아닌가. 어쩌면 이런 막중한 일을 떠맡은 것도 천방지축 어린아이여서 가능한 것인지도 몰랐다.

어머니를 만나고 싶다는 그레고르의 바람은 곧 이루어졌다. 낮 동안에는 혹시 부모님이 들어오실 수도 있으니까 요즘은 그런 경우를 생각해 그레고르는 아예 창가에는 얼씬거리지도 않았다. 하지만 방이 워낙 손바닥만 해 어디 마음 놓고 기어 다닐 여유가 전혀 없었다. 안 그래도 밤에는 꼼짝을 못 하고 가만히 누워 있어야 하니 앞으로 어떻게 더 버틸 수 있을지 정말 너무도 힘들고 막막했다. 그리고 물릴 대로 물린 똑같은 음식도 이제 정말 더는 먹을 수 없었다. 그는 너무 심심해 몸서리를 치다가 사방의 벽과 천장으로까지 진출해 사방팔방으로 기어 돌아다니는 새로운 습관 하나를 터득

했다. 특히 천장에 붙어 있는 재미는 쏠쏠했다. 그건 방바닥에 붙어 있는 것과는 차원이 달랐다. 숨쉬기부터 훨씬 자유롭고, 그렇게 하고 있으면 아주 가벼운 떨림 하나도 몸 전체로 퍼져 나갔다.

느긋하게 저 위 천장에 붙어 무념무상을 즐기다 보면 아차 하는 순간 바닥으로 떨어지며 화들짝 놀랄 수도 있을 터였다. 하지만 어느덧 그는 전과는 다른 방식으로 제 몸을 조절하는 방법을 익혀 행여 천장에서 떨어진다고 해도 별로 부상을 입지 않을 수 있게 되었다. 누이는 그레고르가 찾아낸 이 새로운 놀이를 어느새 알아차렸다. 이리저리 신나게 기어 다니는 동안 오라비의 몸에서 분비된 점액질이 여기저기 그 흔적을 남기지 않을 수 없었던 탓이었을 게다. 그녀는 오라비가 더 편하게 기어 다닐 수 있게 뭘 어떻게 해 줘야 하나 둘러보다가, 행진에 방해가 될 서랍장이나 책상 같은 가구는 치워 주는 게 좋겠다는 생각을 했다. 자기 혼자서는 도저히 할 수 없는 일이었으나 아버지에게 도움을 청할 엄두가 나지 않았다.

식모 아이도 도와줄 리가 없었다. 부엌 담당이던 식모 언니가 곧장 일을 그만두고 나갔던 반면, 열여섯 살 남짓한 이 아이는 용케도 잘 버텨 주고 있었다. 하지만 특별한 용무가 있을 때가 아니면 부엌문을 꼭 걸어 잠그고 있어도 좋다고 이미 양해를 해 주었다. 그래서 누이는 아버지가 안 계실 때 무슨 일이 생기면 어머니밖에 도움을 청할 데가 없었다. 딸의 제안에 어머니는 거의 환호를 하며 기꺼이 도와주겠다고 나섰으나, 그레고르 방문 앞에 멈추어 서자 입을 꾹 다물고 말았다. 누이동생은 먼저 오빠 방에 별다른 일이 없는지부터 잘 살펴본 다음 어머니를 들어오시게 했다. 그런데 막상 어머니가 들이닥치자 그레고르는 혼비백산하여 정신없이 서두르다 아까보다 더 세게 잡아당겼더니, 담요에 주름들이 더 깊이 패여 보였다. 겉으로만 봐서는 마구 접혀진 담요 더미 하나가 소파 아래에 처박혀 있는 것만 같았다.

이번에도 그레고르는 가만히 움츠리고 숨을 죽인 채 주름 잡힌 담요의 틈 사이로 바깥을 살피지 않으려 했다. 어머니 쪽으로 시선을 돌리는 일은 삼가기로 굳게 마음먹었다. 어머니가 방에 들어오신다는 생각만으로도 그는 충분히 행복했다.

"그냥 들어와요, 오빠는 보이지 않아요."

누이의 말소리가 들렸다. 손을 꼭 잡고 방 안으로 어머니를 모시는 게 분명했다.

얼마 후 여리고 여린 두 여자의 낑낑거리는 소리가 들렸다. 그 무겁고 오래된 서랍장을 바깥으로 옮기려고 용을 쓰는 모양이었다. 억척스러운 누이동생이 서랍장의 무게를 거의 제 몸에 싣고 일을 주도하는 듯, 어머니는 누이에게 그렇게 혼자 힘을 써선 안 된다는 얘기를 계속하고 있었다.

시간이 꽤나 오래 흘렀다. 두 사람이 한 십오 분을 그렇게 낑낑대나 싶더니 서랍장은 그냥 여기에 두는 게 좋겠다고 어머니가 말을 바꾸었다. 무엇보다 이 물건이 너무 무거워 아버지가 집에 오시기 전에는 일이 끝나지 않을 것 같고, 그 상태로 방 한가운데 그대로 두면 아들이 이리저리 움직일 때 발에 거치적거릴 수 있다는 이유였다. 두 번째 이유는 과연 그레고르가 서랍장을 바깥으로 치우는 걸 좋아하겠냐는 것이었다. 오히려 반대일 가능성이 훨씬 높다는 게 어머니 주장이었다. 서랍장을 앞으로 이만큼 빼내고 보니 거기 허전해진 벽이 드러나 보여 어머니도 이토록 가슴이 시리고 아픈데, 오라비라고 마음이 좋을 리 없지 않겠냐는 얘기였다. 오랫동안 오라비 방의 한 곁을 지키고 있어서 정이 듬뿍 든 물건인데, 그걸 치워 버린 빈방에서 본인 역시 버림받은 느낌이 들 거라는 설명이었다.

"그건 아닌 것 같다."

어머니는 아들이 어디 있는지 정확히는 모르지만 절대 자기 얘기를 들어선 안 된다는 듯 목소리를 아주 낮게 가라앉히고 거의 속삭이듯 결론부터 잘라 말했다. 그렇게 작은 목소리로 이야기하면 그레고르는 절대 못 알아들을 거라고 어머니는 굳게 믿으시는 것 같았다.

"가구를 밖으로 옮기는 건 아닌 것 같다. 그러면 그레고르는 우리가 먼저 자기가 회복될 거란 희망을 포기한 줄 오해를 할 수 있잖아. 혹시나 우리가 너 혼자서 알아서 해라, 그러는 줄 알면 어떻게 하니? 내 생각에 이 방만큼은 옛날 그대로, 아무것도 손대지 말고 그냥 두는 게 최선이겠다. 그래야 그레고르가 원래로 돌아와도 모든 게 변함없이 제자리에 있다는 걸 확인하고, 그래야 지금 겪는 못된 일에 대한 기억도 한결 쉽게 떨칠 수 있지 않겠니."

그레고르는 어머니 말씀에 귀를 기울이다가 정신이 번쩍 들었다. 자신이 혼돈과 혼란의 늪에 빠져들고 있었다는 사실이 굉장히 놀랍고 부끄러웠다. 지난 두 달 동안 가족들이 곁에 있었음에도 아마 인간적 접촉이 차단된 채 단조롭고 지루한 목숨을 견디다 보니 아예 정신을 놓아 버린 모양이었다. 정신을 놓아 버린 게 아니었다면 어떻게 자기 방에 있던 그토록 소중한 것들이 죄다 치워져도 상관없다고 생각할 수 있었는지 설명이 되지 않는다.

여기저기 통행에 방해가 된다는 이유만으로, 가문의 손때가 묻은 가구들로 꾸며진 따뜻한 방을 그저 한 마리 버러지의 서식처로 바꿔 버릴 한심한 생각을 했단 말인가?

동시에 이는 인간이었던 시절의 모든 것들이 망각의 늪을 향해 속수무책으로 휩쓸려도 상관없다는 자포자기일 수도 있었다. 그랬다. 그는 사실 거의 모든 걸 포기해 버린 상태였다가 오랜만에 듣는 어머니 목소리에 화들짝 놀라 다행히 이제라도 깊은 잠에서 깨어난 셈이었다. 어떤 물건도 치워서는 절대 안 된다. 모든 물건을 제자리에 그대로 두어야 한다. 아들에게 좋은 기운을 선사하는 가구를 치우는 일은 없어야 한다는 어머니의 뜻을 잊어서는 절대 안 된다. 한 마리 버러지의 행진이 가구 탓에 거치적거린다면, 그건 결코 해로운 일이 아니라 오히려 훨씬 좋은 일이다.

하지만 유감스럽게도 누이는 생각이 달랐다. 누이는 어느새 그레고르 오빠 일이라면 앞장서 전문가 노릇을 하며 부모님과는 각을 세우는 입장이 되어 버렸다. 나름대로 그럴 만한 이유가 아주 없는 것도 아니었다. 더욱이 지금 어머니의 의견에 대해서도 충분히 그럴듯한 이유를 대며, 훨씬 더 강경한 입장 아래 당초의 계획보다 더 많이 나가 있었다. 오라비 방에서 기왕 치워 버리기로 한 서랍장과 책상은 물론이고, 오라비에게 아무래도 필수적인 소파만 방에 그대로 놔두고 나머지 가구는 방에서 모두 다 빼내자는 얘기까지 하고 있었다. 누이의 이런 고집은, 정말로 상상할 수 없던 일이나 최근 들어 힘겹게 획득한 그 애의 자신감 탓일 수도 있고, 물론 어른들을 향한 어설픈 반항일 수도 있었다. 하지만 이것은 그 애 눈으로 목격했던 실제 현실과 무관하지 않았다. 오빠가 편안히 기어 다니려면 상당한 공간이 필요한데, 안 그래도 좁은 공간을 채우고 있는 그 방 가구들이 실제로 아무 쓰임이 없다는 건 누가 봐도 자명했다.

그런데 한번 마음먹은 건 절대 포기 못 하는 그 또래 소녀들의 유별난 감수성도 한몫하는 것 같긴 했다. 용감한 누이 그레테는 오라비를 위해 여태까지보다 더 많이 더 훌륭한 일을 하고픈 욕망을 주체하지 못한 나머지, 오라비의 끔찍스러운 처지를 더욱 참담한 상태로 상정한 것일 수도 있었다. 모든 가구를 걷어 낸 황량한 벽을 오라비 홀로 종횡무진 기어 다니는 방이라면 그레테 말고 이제 또 누가 들어가 볼 엄두조차 내겠느냐 말이다. 어머니가 그토록 안 된다고 뜯어말려도 누이의 결심은 꺾이지 않았다. 딸과 함께 방 안에 들어오신 어머니는 불안에 떨며 안절부절못했지만, 금세 입을 다물고 딸을 도우며 서랍장을 바깥으로 빼는 일에 온 정성을 다 바쳤다. 하지만 그레고르 입장에서는 서랍장은 없어도 그냥 지낼 수 있겠으나, 책상만은 부디 그 자리에 그냥 두었으면 싶은 심정이었다.

어머니와 누이가 끙끙대며 서랍장을 바깥으로 다 내간 기척을 느낀 그레고르는 소파 바닥에서 머리를 내밀고 어떻게 해야 최대한 눈에 띄지 않게 조심하면서 더 이상 진도가 나가지 않도록 이 상황을 저지할 수 있을지 살펴보려고 했다. 한편 그레테는 옆방에서 혼자 서랍장을 부여안고 끙끙대며 이리저리 위치를 잡아 보려 애를 썼지만 서랍장은 꿈쩍도 하지 않았다. 그 사이에 그만 어머니가 불쑥 그레고르 방으로 다시 들어오셨다. 낯선 아들의 모습에 어머니가 기겁하시면 다시 어머니 병이 도질 수도 있겠다 싶어 허둥지둥 그레고르는 뒷걸음을 치며 소파의 다른 쪽으로 몸을 옮겼다. 그런데 그만 조정을 제대로 못 해 앞쪽으로 담요가 살짝 움직이며 어머니 눈에 띄고 말았다. 어머니는 멈칫 그 자리에 서 있다가 그레테가 있는 방으로 곧장 달아나셨다.

이건 그저 가구들을 좀 옮기는 것일 뿐 아무 일도 아니라고 정말로 괜찮다고 그레고르는 자신에게 혼잣말을 반복했지만, 주위에 소란스러움이 계속되자 정신을 차리기가 힘들었다. 어머니와 누이는 분주하게 이리저리 왔다 갔다 하며 작은 소리지만 자꾸 서로 불러 댔다. 특히 가구를 바닥에 대고 끌어대니 불쾌한 소음이 계속 이어졌다. 그레고르에게는 이 소음들이 사방팔방에서 달려드는 덩치 큰 괴물처럼 공포스럽게 느껴졌다. 머리부터 발끝까지 잔뜩 웅그린 채 바닥에 몸을 붙이고 어떻게든 참으려 무던히 애를 써 보았으나, 도저히 더는 버틸 수가 없었다. 그는 이제 있는 그대로 자기 상태를 드러내는 수밖에 다른 도리가 없어 보였다.

모녀는 지금 그의 방을 탈탈 털어 내고 있었다. 그건 그레고르 본인에게 애틋했던 모든 걸 앗아가는 일이었다. 서랍장은 이미 끌고 나갔는데, 거기엔 실톱이며 장비들이 잔뜩 들어 있었다. 그리고 지금은 바닥에 고정되어 있던 책상을 뜯어내는데, 그건 상업고등학교 시절, 중학교 시절, 아니 초등학교 때부터 거기 앉아서 숙제를 하며 오래 정이 든 책상이었다. 그렇다 보니 이제 더는 어머니와 누이의 깊은 속내를 헤아려 줄 여유가 남아 있지 않았다. 아니 두 모녀의 존재조차 까맣게 잊어버릴 지경이었다. 모녀는 이미 녹초가 되어 더 이상 아무런 말도 하지 않았다. 이따금 턱턱 바닥을 끌고 다니는 그녀들의 발소리만 들릴 따름이었다.

그레고르는 그만 자리에서 뛰쳐나왔다. 어머니와 누이는 옆방에서 책상에 몸을 기댄 채 이제 좀 한숨을 돌릴까 하던 참이었다. 그는 정말 뭐부터 어떻게 해야 좋을지 몰라서 왔다 갔다 네 차례나 방향을 바꿔 보았다. 하지만 가장 시급하게 구출해 내야 할 물건이 뭔지 도무지 갈피를 잡을 수가 없었다. 그때 텅 빈 벽에 아직 그대로 걸려 있는, 모피로 온몸을 두른 그 여인의 초상화 액자가 두 눈에 딱 들어왔다. 그래서 죽을힘을 다해 몸을 세우고 그리로 기어올라 벽에 걸린 액자를 온몸으로 마구 비볐다. 액자의 차가운 유리가 뜨거운 배에 닿으니까 그 감촉도 무지 좋았다.

그림은 이제 그레고르의 몸집에 완전히 파묻혀, 이것만은 누구도 뺏어가지 못할 것이었다. 그는 거실 방향 문으로 머리를 돌려 어머니와 누이가 다시 방에 돌아오는지 지켜보고 있었다. 아닌 게 아니라 옆방에 있던 두 사람은 충분히 쉬지도 못한 채 그레고르 방으로 돌아왔다. 그레테는 어머니를 팔로 단단히 감싸 부축을 하며 들어왔다.

"자, 이제 뭣부터 내갈까?"

그레테가 이렇게 말하면서 주위를 둘러보았다. 그때 벽에 붙어 있던 그레고르의 시선과 그녀의 시선이 딱 부딪혔다. 모친이 함께 계셔서인지, 누이는 바로 정신을 차리고 어머니가 주변을 둘러보지 못하도록 얼굴을 어머니 쪽으로 기울였다. 그러더니 무척 떨리는 소리로 서두르며 다음과 같이 이야기했다.

"저기 엄마, 우리 저기 거실에 가서 잠시 쉬었다 오는 게 좋겠다, 그지?"

그레테가 왜 그러는지 그레고르는 바로 알아차렸다. 누이는 어머니를 안전한 곳으로 일단 피신시킨 후 오라비를 벽에서 끌어내릴 것이었다. 어디 그게 네 맘대로 되는지 한번 두고 보자꾸나! 그레고르는 자기 그림 위에 바짝 쪼그린 채 절대로 포기하지 않을 생각이었다. 여의치 않을 경우 이제 누이의 얼굴을 향해 확 달려들 수도 있었다.

어머니는 그레테의 말에 불안한 모습이었다. 옆으로 주춤 물러서다가 꽃무늬 벽지 위에 얼핏 커다란 갈색 얼룩이 싸질러져 있는 걸 보고는 아까 자신이 봤던 게 바로 그레고르였다는 걸 깨닫는 순간 어머니는 그만 신음 소리를 내며 소파 위로 쓰러졌다.

"에고, 에고!"

어머니는 모든 걸 포기한 듯 두 팔을 쫙 벌린 채 꼼짝도 하지 않고 누워 있었다.

"오빠, 왜 이래!"

누이는 주먹을 흔들고 사나운 눈으로 그레고르를 째려보며 소리 질렀다. 이건 그레고르의 변신 이후 처음으로 누이가 오라비에게 직접 던진 말이었다.

어머니가 정신을 되찾게 할 무슨 약 같은 걸 가져오려는 듯 누이는 곧바로 옆방으로 달려갔다. 그레고르도 어떻게든 돕고 싶었다. 모피 여인 그림은 아직 시간이 있으므로 잠시 몸에서 떼어 놓기로 했다. 하지만 액자 유리가 배딱지에 워낙 단단히 붙어 있어 강제로 그걸 떼어 내는 게 좀 힘이 들었다. 예전에도 늘 그랬듯 그레고르는 누이에게 뭐라도 도움 되는 말을 해 주려고 열심히 옆방으로 달려갔지만, 분주하게 여러 약병을 꺼내 들여다보는 누이 뒤에 멀거니 선 채 아무것도 할 수 있는 게 없었다. 더욱이 누이가 뒤를 돌아보다 소스라치게 놀라 손에 들고 있던 병 하나가 바닥에 떨어지며 산산조각이 났고, 바닥에서 튀어 오른 유리 조각 하나가 하필 그레고르 얼굴에 꽂히며 갑자기 생겨난 생채기 속으로 피부를 녹이는 약물까지 파고 들었다.

그레테는 품에 담을 수 있는 약병을 전부 안아 든 채 더는 머뭇거리지 않고 어머니가 있는 방으로 달려가, 한쪽 발로 쾅 밀어서 방문을 닫아 버렸다. 그레고르는 자기 탓에 그만 위독할 수도 있게 된 어머니를, 이제 다시 볼 수 없게 되었다. 하지만 지금 만약에 그가 또 문을 열려 했다가는 어머니 곁에 꼭 붙어 있어야 하는 누이를 다시 혼비백산하게 만들 것이다. 그러니 이제는 정말 기다리는 수밖에 자신이 할 수 있는 게 전혀 없었다. 그레고르는 걱정과 자책으로 어찌할 바를 몰라 동동거리다 사방팔방으로 벽과 가구 그리고 천장까지 휘젓고 다니기 시작했다. 그런데 갑자기 방 전체가 빙글빙글 자기를 중심으로 돌기 시작했고, 절망에 몸을 가누지 못해 그만 커다란 테이블 한복판으로 툭 떨어졌다.

잠시 시간이 흘렀다. 그레고르는 내내 거기 뻗어 있었고, 주변은 모두 고요했다. 어쩌면 좋은 조짐일 수도 있었다. 그때 현관문의 초인종이 울렸다. 식모 아이는 여전히 부엌에서 문을 걸어 잠그고 있어서 그레테가 문을 열러 나가야 했다. 아버지가 오신 것이다.

"무슨 일이 있냐?"

아버지는 대뜸 그렇게 물었다. 그레테의 안색이 이미 모든 이야길 하고 있기 때문이었다. 아주 먹먹하고 흐릿한 음성이 들렸는데, 아마도 누이가 아버지 가슴에 얼굴을 묻으며 답해서 그런 것 같았다.

"엄마가 의식을 잃었는데, 인제 좀 나아졌어요. 그레고르 오빠가 뛰쳐나왔어요."

"내 그럴 줄 알았다. 그러게 왜 니들 여자들은 내 말을 안 들어!"

아버지의 호통이었다.

그레고르는 그레테의 짤막한 몇 마디를 아버지가 엉뚱하게 오해했음을 즉각 알아차렸다. 아들이 무슨 폭행이라도 저지른 줄 아시는 게 틀림없으니, 먼저 아버지를 안심시키고 오해를 풀어 드릴 방법을 서둘러 찾아야 했다. 하지만 그럴 시간도 없고 기회도 없어 보였다. 그래서 헐레벌떡 자기 방 쪽으로 내달아 문에다 몸을 밀착시켜 열심히 미는 시늉을 했다.

아버지가 거실로 들어서면서 아들을 보자마자 그 속내를 알아차리셨으면 해서였다. 그레고르는 자신이 원하는 건 오직 자기 방으로 들어가는 것뿐이니 굳이 그를 어디로 밀어 댈 필요가 없다는 것, 그냥 방문만 열어 주시면 얌전히 거기 들어가 있을 테니 가족들 눈앞에서 바로 사라지게 된다는 걸 긴히 알려 드리고 싶었다. 하지만 아버지는 그런 시시콜콜한 내용을 섬세하게 감지하실 수 있는 기분이 전혀 아니었다.

"앗!"

집 안으로 들어서며 아버지는 한편으로는 성질도 나고 동시에 기분이 좋은 것 같기도 한 그런 소리를 냈다. 그레고르는 기대고 있던 문짝에서 고개를 돌리고 아버지를 정면으로 바라보았다. 그런데 거기에 서 있는 아버지의 풍모가 그의 마음속에 있던 아버지와는 정말 달라도 너무 달랐다. 하긴 지난 얼마 동안 사방팔방 새로운 스타일로 기어 다니는 방법을 익히는데 정신이 너무 팔려 요즘 집 안에서 벌어지는 일들에 대해 예전처럼 크게 마음을 쏟지 못한 건 사실이었다. 게다가 여러 정황이 바뀌었으므로 이에 대처하는 마음의 각오 같은 게 필요할 터였다. 아니 그런데, 그렇다고 저분이 정녕 그의 아버지가 맞단 말인가?

그레고르가 지방 출장을 떠날 때 보면 아버지는 북망산천으로 곧 떠날 사람처럼 축 늘어진 모습으로 침대에 누워 계셨다. 일을 마치고 저녁에 돌아올 적이면 언제나 잠옷 차림으로 안락의자에 파묻혀 아들을 맞으셨다. 그런데 바로 저분이 그 아버지와 동일인이라고 할 수 있단 말인가? 아버지는 항상 자리에서 똑바로 일어나실 힘도 모자라 팔이나 간신히 들어 올려 아들에게 반갑다는 표시를 하던 그런 분이셨다. 몹시 드물게 기껏 일 년에 몇 차례 명절이나 일요일에 함께 산책을 나갈 때도, 누구보다 느릿느릿한 어머니와 그레고르 사이에서 더욱 느린 걸음으로 오래된 외투를 뒤집어쓰고 지팡이로는 조심 또 조심 땅을 살피며 걸음을 옮기던 분이 아버지셨다. 이따금 무슨 할 말이라도 있으면, 그 자리에 가만히 선 채 가족들을 모두 모이게 한 후 간신히 뭐라고 말을 꺼내시던 그 노인네가 바로 저 양반인가?

그 노인네는 지금 저렇게 마치 은행에 근무하는 정규 직원이라도 되는 것처럼, 금빛 단추 달린 푸른 제복을 입고 반듯하고 꼿꼿한 자세로 여기에서 계셨다. 윗도리의 빳빳한 차이나 칼라 위로 그 노인의 발달한 이중 턱이 무척 단단해 보였다. 또 숯검정 눈썹에다 경쾌하고 까만 눈동자는 주의 깊게 상대를 꿰뚫는 힘까지도 느껴졌다. 봉두난발이던 백발은 어느새, 어색할 만큼 가지런하게 나뉜 가르마 양쪽에서 거의 빛이 날 만큼 단정하게 빗겨 있었다. 그는 아마 어느 은행 표시인 듯 황금색 배지가 유난히 돋보이는 모자를 벗어 거실 저쪽 끝의 소파 위로 휘익 집어던졌고, 모자는 긴 포물선을 그리며 거실 전체를 가로질러 날아갔다. 아버지는 잔뜩 인상을 쓰며 두 손으로는 긴 윗도리 앞자락을 뒤로 젖히며, 양쪽 바지의 주머니에 두 손을 찔러 넣은 채 그레고르에게 다가오셨다.

그는 자신이 뭘 어떻게 하려는지 당신 본인도 잘 알지 못하셨다. 아무튼 평소와는 전혀 다르게 아주 높이 발을 쳐들고 저벅저벅 걸어왔는데, 아버지의 장화 밑창이 얼마나 두꺼운지 그레고르는 숨이 멎는 줄 알았다. 그렇다고 바보처럼 마냥 그대로 거기 있지는 않았다. 버러지가 된 첫날부터 그는 확실하게 알고 있었다. 아버지는 최대한의 완력으로 밀어붙이시는 게 버러지로 변한 아들을 다루는 최선의 방식이라 여긴다는 점을 말이다. 그레고르는 일단 아버지에게서 몸을 피했다. 아버지가 멈추면 그도 멈추었으나, 조금이라도 쫓아오는 기색이 느껴지면 다시 움직였다. 그렇게 두 사람은 몇 차례 방안을 맴돌았음에도 별다른 일이 벌어지지는 않았다. 워낙 천천히 움직이니 특별히 쫓고 쫓기는 추격전 같지도 않았다. 그레고르는 최대한 바닥을 벗어나지 않는 쪽으로 움직였다. 혹시 벽이나 천장으로 올라갈 경우 자기가 무슨 못된 생각이라도 하는 줄 아버지가 행여 오해하실까 두렵기 때문이었다.

하지만 그레고르는 지금의 달리기도 오래는 못 할 거라고 금세 중얼거렸다. 아버지가 성큼 한 발자국을 옮길 때마다 그레고르는 여러 개의 다리가 수많은 동작을 취해야 했기 때문이다. 갑충의 몸으로 변신하기 전부터도 그의 폐는 튼튼한 편이 아니어서 벌써 숨이 가빠지기 시작했다. 점점 몸은 비틀거리고 다리 쪽에 힘을 집중하다 보니 제대로 눈을 뜨고 있기도 힘들었다. 어느덧 머릿속도 몽롱해져 이렇게 달리지만 말고 달리 도망가는 방법도 있을 텐데 그조차도 생각이 나지 않았다. 그는 자신이 벽으로 올라갈 수 있다는 사실을 새까맣게 잊고 있었다. 하긴 여기 거실 벽엔 각진 문양들이 정교하게 새겨진 가구가 들어차 사방이 꽉 막혀 있긴 했다. 그때 그레고르 바로 옆으로 뭔가가 스치듯 날아오는가 싶더니 또르르 앞쪽으로 굴러갔다.

사과였다. 그런데 곧 두 번째 사과 한 알이 다시 날아왔다. 그레고르는 너무 놀라 정신이 멍해져 가만히 거기 있었다. 아버지가 아예 폭탄 세례처럼 사과를 던져 대기로 작정을 하셨으니까, 도망가 봤자 별로 소용이 없었다. 아버지는 거실 찬장 위 접시에서 사과 몇 알을 집어 주머니에 채워 넣고 목표를 따로 정한 것 같지도 않게 그레고르를 향해 마구잡이로 던지기 시작했다. 새빨간 꼬마 사과들은 감전이라도 된 듯 바닥에서 마구 뒹굴며 서로 부딪혔다. 그레고르 등짝으로도 하나가 스쳐 갔으나 세게 던진 게 아니었던지 별 탈 없이 그냥 지나갔다. 그러나 연이어 날아온 사과 하나가 그의 등짝을 후려치며 살 속으로 파고들었다. 전혀 준비되지 않은 상태에서 느닷없이 피부를 뚫고 살 속으로 들어가서 그대로 박혀 버리니 너무 놀라고 고통스러워 그레고르는 몸을 비틀며 어떻게든 자리를 바꾸어 볼 양으로 자꾸 어디로 기어가고 싶었다. 하지만 그냥 포박당한 듯 꼼짝을 할 수가 없고 모든 감각이 혼란에 빠져 그 자리에 그냥 뻗어 버리고 말았다.

　가물가물한 의식의 마지막 순간 그레고르는 자기 방의 문이 열리는 게 어렴풋이 보였고, 어머니를 가로막고 만류하는 누이의 비명 소리를 들었다. 그런 누이를 밀쳐 내고 허겁지겁 뛰쳐나오는 어머니도 보였다. 그런데 아까 어머니가 의식을 잃었을 때 숨을 편히 쉬라고 누이가 허리춤을 풀어 드렸던 탓인지 치마며 속옷도 마구 흘러내렸다. 아버지를 향해 질주하는 길에 겹겹이 쌓인 속옷들과 치마에 걸려 비틀대던 어머니는 다행스럽게도 아버지 품에 제대로 달려 들어가 안겼다. 그런 와중에 아들 목숨만은 살려 달라고, 아버지 뒷머리를 두 손으로 꽉 붙든 채 애원하며 아버지와 합체가 되었다. 하지만 기력이 다한 그레고르는 점점 더 시력이 떨어져 눈앞이 흐릿하니 이 기막힌 광경조차 제대로 볼 수 없었다.

Ⅲ

　그레고르의 부상은 굉장히 심각해 한 달이 넘도록 고생을 했다. 살 속에 박힌 사과는 누구도 꺼낼 엄두를 내지 못한 채 또렷한 상처로 몸에 그냥 새겨졌다. 다행한 일이라면 이 일을 기회로 아버지에게도 그레고르 역시 가족의 일원이라는 사실은 간신히 각인되었다는 점이었다. 그가 지금 몹시 딱하고 섬뜩한 꼬락서니를 하고 있어도 말이다. 덕분에 그레고르를 향한 혐오감은 안으로 삼키고, 부디 참고 또 참아야 한다는 사실도 함께 깨우쳤다. 아울러 그를 무슨 원수 보듯이 대해서는 절대 안 되며, 가족으로서 최소한의 배려는 반드시 해야 할 일이 되었다.

　이번 부상으로 아마 그레고르는 평생토록 원래의 기동력을 회복하지 못할 듯했다. 늙은 상이군인처럼 비틀거리며 기어 다녀야 하니, 이제 자기 방을 가로지르는 데도 한세월을 잡아먹었고, 그렇다 보니 높은 곳에 기어오르는 일은 엄두도 낼 수 없었다. 그레고르는 이토록 제 몸이 만신창이가 된 사건이 오히려 이 끔찍한 악재를 보상하는 다행스러운 결과를 낳은 셈이었다는 생각도 했다. 저녁 무렵이면 이제 거실 쪽 방문을 열어 놓아 주었으니 말이다.

　이번 부상을 입기 전까지 그레고르는 같은 시간이면 늘 한두 시간씩 두 눈을 부릅뜨고 거실 쪽 방문을 바라보곤 했다. 하지만 이제는 (거실 쪽에서는 그가 보이지 않게) 불을 켜지 않은 채 깜깜한 자기 방에 가만히 엎드려서, 조명으로 환히 밝힌 식탁에 가족들이 둘러앉아 이야기를 나누는 모습을 가만히 바라보고 말하는 얘기도 들을 수 있게 되었다. 이는 공공연한 허락을 받게 된 다행스러운 사건이었다. 전과는 비교할 수 없을 만큼 그 상황이 좋아진 것이다. 물론 가족의 대화는 전처럼 활기찬 건 아니었다. 출장길에 묵는 작은 호텔 방에서 녹초가 된 채 축축한 침대에 몸을 던질 때마다 그레고르는 식탁에 모여 오순도순 얘기를 나눌 가족들을 많이 그리워했다. 하지만 이제 그들은 거의 아무 말도 나누지 않았다.

　저녁 식사를 마치면 아버지는 안락의자에 몸을 기댄 채 곧 잠이 들었고, 어머니와 누이는 서로에게 조용히 하자는 신호를 했다. 어머니는 불빛 아래 깊이 몸을 숙인 채, 양품점에 넘길 고급 수제 속옷들을 바느질했고, 점원 일을 시작한 여동생은 프랑스어와 속기 공부를 했다. 앞으로 더 나은 일자리를 얻으려고 나름대로 무던히 애를 쓰는 모양이었다.

　"당신 오늘도 그렇게 오래도록 바느질을 하네!"

　아버지는 이따금 눈을 뜨고 벌떡 일어나서 어머니에게 마치 본인이 잠들었던 걸 전혀 모르는 사람처럼 늘 같은 말을 던지곤 했다. 그러고는 금세 다시 잠에 빠지면, 어머니와 누이는 지친 모습으로 서로를 바라보며 난감한 미소를 함께 나누었다.

아버지는 일을 마치고 집에 돌아오신 후에도 이상하게 고집을 부리면서 그 유니폼을 벗지 않으셨다. 손길도 주지 않는 아버지의 잠옷은 내내 옷걸이 꼭지에 그대로 걸려 있었다. 대신 언제라도 상관의 지시가 있으면 달려 나가 소임을 다할 태세로 완전 복장을 갖춰 입은 채, 앉은 자리에서 *끄덕끄덕* 졸고 계셨다. 그렇다 보니 원래부터 새 옷이 아니었던 은행 제복은 어머니와 누이가 온 정성을 기울여 열심히 관리하고 있음에도 금세 추레해졌다. 원단은 더욱 번들거렸으며 번쩍이는 황금빛 단추들은 늘 닦아 더욱더 광채가 났다. 그런 유니폼을 아버지는 그대로 입으신 채 잠이 드셨다. 많이 불편하실 텐데도 아주 곤하게 잠에 빠진 아버지를 그레고르는 저녁 내내 하염없이 바라보곤 했다.

밤 열 시를 알리는 시계 종이 울리면 어머니는 아버지에게 이제 침대에 가서 주무시라고 작은 목소리로 말을 걸었다. 여기서는 제대로 주무실 수 없는 데다가 아침 여섯 시면 벌써 회사에 나가 계셔야 하니 방으로 들어가서 숙면을 취해야 했다. 그런데 은행 일을 시작하신 이후 아버지는 식탁에 앉아 매번 곯아떨어지면서도 굳이 거기서 더 오래 버티려고 똥고집을 부리시곤 했다. 일단 그렇게 잠이 들어 버리면 의자에서 침대로 자리를 바꾸는 일이 여간 힘든 게 아닌 데도 말이다.

어머니와 누이가 합동으로 잔소리를 해 대면서 아버지를 성가시게 해 보지만, 아버지는 눈을 감은 채 한 십오 분 정도는 괜찮다면서 천천히 고개를 가로젓고 절대로 일어나지 않으셨다. 어머니는 아버지 옷소매를 잡아당기며 귀에 대고 어르고 달래며 구슬려도 보고, 누이는 하던 공부를 잠시 접어

놓고 일어나서 어머니를 거들었으나 아버지는 끄떡도 하지 않으셨다. 더 깊숙이 의자 속을 파고들며 몸을 묻으니 정말 어쩔 도리가 없었다. 어머니와 누이가 결국 양 겨드랑이에 팔을 넣어 함께 잡아당겨야 간신히 눈을 뜨고, 어머니와 누이 양쪽을 번갈아 돌아보며 다음과 같이 말을 이었다.

"인생 일장춘몽이야. 이렇게 내 여생 조용히 살다 가는 거다."

어머니와 누이는 어떻게든 아버지를 좀 도울 생각으로 한참을 손에 들고 있던 바느질거리와 펜을 그대로 두고 달려간 건데, 아버지는 아내와 딸의 부축을 받으며 마치 스스로 세상에서 가장 무거운 짐이라도 되는 듯 몹시 힘들게 몸을 일으키곤 했다. 그렇게 한 후 다시 아내와 딸의 손에 이끌려 방문 앞에 이르면 이제 그만 물러가라는 손짓을 하며 드디어 혼자 걸음을 내디디곤 했다.

이렇게 모두 지치도록 일을 하고 피로에 몸이 찌들었는데, 가족 중의 누가 따로 시간을 떼어 내 그레고르를 돌봐 줄 수 있었겠는가? 정말 필요한 일이 아니라면 더 이상 뭔가를 요구할 형편이 아니었다. 살림은 하루하루 더 쪼들리고 빠듯해져서, 하나 남은 식모 아이마저 내보낼 수밖에 없었다. 대신 뼈대가 아주 굵고 몸집이 건장한, 백발이 헝클어진 파출부 할멈이 아침저녁으로 들러 궂은일만 거들어 주게 되었다. 이제 나머지 살림은 바느질 일감만으로도 많이 벅찬 어머니가 틈틈이 해낼 몫이 되었다.

그 정도가 아니라 선대로부터 물려받은 몇 가지 보물이며 장신구도 팔아치워야 했다. 특별한 행사나 명절 같은 날이면 아주 우쭐하며 어머니와 누이가 하고 나가던 물건들이었다. 어느 저녁 그 값을 얼마나 받아야 하는지,

가족들이 나누는 이야기를 들으며 그레고르는 그 사실도 알게 되었다.

　무엇보다 심각한 고민거리는 지금 형편상 감당하기가 힘든 이 큰 집을 도저히 떠날 수가 없다는 사실이었다. 그레고르를 어디로 옮길 방도를 도저히 찾아낼 수 없다는 핑계였다. 반면 그레고르는 가족들이 이사를 감행하지 않는 이유가 꼭 자기 때문은 아니라는 사실을 잘 알고 있었다. 사실 숨 쉴 구멍 몇 개 뚫린 적당한 크기의 상자만 있으면 얼마든지 그를 옮길 수 있었다. 가족들이 지금 집을 줄여서 이사 갈 엄두를 내지 못하는 가장 큰 이유는 막연한 절망감 탓이었다. 그런다고 남은 일들이 해결된다는 보장이 없기 때문이었다.

　주변의 친척이나 친지들을 통틀어 그 누구도 겪어 보지 않았던 그런 끔찍한 불행을 바로 자신들이 맞닥뜨리고 있다는 사실이 너무 힘들었다. 세상의 가난한 이들이 겪게 마련인 삶의 온갖 누추함과 곤고함을 이제 자신들이 견뎌야 하는 신세가 되었다는 박탈감으로 몸과 마음이 소진된 상태여서 가족들은 도무지 스스로를 추스를 여력이 없는 것이었다. 아버지는 은행에 가서 말단 사원들에게 아침밥을 날라다 주어야 하고, 어머니는 낯선 이들의 속옷을 짓는 삯바느질 할멈이 되어 버렸으며, 누이는 매대 뒤에서 이리 뛰고 저리 뛰며 남의 심부름이나 하는 처지가 되었으니 말이다.

　어머니와 누이는 아버지를 간신히 침대에 옮겨 놓고 다시 자리로 돌아왔다. 열심히 붙들고 있던 일은 저만치 밀어 놓고 두 사람은 볼이 맞닿을 만큼 붙어 앉았다. 그런데 문득 그레고르 방을 가리키며 어머니가 말했다.

　"그레테야, 저기 오빠 방문 좀 닫아라."

그레고르가 다시 어둠 속에 갇히게 되자, 옆으로 나란히 붙어 앉은 어머니와 누이는 서로의 눈물을 닦아 주거나 눈물이 전혀 나지 않아도 그냥 하염없이 식탁만 바라보고 앉아 있었다. 그의 등짝을 파고든 상처에서 마치 새로 다친 자리처럼 다시 통증이 시작되었다.

다음 며칠 동안 그레고르는 거의 뜬눈으로 밤낮을 지새웠다. 다시 문이 열리게 되면 그는 예전처럼 가족을 너끈히 부양할 수 있을 것 같은 생각도 얼핏 들었다. 그의 환영 속에 사장과 상무님, 동료들, 개념 없는 인턴 녀석들, 다른 회사에 다니는 친구들도 두어 명 나타났고, 지방 출장길에 묵었던 여관의 청소 아가씨, 용기를 내보았으나 한 걸음 늦게 청혼해 아쉬웠던 모자 가게 아가씨도 불현듯 등장했다. 그들은 모두 그레고르가 잘 모르는 혹은 이미 망각해 버린 이들과 마구 섞여서 나타났고 그와 가족들에게 아무런 도움을 줄 수 없었다. 도무지 다가갈 수 없는 저기 먼 곳에 있던 그들이 시야에서 모두 사라지니, 그레고르는 차라리 마음이 홀가분했다.

그러고 나면 그는 도무지 가족을 걱정할 기분도 안 나고, 대신 자기를 돌봐 주지 않는 가족에 대해 불현듯 화가 치밀고 심술이 났다. 대체 뭘 먹어야 제 입에 맞을지 도무지 짐작할 수가 없고 심지어 배도 고프지 않았으나 그는 문득 식재료가 있는 방에 들어갈 궁리를 했다. 일단 거기라도 좀 들어가 그래도 뭔가 그럴듯한 음식을 가져와야만 할 것 같았다.

누이는 이제 오빠 입맛에 뭐가 좀 맞을지, 그런 생각은 도무지 안 하는 눈치였다. 아침과 점심시간에 가게로 일 나가기 전 허둥지둥 부엌에서 아무거나 들고 와서는 방에다 그냥 툭 발로 들이밀고 가면 그뿐이었다. 그리고 저녁때는 빗자루만 하나 갖고 들어와, 음식이 얼마나 먹을 만했는지, 아니면 손댄 흔적조차 있는지 없는지 따위에는 아무 관심도 두지 않고 다 쓸어 버렸다. 사실 전혀 건드리지 않은 경우가 태반이었다.

누이는 이제 밤마다 빗자루를 들고 들어와 그레고르 방을 청소했다. 그런데 워낙 빛보다 빠른 속도로 해치우려니 벽에는 빗자루 자국의 더러운 얼룩 띠들이 죽죽 그어졌고 여기저기 오물과 쓰레기가 그냥 굴러다녔다. 처음에 그레고르는 여기 좀 똑똑히 보라는 뜻으로 유난히 지저분한 구석에 자리를 잡고 앉아 누이 오기를 기다렸다. 하지만 몇 날 며칠을 그렇게 해도 누이는 눈길 한 번 더 주지 않았다. 그레고르 눈에 그토록 역겨운 오물들이 설마 누이 눈에는 띄지 않았을 리가 없는데, 그 애는 전혀 개의치 않고 그대로 두기로 한 것 같았다.

사실 누이는 그레고르 방 청소와 관련해서 이전에는 전혀 그런 게 없었던 강박 증세를 갖게 되었다. 실은 온 가족 모두 비슷한 과민 증상이 생겨, 누구도 그 일만은 간섭할 수 없는 분위기였다. 한 번은 어머니가 작심하고 여러 차례 양동이로 물을 퍼 나르며 대대적인 아들 방 청소를 감행하신 적이 있었다. 그랬더니 방에 너무 습기가 차서 그레고르가 그만 탈이 나고 말았다. 쭉 뻗어 버린 그레고르는 소파 위에 드러누워 꼼짝도 못 하고 그냥 벌벌 떨고 있었다. 그런데 어머니가 저지른 죄의 값은 거기서 그친 게 아니었다.

저녁에 퇴근한 누이는 그레고르 오빠의 방이 달라진 모습을 보더니 막 씨근거리며 거실로 달려 나와서는 서럽고 복받친 울음을 토하기 시작했다.

어머니가 쩔쩔매며 두 손을 모아 애원해도 소용없었다. 아버지는 당연히 자리에서 벌떡 일어서긴 했으나 처음에는 그저 놀라 어쩔 줄을 몰라 하면서 누이를 쳐다보다가, 부모님이 함께 당황하며 허둥대기 시작했다. 아버지는 오른쪽으로 고개를 돌려 어머니를 보고는 왜 누이동생 몫인 아들 방의 청소에 손을 댔느냐고 나무라더니, 왼쪽으로 고개를 돌려 누이에게는 이제 어머니가 절대 오라비 방 청소를 못 하게 하겠다며 고함을 질러 댔다. 그러다 점점 더 흥분해 횡설수설하자 어머니는 아버지를 침실로 끌고 가려고 끙끙 애를 썼고, 어깨를 들썩이며 흐느끼던 누이는 급기야 작은 주먹으로 식탁을 내리치기 시작했다.

그레고르는 이런 볼썽사나운 소란과 소음이 끔찍했지만 그 누구도 자기 방문을 닫아 줄 생각을 안 한다는 사실에 너무 화가 났다. 큰소리로 쉿쉿 소리가 절로 나왔다. 아무튼 누이는 이제 어쩌지 못해 계속하는 것일 뿐 직장 일로 녹초가 되어 도저히 전처럼 그레고르를 보살펴 줄 형편이 아니었다. 그럼에도 그건 누이의 영역이라서 어머니는 끼어들 여지가 전혀 없었다. 하지만 아무리 그렇다고는 해도 그레고르는 사고무친의 버려질 신세는 또한 아니었다. 우리 파출부 할멈이 계시기 때문이었다.

우람한 골격 곳곳, 청상의 험한 풍파에 스친 흔적이 역력한 이 과부 할멈은 그레고르의 몰골을 보고도 전혀 동요하거나 혐오하지 않았다. 그녀는 특별한 호기심이 있어서가 아니라 그저 우연히 그 방문을 한번 열었다가 거기에 그레고르가 있는 걸 보게 되었다. 그레고르는 누가 자기를 쫓아오기라도 하는 듯 기겁을 하고 혼비백산 이리저리 내빼느라 정신을 차릴 수 없을 지경인데, 그녀는 배 위에 얌전히 두 손을 포갠 채 그저 조금 놀란 눈으로 가만히 그를 바라보며 거기 그대로 서 있었다.

그 일이 있은 후부터 그녀는 하루도 빠지지 않고 아침과 저녁으로 슬그머니 방문을 조금 열고는 그레고르가 잘 있는지를 확인했다. 처음에는 그냥 자기 쪽으로 와 보라는 식의, 아마 친하게 지내자는 뜻에서 "일루 와, 갑충아!" 혹은 "우리 갑충 영감 좀 보게!" 같은 투로 말을 붙이곤 했다.

파출부가 아무리 그렇게 말을 걸어도 그레고르는 아예 못 들은 척 잡아떼기로 일관했다. 방문이 열린 것조차 전혀 모른다는 듯 미동도 하지 않고 그 자리에 그대로 가만히 있었다. 이 파출부 할망구, 멋대로 들어와 자꾸 쓸데없는 소리나 떠들지 말고 방이나 좀 매일 깔끔하게 청소하라고, 누이는 부디 그렇게 좀 확실하게 지침을 내릴 것이지!

어느 날 이른 아침, 아마 봄이 오시느라 그러는지 힘찬 빗줄기가 유리창을 때리고 있었다. 파출부 할멈은 예의 그 거친 말투로 다시 그레고르의 화를 돋웠다. 다리가 모두 풀린 것처럼 힘도 없고 느려 터졌지만 그레고르는 더는 못 참겠다 싶어 먼저 공격 자세를 취하며 그녀를 향해서 몸을 돌렸다. 그런데 파출부 할멈은 겁을 먹기는커녕 문 가까이에 있던 의자를 높이 쳐들고 입을 크게 벌린 채 그냥 버티고 섰다. 그 의자로 그레고르의 등짝을 후려친 다음에야 입을 다물 태세였다. 그레고르가 다시 방향을 바꿔 몸을 돌리자, 할멈은 손에 든 의자를 모퉁이에 도로 내려놓으며 이렇게 말했다.

"그렇게는 도저히 안 될 것 같지?"

그레고르는 거의 아무것도 먹지 않았다. 가져다준 음식에 눈길도 안 주고 지나가다 그냥 심심풀이로 한입 물어 보기도 하지만, 몇 시간 동안 삼키지 않고 돌아다니다 다시 뱉어 버리기 일쑤였다. 처음에 그레고르는 자기 방이 너무 황량해진 탓에 아마 슬픔이 목에 차올라 음식을 삼키지 못하는 거려니 했다. 하지만 시간이 지나 익숙해지니 이젠 방이 좀 달라진 건 아무 문제가 아니었다. 그레고르의 방은 이제 어디 둘 곳이 마땅찮은 물건들을 으레 가져다 두는 일종의 창고가 되어 있었다. 그런 물건이 자꾸 늘어나 아주 많아졌다.

실은 방 하나를 세놓았는데, 거기 남자 세 명이 하숙하게 되었다. 그레고르가 열린 문 사이로 이들을 한 번 본 적이 있는데, 셋 모두 털보인 이 아재들은 끼니도 얻어먹는 조건으로 세를 든 모양이었다. 그런데 이들은 상당히 까다로워 자기들 쓰는 방뿐만 아니라 온갖 살림 공간, 특히 부엌에 대해서는 유난히 정리 정돈을 고집하며, 당장 필요 없거나 좀 허접한 잡동사니도 곁에 두지 않으려 했다. 게다가 세 명이 입주하니까 서로 겹치는 살림살이가 태반이라 필요하지 않은 가구나 물건들이 굉장히 많았다. 부엌용 쓰레기통이나 석탄재 담는 상자처럼 어디에 내다 팔 수도 없고 그냥 버리기도 뭣한 물건은 그래서 모두 그레고르 방 곳곳을 채워가기 시작했다.

파출부 할멈도 당장 필요하지 않은 거라면 뭐든 그레고르 방에 밀어 넣었다. 뭐가 그리 헐레벌떡 늘 바쁜지 그냥 던져두고 가면 그만이었다. 대개 그 물건이나 혹은 그걸 들고 와서 쓱 밀어 넣고 가는 파출부 할멈의 손만 잠시 보였다 말고 사라지니 그레고르에게는 그나마 다행이었다. 할멈은 아마 나중에 때가 되고 기회가 되면 그것들을 다시 가져가 한꺼번에 밖에다 내다 버릴 심산이었을 거다. 하지만 그레고르가 그 쓰레기 더미 사이를 오가며 계속 치워 주지 않았다면, 그것들은 아마 처음 갖다 던져둔 그 자리에 내내 버티고 있었을 게 틀림없었다. 그레고르도 처음에는 더 이상 기어 다닐 자리가 없어서 이리저리 치우기 시작했으나 점점 또 그 맛에 재미를 붙이게 되었다. 하지만 그렇게 돌아다니다 보면 갑자기 피로가 몰려오고 금세 또 울적해져서 몇 시간씩 꼼짝도 하기 싫었다.

하숙 아재들은 이따금 거실에서 저녁 식사를 했고, 그런 날은 그레고르 방의 거실로 향한 문은 닫아 두었다. 하지만 문이 열려 있건 닫혀 있건 그레고르는 별로 상관하지 않았다. 언제부턴가 그는 문이 열려 있는 저녁에도 그쪽으로 가지 않고 가족에 대한 관심을 완전히 끊어버린 채 방에서 가장 어두운 곳에 그냥 엎드려 있는 날이 종종 있었다. 그런데 어느 날 파출부 할멈이 거실로 향한 문을 닫는다는 걸 깜박한 채 그냥 열어 두었고, 하필 하숙 아재들이 거실에 모여 있고 불이 켜져 있었다.

전에는 아버지와 어머니, 그레고르가 함께 앉아 밥을 먹던 식탁에 이제는 하숙 아재들이 자리를 잡고 각자 냅킨을 펼치고 손에는 포크와 나이프를 든 채 저녁밥을 기다리고 있었다. 고기 요리가 담긴 큰 그릇을 양손으로 든 채 어머니가 문 앞에 나타났고, 이어 삶은 감자를 수북이 담은 그릇을 들고 누이가 따라 나왔다. 음식에서 뜨거운 김이 모락모락 피어오르고, 까다로운 아재들은 마치 검사라도 시작하는 듯 허리를 구부리고 식탁에 올라온 음식들을 향해 코를 들이밀었다.

그중 가운데 아재가 대장이고 양쪽의 두 아재는 좀 아래인 듯 보였는데,

대장 아재는 고기를 자기 접시에 따로 덜지도 않고 큰 그릇에 있는 채 썰어 보았다. 고기가 연하고 부드럽게 제대로 익었는지, 혹시 부엌으로 다시 돌려보내야 하는 건 아닌지 먼저 확인하자는 투였는데, 아마 흡족한 모양이었다. 가슴을 졸이며 이를 지켜보다 안도의 한숨을 쉬는 어머니와 누이의 얼굴에도 환한 미소가 번졌다.

거실 식탁을 내준 그레고르의 가족들은 부엌에서 식사했다. 하지만 아버지는 부엌으로 들어오기 전 먼저 거실에 들러 모자를 벗어 손에 들고는 머리를 숙여 한 번 인사하고 식탁 주위를 한 바퀴 돌아보았다. 하숙 아재들은 자리에서 일어나 뭐라고 우물우물했으나 덥수룩한 수염 탓인지 알아듣기는 힘들었다. 그리고 자기들만 남게 되자 거의 아무 말도 나누지 않고 식사를 했다. 그런데 식사하며 내는 소리 중에서 이빨 소리만 유난히 도드라져 그레고르 귀에는 굉장히 이상한 느낌이었다. 그건 뭔가를 먹을 때는 반드시 이빨이 있어야만 한다는 걸 알려 주려고 일부러 그러는 것만 같았다. 마치 세상에서 가장 빼어난 모양새라 해도, 이빨 없는 갑충들의 턱 쪼가리로는 충분하지 않다는 뜻인 것 같기도 했다. 그레고르는 하도 딱하고 가엾은 마음이 들어 이렇게 중얼거렸다.

"나도 취향이라는 게 있다. 그런데 저건 진짜 아니야. 저 하숙 아재들처럼 천박하게 이빨 소리를 내며 먹어야 한다면 난 그냥 죽어 버리는 게 차라리 낫겠다!"

바로 그날 저녁, 부엌 쪽에서 바이올린 소리가 들려왔다. 그레고르 기억으로는 그즈음에 집에서는 바이올린 소리가 난 적이 도통 없었다. 저녁 식사를 마치고 하숙 아재 중 가운데 아재가 가까이 있던 신문을 꺼내서 다른 둘에게도 나눠 주었다. 그리고 의자에 기댄 채 다들 그걸 훑어보며 한 대씩 끽연하던 차였다.

바이올린 연주가 시작되자 그들은 일제히 읽던 신문을 내려놓고 자리에서 일어나 발끝걸음으로 살금살금 부엌 쪽에 다가가 문짝에 기대어 섰다. 그들이 움직이는 소리가 부엌에서 들렸던지 아버지가 얼른 큰 소리로 물었다.

"바이올린 소리가 거슬리시나요? 바로 그만두게 하겠습니다."

가운데 아재가 아니, 괜찮다고 답했다.

"천만에요, 여기가 훨씬 더 편안하고 아늑한데, 따님께서 여기 우리들 있는 데로 오셔서, 이리 와서 연주하시면 어떨까요?"

"아, 그렇게 하겠습니다."

아버지는 마치 당신이 연주자인 듯 대답을 했다. 하숙 아재들이 다시 거실에 자리를 잡고 앉아서 기다리자 아버지는 보면대를, 어머니는 악보를, 누이는 곧 바이올린을 들고 나타났다. 누이는 얌전한 자태로 연주 준비를 완료했다.

한 번도 남에게 방을 세놓아 본 적 없는 부모님께서는 하숙 아재들에게 좀 심하게 예의를 차리느라 쩔쩔매며, 제대로 의자에 앉지도 못하셨다. 아버지는 단추를 모두 채운 은행 제복의 단추 두 개 사이에 오른손을 찔러 넣은 채 그냥 문에 기대어 서 계셨다. 어머니는 그나마 하숙 아재 한 명이 저 끝에 밀어 둔 의자, 저기 비었으니 가서 앉으시라고 손가락으로 가리키니 거기 구석 자리로 가서 의자에 앉으셨다.

누이는 곧 연주를 시작했다. 어머니와 아버지는 각자 서로 다른 방향에서, 연주하는 딸의 손놀림에서 눈을 떼지 못하고 집중을 했다. 바이올린 소리에 고무된 그레고르는 자기도 모르게 조금씩 앞으로 발길을 옮겨 거실을 향해 머리를 들이밀게 되었다.

어느덧 그레고르는 자신이 다른 사람 입장을 그다지 헤아리지 않게 되었다는 사실을 별로 개의치 않고 있었다. 이전에는 타인에 대한 배려가 그의 자부심이었는데 말이다. 만약 지금도 그렇다면 그는 당연히 자신의 몸을 숨기고 있어야 했다. 조금만 움직여도 그의 방 곳곳에는 수북수북 쌓인 먼지가 풀풀 날리고, 덕분에 그는 온통 먼지를 뒤집어쓴 목불인견 꼬락서니를 하고 있었다. 그의 등짝과 양쪽 옆구리에도 실밥과 머리카락, 음식 부스러기가 덕지덕지 붙어 있는데, 이제는 그 꼴을 하고서도 아무 데나 상관없이 나다니게 되었다. 전에는 하루에도 몇 번씩 그나마 바닥 깔개에 등을 대고 드러누워 먼지를 털어 내곤 했으나, 이제는 모든 게 귀찮고 둔감해져서 그 꼴로도 아무 거리낌 없이 티끌 하나 찾기 힘든 거실 바닥에 슬그머니 발을 내디뎌 버린 것이다.

하긴 아무도 그에게는 눈길을 주지 않았다. 가족 모두 바이올린 연주에 정신이 팔려 있고, 몰려온 하숙 아재들도 처음에는 바지 주머니에 손을 꽂은 채 누이동생의 보면대 뒤에 바짝 붙어 서 있었다. 연주하는 악보를 기필코 함께 들여다봐야 할 일이라도 있다는 듯 다들 가까이에 몰려 있으니, 누이는 좀 신경이 쓰일 터였다. 하지만 그들은 곧 고개를 숙이고 뭐라고 수군거리며 뒤로 빠지기 시작했고 아버지의 근심스러운 눈길은 창문가로 물러난 그들에게 자꾸 쏠렸다.

그들이 왜 그러는지는 분명해 보였다. 굉장히 즐겁거나 혹은 아름다운 바이올린 연주를 듣게 되리라 기대했다가 그만 실망을 해서 더 이상 듣고 싶은 마음이 없어진 게 확실했다. 하지만 최소한의 예의를 지키느라 아직 그대로 있어 주는 것임이 틀림없었다. 그들 모두 입과 코로 독한 시가 연기를 뻑뻑 내뿜는 모습에서 얼마나 짜증이 나 있는지 알 수 있었다.

하지만 누이는 정말 아름다운 자태로 연주를 했다. 옆으로 살짝 얼굴을 기울인 채 음악에 몰두해 슬픈 눈빛으로 악보를 읽는 모습이 정말 눈부셨다. 그레고르는 한 걸음 더 앞으로 기어나갔다. 그리고 가능하다면 누이와 눈길을 마주치고 싶은 간절함에 바닥에다 머리를 바짝 붙이고 그렇게 기다렸다. 그런데 이렇게 음악에 사로잡힌 존재가 한낱 동물에 불과할 리는 없지 않은가? 그레고르 입장에서는 완전히 입맛을 잃었다가 그토록 맛보고 싶던 귀한 양식을 찾는 길이 이제야 보이는 것 같기도 했다. 그는 누이 앞으로 가기로 했다. 가서 드레스 끝이라도 살짝 건드리며, 부디 바이올린을 들고 자기 방으로 좀 와 달라는 간곡한 뜻을 전할 생각이었다. 어차피 여기 있는 그 누구도 오라비만큼 그녀 연주의 진가를 알아보지 못하기 때문이었다.

그레고르는 최소한 자기가 살아 있는 한, 누이동생을 자기 방 밖으로 나가지 못하게 그대로 가둬 두고 싶었다. 흉측해진 자신의 꼬락서니가 드디어 제 몫을 할 수 있겠다 싶기도 했다. 자기 방의 모든 문을 지키고 있다가 침입자가 나타나면 단숨에 물리쳐 버리고 싶은 마음이었다. 하지만 반드시 그 애 본인이 원해서, 자발적으로 와서 오라비와 함께 지내기로 해야지 억지로 누이를 끌고 갈 생각은 털끝만큼도 하지 않았다.

오빠 방 소파에 나란히 앉아서 오라비 말씀에 귀를 기울이게 한 다음, 그는 사실 누이를 음악 학교에 보내려고 준비하고 있었다는 얘기도 들려줄 생각이었다. 자신에게 이런 불행한 사건이 터지지 않았다면, 크리스마스 명절 가족들이 모였을 때 행여 누가 좀 반대를 하더라도 절대 개의치 않고 모두에게 그 계획을 밝히려 했다고 말이다. 그런데 참, 크리스마스 명절이 벌써 지나가 버린 건가?

이런 설명을 듣게 되면 누이도 아마 감동의 눈물을 터뜨릴 수밖에 없을 것이다. 그러면 누이의 겨드랑이까지 그레고르는 몸을 일으켜 세워 그녀의 목에 입맞춤을 해 줄 것이었다. 상점에 일하러 다니기 시작한 이후, 누이는 리본이나 깃 같은 걸로 목을 가리지 않고 그냥 맨살을 다 내놓은 채 나다니고 있었다.

"잠사 영감님!"

가운데 아재가 큰소리로 아버질 부르더니 아무 말도 하지 않고 그냥 손가락으로, 천천히 앞으로 기어 나오는 그레고르를 가리켰다. 바이올린 소리도 멈추었고 가운데 대장 아재는 머리를 가로저으며 먼저 자기 친구들을 향해서 썩은 미소를 지어 보이더니 저기 아래 그레고르 쪽으로 시선을 옮겼다.

아버지는 아마 그레고르를 쫓아내는 일보다 놀란 아재들을 진정시키는 일이 더 먼저라고 판단을 하신 것 같았다. 하지만 이들은 놀라서 흥분한 게 전혀 아니었고, 바이올린 연주보다 그레고르가 훨씬 더 재미나서 그러는 것 같아 보였다. 허둥지둥 아버지는 아재들에게 달려가 어서 방으로 들어가게 팔을 쭉 뻗어 흔드는 동시에 그레고르를 보지 못하게 당신 몸으로 그들 시야를 가리고자 하셨다. 하지만 이들은 진짜로 화가 났는데, 그게 아버지 때문인지 아니면 그레고르 같은 괴상망측한 벌레가 자기네 옆에 살고 있다는 사실을 이제야 알게 되어 그러는 건지는 알 수 없었다.

아무튼 그들도 아버지에 맞서 팔을 흔들며 해명을 요구했고 본인들 수염까지 잡아 뜯으며 성질을 죽이는 시늉을 하다 마지못해 물러난다는 투로 자기들 방 쪽으로 걸음을 옮겼다. 갑자기 연주가 중단된 탓에 누이는 정신이 혼미해진 모양이었다. 축 늘어진 두 손에 아직도 들려 있는 바이올린과 활을 다시 움직이며 연주를 계속하려나 싶을 만큼 악보만 뚫어져라 바라보다가 문득 정신이 수습된 듯 벌떡 자리를 박차고 일어났다. 안락의자에 기댄 채 호흡 곤란으로 아직 거친 숨을 몰아쉬고 있는 어머니 무릎에다 그 애는 악기를 내려놓더니, 오라비 옆방으로 쏜살같이 달리기 시작했다. 아버지가 몰아대긴 했으나 하숙 아재들은 아직 마음을 정하지 못한 듯 꾸물대고 있었는데, 누이는 그 틈을 비집고 먼저 들어가 능숙한 손놀림으로 침대 위 널브러진 베개며 이불을 몇 차례 허공에 띄우는가 싶더니, 어느새 착착 개어 정리하고 바람처럼 그 방을 빠져나왔다.

무턱대고 방에 다시 들어가라고 아재들을 밀어붙이던 아버지는 다시 그 독특한 똥고집이 발동하신 모양이었다. 세입자에게는 반드시 예의를 지켜야 한다는 집주인의 불리한 처지를 새까맣게 잊고 계신 게 분명했다. 주인의 완력에 떠밀려 방 앞까지 오긴 했으나 결국 가운데 대장 아재가 쾅쾅 소리 나게 발을 굴러 대니 아버지도 멈칫 거기에서 멈춰 서고 말았다.

"이쯤에서 우리 입장을 밝히지 뭐."

대장 아재는 한쪽 손을 쳐들고, 눈으로는 어머니와 누이를 찾는 눈치였다.

"나는 이 집과 가족에 서려 있는 이 음침한 기운이 뭔가 이상했는데요."

여기서 그는 뭔가 결심을 한 듯 바닥에 침을 탁 뱉고 말을 이었다.

"당장 방을 빼도록 하지 뭐. 요 며칠 여기서 지낸 기간에 대해서는 당연한 푼도 낼 수가 없지. 오히려 이거, 나 이걸 어떻게 해야 하나. 지금 심각하게 숙고 중인데, 뭐 근거는 얼마든지 댈 수 있으니까. 이거 진짜야, 당신들에게 배상을 청구할까 해요."

그는 잠시 말을 멈추고, 그냥 자기 앞을 똑바로 바라보며 뭔가를 기다리는 눈치였다. 아닌 게 아니라 나머지 두 아재가 그에 맞춰 응답을 했다.

"우리도 당장 나가겠어요."

기다렸다는 듯 대장 아재는 문의 손잡이를 거머잡더니, 쾅 소리를 내며 문을 닫아 버렸다.

아버지는 두 손으로 더듬고 비틀거리며 당신 의자로 간신히 걸어와 폭하고 쓰러지셨다. 여느 저녁처럼 온몸을 늘어뜨린 채 잠든 것처럼 보였으나, 당신 머리가 마치 가눌 수 없어서 그러는 것처럼 자꾸 끄덕이는 것으로 보아, 잠이 드셔서 그러는 건 아니라는 걸 알 수 있었다.

그레고르는 아직 하숙 아재들에게 들킨 그 자리에 꼼짝도 않고 그대로 엎드려 있었다. 자신의 계획이 수포로 돌아간 데 대한 실망감이 너무나 커서, 아니 어쩌면 너무나 많이 굶은 탓에 탈진과 쇠약함이 심각해서 꼼짝도 할 수 없었다. 하지만 이 정도 사이 났으니 아무래도 이제 시한폭탄이 터질 때가 다가오고 있다는 일말의 두려움으로 그 시간을 기다릴 수밖에 없었다. 마침 어머니의 떨리는 손가락 아래로 스르르, 무릎 위에 놓여 있던 바이올린이 미끄러지며 바닥에 떨어지자 다시 한바탕 소리가 요란했지만 그는 이제 놀랄 기운조차 남아 있지 않았다.

"엄마, 아버지!"

누이가 먼저 손으로 식탁을 내리치며 말문을 열었다.

"더는 안 되겠어요. 두 분은 이해하기 힘드실지 모르니까, 제가 해치워야 할 것 같아요. 이 괴물 버러지, 저 갑충은 이제 더 이상 우리 오빠가 아니에요. 그러니까 마음 딱 먹고, 저걸 처리해 버려야 해요. 우린 어떻게든 돌보고 참아 내려고 사람이 할 수 있는 일은 다 해 봤어요. 이제 누구도 우릴 털끝만큼도 비난할 수 없을 거예요."

"저 애 말이 천번 만번 옳고말고."

아버지가 혼잣말하셨다. 가쁜 숨으로 아직 쌕쌕대던 어머니는 밭은기침이 쏟아지는지 손을 입으로 가져간 채 쩔쩔매느라 눈빛마저 좀 이상해 보였다. 누이는 어머니에게 달려가서 이마에 손을 얹었다. 아버지는 누이 입에서 나온 말을 새기며 어떤 생각을 굳힌 모양이었다. 그는 허리를 곧추세우고 앉아, 식탁 위 하숙 아재들의 저녁 식사 접시들 사이에 아직도 놓여 있던 은행 안내원 모자를 만지작거리셨다. 그러다 이따금 꼼짝 않고 있는 그레고르에게도 눈길을 던지곤 했다.

"우리 이제 벗어나야만 해요."

누이는 이제 아버지에게만 그 말을 했다. 어머니는 어차피 당신 기침 소리에 아무 얘기도 들리지 않을 터였다.

"저것 땜에 조만간 엄마랑 아버지 두 분이 돌아가실 거예요. 나는 뻔히 보여요. 우리 모두 이렇게 죽어라고 일을 해서 돈을 버는데, 집에 와도 이렇게 곤욕스러운 일이 계속된다면 정말로 더 이상은 견딜 수 없을 것 같아요. 난 이제 더는 참을 수 없어요."

그리고 마구 흐느끼자 폭포수 같은 눈물이 어머니 얼굴로 쏟아졌다. 누이는 기계적으로 손을 움직이며 어머니 얼굴에 흐르는 자신의 눈물을 열심히 훔쳐냈다. 아버지는 함께 마음이 아프고 딸의 심정이 너무도 잘 이해되었으므로 다시 물으셨다.

"아가, 그래서 이제 우리가 어떻게 하면 좋겠냐?"

누이는 자기도 별 대책이 없는지 그냥 어깨만 으쓱했다. 눈물을 한 바가지 쏟은 바람에 이전의 확신도 다 쓸려나간 모양이었다.

"저 애가 우리가 하는 말을 알아듣기만 한다면."

아버지는 긴가민가하며 말했으나, 흐느끼던 누이는 절대 그럴 리는 없다며 손사래를 쳤다.

"저 애가 우리가 하는 말을 알아듣기만 하면 좋으련만."

아버지는 같은 말을 되뇌며, 그런 일은 없을 거라는 누이의 확신을 당신도 받아들이겠단 뜻인지 두 눈을 꼭 감으며 말을 이었다.

"그렇다면 어떻게 타협점이라도 좀 찾아낼 수 있을 텐데. 그런데 저렇게…"

그러자 누이가 소리 질렀다.

"없애야 해요. 그것 말고 달리 방법이 없어요, 아버지. 저게 그레고르라는 생각에서 얼른 벗어나야 해요. 여태껏 우리가 그렇게 믿어 온 게, 그게 우리의 불행이에요. 아니 어떻게 저게 그레고르 오빠일 수가 있어요? 만약 그레고르 오빠였다면, 오빠는 진즉 판단을 했을 거예요. 인간이 저런 갑충 이랑은 함께 살 수 없다는 판단을 하고 아마 기꺼이 사라졌을 거예요. 그럼 그냥 오빠가 없는 거지만, 그래도 소중한 기억을 마음에 품고 그럭저럭 살아갈 수 있잖아요. 하지만 저 버러지는 우리를 괴롭히고, 하숙 아저씨들을 쫓아내고, 이제 우리 집을 자기 혼자 다 차지하려 들게 분명해요. 우리를 내쫓아 길에서 노숙하게 만들걸요."

그녀가 갑자기 소리를 질렀다.

"아버지, 저것 좀 봐요. 벌써 또 시작이에요!"

누이는 그레고르 입장에서는 전혀 이해할 수 없는 공포에 사로잡힌 듯 어머니도 팽개쳐 버리고 기겁을 하며 어머니가 누워 있던 의자에서 튕겨 나갔다. 그레고르 옆에 가까이 있느니 어머니를 희생시키는 편이 더 낫다는 것인지, 누이는 아버지 뒤쪽으로 허겁지겁 몸을 숨겼다. 누이의 그런 행동에 자극을 받은 아버지는 괜히 당신도 의자에서 벌떡 일어나, 마치 그녀를 보호해야 한다는 듯 양팔을 반쯤 올리고 그녀를 막아서는 시늉을 하셨다.

하지만 그레고르는 누이는 물론이고 다른 누구한테도 겁을 주는 말썽을 부릴 생각이 전혀 없었다. 그는 단지 자기 방으로 돌아가려고 몸의 방향을 바꾸기 시작한 것뿐이었는데, 그 몸짓이 아무래도 기이하고 섬뜩해 보인 모양이었다. 상처를 크게 입었고, 그 자리가 아파서 몸을 좀 돌리려면 그게 너무나 힘들어 그냥 머리를 들었다가 바닥에 부딪치는 몸짓을 반복할 수밖에 없었던 건데 그것마저 오해를 일으킨 모양이었다. 그는 가만히 동작을 멈추고 주위를 잠시 돌아보았다. 이제야 자신이 왜 그러는지 그 뜻이 전달된 듯 가족들이 더는 기겁하지 않는 것 같아 정말 다행이었다. 이제 그들은 모두 입을 다물고 몹시 슬픈 눈으로 그레고르를 바라보았다.

어머니는 두 다리를 쭉 뻗어 서로 포갠 채 의자에 누워 계셨다. 하지만 너무 녹초가 된 탓인지 눈꺼풀이 거의 내려와 있었다. 누이는 아버지와 나란히 앉아 아버지 목에 한쪽 팔을 두른 채였다.

"이제는 몸을 좀 돌려도 괜찮겠지."

그레고르는 그런 생각을 하며 다시 움직이기 시작했지만 너무 힘들고 자꾸 숨이 가빠져 계속 끙끙대며 한참씩 쉬어야 했다. 이제는 아무도 그를 몰아대지 않고 마음대로 하게 내버려 둬 주어 정말 다행이었다. 간신히 몸을 돌려 방향을 바꾼 다음 그는 즉시 자기가 있던 곳으로 직진하여 기어가기 시작했다. 하지만 자기 방에서 대체 얼마나 멀리 왔는지, 그게 가늠도 힘들 만큼 그렇게 먼 거리였다는 게 정말이지 놀라웠다. 워낙 쇠약해진 몸이다 보니, 도대체 아까는 왜 그런 생각을 못 하고 이 먼 길을 기어 올 수 있었는지 도통 이해가 되지 않았다.

있는 힘을 다해서 서둘러 가야 한다는 목표에만 정신을 쏟느라, 그레고르는 이제 더는 가족들이 욕을 하거나 소리를 질러서 자신을 힘들게 하지 않는다는 사실을 거의 생각조차 하지 못했다. 문을 지나고 방으로 들어와서야 겨우 고개를 좀 돌렸는데, 자꾸 더 뻣뻣해지는 느낌에 제대로 돌리지도 못했다. 아무튼 그가 확인한 건, 다른 건 모든 게 그대로였고 누이만 그냥 일어서 있는 광경이었다. 마지막으로 눈에 들어온 건 완전히 잠들어 버린 어머니, 그녀의 모습이었다. 그런데 방에 들어서기가 무섭게 후다닥 문이 닫히고 철컥 자물통 잠기는 소리와 함께 그대로 갇히는 신세가 되고 말았다. 뒤에서 들린 갑작스러운 쇳소리에 기겁한 탓인지 가는 다리들이 툭툭 꺾여 그레고르는 그 자리에 주저앉고 말았다.

서둘러 문을 잠근 건 누이였다. 그녀는 바로 쫓아와서 기다리고 있다 전광석화처럼 달려들어 사태를 마무리해 버린 것이다. 그레고르는 그 애가 다가오는 소리를 전혀 듣지 못했다. 자물쇠에 꽂힌 열쇠를 돌리며 누이는 부모님을 향해 큰 소리로 외쳤다.

"이제 됐어요!"

"그럼 난 이제 어떻게 하지?"

그레고르는 자문하며 어둠 속 주변을 둘러보았다. 그런데 자기 몸이 더 이상 꼼짝도 할 수 없다는 걸 알게 되었다. 하지만 그건 놀랄 일이 아니었다. 이토록 가늘고 볼품없는 발들로 여태껏 그만큼이나 나다닐 수 있었던 게 오히려 신기한 일이었다는 걸 그는 잘 알았다. 그리고 별로 기분이 나쁘지도 않았다. 온몸에 아직 통증이 남아 있지만 그것도 차츰 잦아들어 조금만 더 있으면 다 가실 것 같았다. 아직도 등짝에 그대로 박혀 있는 썩은 사과와 그 주변 염증 부위에 솜털 같은 먼지가 덮여 있지만, 그건 이제 감각도 거의 없었다.

예전처럼 그는 가족들을 떠올리며 한없는 그리움과 사랑으로 마음이 한껏 아스라해졌다. 본인이 어서 사라져야 한다는 생각은 아마 여동생보다도 더 단호하면 단호했지 결코 덜하지 않았을 것이었다. 종탑 시계가 새벽 세 시를 칠 때까지 그는 이렇게 평온하고도 헛헛한 생각에 빠져 있었다. 창밖으로 어느새 먼동이 트고 있다는 것도 알 수 있었다. 그런데 자기도 모르게 머리가 자꾸 아래로 떨어지더니 그의 콧구멍에서 아마 마지막 가는 숨이 새어 나왔다.

파출부 할멈은 다음날도 아침 일찍 출근했다. 워낙 힘이 넘치고 성격이 급해 문이란 문은 쾅쾅 요란하게 소리를 내며 닫아 댔다. 부디 그러지 마시라고 여러 번 당부했으나, 일단 그녀가 집 안에 들어서면 조용히 잠을 이룰 수 없었다. 그날도 할멈은 여느 때처럼 그레고르 방을 들여다보았지만 특별한 점을 발견하지 못했다. 그냥 일부러 꼼짝도 않는 줄 알고, 감정 상한 일이 좀 있었나 보다고 생각했을 뿐이었다. 할멈은 그레고르가 세상의 모든 걸 다 이해하는 능력이 있다고 믿는 까닭이었다.

문가에 서 있던 파출부 할멈은 마침 자기 손에 들려 있던 긴 빗자루로 그레고르를 툭툭 건드렸다. 아무런 반응이 없자 괜히 심술이 나서 이번엔 그를 찔러 보았다. 하지만 이번에도 아무런 저항 없이 그레고르가 있던 자리에서 그대로 밀려나는 것을 보고 갑자기 정신이 번쩍 들었다. 사태의 진상을 깨달은 그녀는 눈이 휘둥그레지고 입에서 저절로 휘파람 소리가 흘러나왔다. 하지만 머뭇대지 않고 바로 주인 침실로 달려와 문을 열어젖히고 어둠을 가를 만큼 크게 소리 질렀다.

"저기 좀 봐, 이게 완전히 뒈져 버렸네! 아주 뻗어 나자빠졌어!"

잠사 영감 내외는 벌떡 일어나 침대에 앉아, 파출부 할멈의 고함 탓에 놀란 가슴부터 쓸어내렸다. 그러고 나서야 이들 내외는 할멈의 말귀를 알아듣고 혼비백산하여 서로 다른 방향에서 서둘러 뛰쳐나왔다. 잠사 영감은 어깨에 이불을 두른 채였고, 부인은 그냥 내복 바람으로 달려 그레고르 방으로 뛰어들었다.

그사이에 거실 문도 활짝 열렸다. 하숙 아재들이 입주한 후부터 그레테는 거실에 잠자리를 차렸는데, 그날 밤에는 한숨도 못 잔 듯했다. 평소 입는 옷을 다 입고 있었고, 안색이 창백한 것으로 봐도 그건 곧 알 수 있었다.

"죽은 거예요?"

믿기지 않는다는 듯 잠사 부인은 파출부 할멈에게 물었다. 굳이 묻지 않아도 눈으로 살펴보면 확인되는 일이고, 실은 그냥 척 봐도 알 수 있었다.

"그런 것 같은데."

파출부 할멈은 그렇게 말하면서 빗자루로 한 번 더 그레고르의 시신을 스윽 밀어 보였다. 잠사 부인은 빗자루를 붙들려는 몸짓하려다 그만두었다.

"그래, 이제 주님께 감사드리자."

잠사 영감이 성호를 긋자, 나머지 세 여자도 따라 그었다. 시신에서 눈을 떼지 않고 있던 그레테가 이야기했다.

"세상에 어쩜 이렇게 말랐지, 한번들 봐요. 하긴 벌써 오래전부터 아무것도 안 먹었어. 여기 넣어 주는 음식들에 손도 안 댔거든."

아닌 게 아니라 그레고르의 몸은 납작한 상태로 바싹 말라 있었다. 작은 다리들로도 지탱하지 못했는데 이제야 그게 눈에 들어오고, 나머지는 눈에 띄는 게 별로 없었다.

"그레테야, 우리 잠깐 방에 좀 가자."

잠사 부인은 쓸쓸한 미소를 지으며 입을 열었고, 그레테는 부모님을 따라서 침실로 가는 도중 몇 번을 머뭇거리며 시신을 돌아보았다. 할멈은 방문을 닫고 창문을 활짝 열었다. 아직 이른 아침인데도 상쾌한 공기 속에 따뜻한 기운이 스며 있었다. 아닌 게 아니라 벌써 3월 말이었다.

하숙 아재 세 명이 방에서 나와 두리번거리며 아침 식사가 어디 있는지 찾았으나, 자기네 밥이 차려져 있지 않은 걸 알고는 곧 실망한 얼굴들이 되었다.

"아침 어디 있어?"

가운데 대장 아재가 툴툴거리며 파출부 할멈에게 묻자, 그녀는 손가락을 입술에다 대고 조용히 하라는 신호를 하며 어서들 그레고르의 방으로 와 보라고 손짓을 했다. 아재들은 낡고 허름한 윗도리 주머니에 손을 꽂은 채 그녀를 따라 방 안으로 줄지어 들어갔다. 방은 어느덧 환히 밝아 그레고르의 시신이 그대로 드러나 보였다.

그때 다시 침실 문이 열리고 추레한 제복을 챙겨 입은 잠사 영감님이 양쪽 팔에 부인과 딸을 대동하고 나타나셨다. 모두 조금씩 운 것 같았다. 그레테는 아버지의 팔에 이따금 자기 얼굴을 꾹꾹 문질렀다.

"당장 우리 집에서 나가시오!"

잠사 영감이 곁에 아내와 딸을 그대로 둔 채 현관문을 가리키며 아재들에게 말했다.

"무슨 말씀을 하시는 건지?"

대장 아재는 좀 당황스러운 표정이었으나 영문을 모르겠다는 듯 방실거리며 이내 물었다. 나머지 두 아재도 양손을 뒤로하고는 끊임없이 비벼 댔다. 이제 곧 싸움판이 벌어질 것이고, 그래 봤자 승산은 자기네에게 있다는 막연한 기대에 부푼 것처럼도 보였다.

"내가 말한 그대로요, 당장 나가요."

잠사 영감은 다시 대답하며 대장 아재를 향해서 보무도 당당히 양옆에 동반한 부인과 딸과 나란히 앞으로 나아갔다. 대장 아재도 처음에는 거기서 꼼짝하지 않고 물끄러미 바닥만 쳐다보았다. 그의 머릿속에서 온갖 것들이 새로운 질서를 찾아가는 모양이었다.

"그럼 뭐 저희가 나갑지요."

그렇게 답한 후 대장 아재는 잠사 영감님을 바라보았다. 이 결정조차 다시 새로운 허락을 얻어야 하나 조금 궁금한 듯 그의 태도는 갑자기 수그러들었다. 잠사 영감님은 부릅뜬 눈으로 그저 고개를 몇 번 끄덕여 주는 정도로 간결하게 응대했다.

이제 대장 아재는 정말 영감님의 분부대로 당장 현관을 향해 뚜벅뚜벅 큰 걸음을 옮겼다. 두 명의 친구 아재들도 진즉 손장난을 멈추고 얌전히 서서 이야기를 주워듣다가 더욱더 공손한 발끝걸음으로 큰형님 뒤를 바짝 따랐다. 혹시라도 잠사 영감님이 대장을 따라 나가지 못하게 자기들 앞길을 가로막을까 얼어 버린 모습이었다. 그들 세 명은 현관 벽의 옷걸이에서 모두 하나씩 모자를 집어쓴 후 우산대에서 단장을 꺼내 조용히 허리를 굽혀 인사를 하고 서둘러 물러갔다.

전혀 그렇지 않다는 사실이 밝혀졌지만, 잠사 영감은 그들이 가지 않고 있지는 않을까 미심쩍은 마음을 떨칠 수 없다는 듯 딸과 아내를 대동하고 현관 밖 층계참으로 따라 나가서 난간에 기댄 채 그들의 동향을 살펴보았다. 그들은 층이 바뀌면 사라졌다 한 층 더 내려가는 층계참에서 잠시 모습이 나타나기를 몇 번 더 계속했다. 그들이 아래로 내려갈수록 잠사 씨네 가족도 그들에 대한 관심이 차츰 더 사라졌다. 마침 큰 짐을 머리에 이고 위풍당당한 걸음으로 층계를 오르던 정육점 아저씨와 마주친 그들이 완전히 사라지는 모습을 확인한 잠사 영감님은 한결 홀가분한 마음으로 부인과 함께 층계참을 지나 집으로 들어왔다.

그들은 오늘 하루는 집에서 푹 쉬면서 함께 소풍을 가기로 했다. 다들 휴가를 내도 될 만큼 일은 충분히 해 두었고, 그게 절실한 현실이기도 했다. 그래서 세 명 모두 탁자에 둘러앉아서 잠사 영감님은 은행 관리자에게, 부인은 일감을 주는 이에게, 그레테는 상점 주인에게 각각의 결근 사유서를 작성했다. 사유서를 작성하는 동안 파출부 할멈이 들어와 아침 일을 다 했으니 이제 그만 가겠다고 인사를 했다. 세 사람은 쳐다보지도 않고 고개만 끄덕였으나, 할멈은 떠나지 않고 거기 있었다. 잠사 영감은 짜증이 나는 얼굴로 빤히 쳐다보며 물었다.

"무슨 일이 또 있어요?"

할멈은 이들 가족에게 전할 뭐 좋은 소식이라도 있다는 듯, 무슨 일인지 자기에게 제대로 물어보라는 투로 싱글거리며 아직도 문 옆에 그대로 서 있었다. 그녀가 쓰고 다니는 모자에 거의 수직으로 꽂혀 있는 타조 깃털은 예전에도 잠사 영감의 신경을 긁곤 했는데, 지금은 사방팔방으로 더 팔랑대고 있었다.

"대체 무슨 일인데 그러세요?"

이 집에서 파출부 할멈이 그나마 조신하게 말을 듣는 편이었던 안주인, 잠사 부인이 다시 물었다.

"저기."

할멈은 뭐가 그리 즐거운지 계속 싱글거리며 말도 제대로 잇지 못했다.

"저기 저거, 저 방에 있는 치워야 할 거, 그거 걱정 마시라고요. 내 다 알아서 했으니 이젠 괜찮다고요."

그레테와 잠사 부인은 하던 일 먼저 마치고 싶다는 듯 편지 위로 다시 몸을 구부렸으나, 파출부 할멈은 자기가 해치운 일을 시시콜콜 하나도 빼놓지 않고 얘기하고 싶은 모양이었다. 이를 눈치챈 잠사 영감은 그녀가 아무 말도 못 꺼내게 얼른 팔을 뻗어 강도 높게 제지했다. 할멈은 떠들고 싶었던 장광설을 시작조차 못 하자 기분이 상해 급하고 불같은 성질이 되살아 난 듯 크게 고함을 쳤다.

"그럼 잘들 해 보슈."

사납게 몸을 돌린 그녀는 거의 부서지라는 투로 쾅쾅 문들을 닫아대며 집을 나갔다.

"저녁에 오면 내보내야겠다."

잠사 영감이 얘기했으나, 부인도 딸도 아무런 답을 하지 않았다. 간신히 다잡았던 마음의 평화가 파출부 할멈 탓에 다시 엉망이 되어 버린 탓이었다. 모녀는 자리에서 일어나 창문으로 가서 한참을 서로 부둥켜안고 있었다. 잠사 영감은 의자에서 몸을 돌려 묵묵히 그들을 지켜보다가 크게 외쳤다.

"이제 그만하고 이리들 와. 지난 일은 다 잊어버려. 내 생각도 좀 해 주라구."

부인과 딸은 고분고분 그에게 와서 포옹하고 서둘러 편지를 마무리했다.

그런 다음 세 사람은 함께 길을 나섰다. 벌써 여러 달 동안 꿈도 못 꾸던 일이라 그들은 전차를 타고 교외로 나가기로 했다. 텅텅 빈 전차에는 그들 외에 다른 사람은 하나도 없고 대신 따뜻한 햇볕만 가득했다. 자리에 편안히 등을 기대고 앞으로의 일에 대해 이야기를 나누면서, 그들은 꼼꼼히 따져 볼수록 자신들의 형편이 그다지 나쁘지 않다는 사실도 알게 되었다. 아직 서로의 사정에 대해 한 번도 서로 허심탄회하게 물어본 적이 없었으나, 지금 세 사람이 일하는 조건이 상당히 좋고 무엇보다 앞으로의 전망도 괜찮아 보였다.

지금 당장 처지를 개선하는 가장 좋은 방법은 지금 집보다 규모를 조금 줄이고 가격이 헐한 집으로 옮기는 것이었다. 그레고르가 찾아낸 지금 집보다는 위치가 더 좋고 무엇보다 실용적인 집으로 가면 좋겠다는 결론이었다. 한참을 그렇게 떠들다 보니 한결 밝아지고 점점 더 생기가 도는 딸의 모습이 잠사 영감 내외 눈에 누가 먼저랄 것도 없이 동시에 들어왔다. 최근 얼마 동안 고역을 치르느라 두 뺨에 핏기가 없어 보이지만 그녀는 막 물이 오른 꽃송이처럼 예쁘게 피어나고 있었다. 잠사 영감님 내외는 점차 얘기가 줄고 대신 눈길만으로도 거의 무의식적으로 이제 딸에게 어울리는 듬직한 신랑감 하나 물색할 때가 되었다는 생각을 서로 잘 헤아릴 수 있었다.

그들 내외가 시작한 여행의 목적지에 이를 즈음 딸아이가 먼저 일어나 기지개를 켜면서 젊은 신체를 쭉쭉 잡아당기니, 그들의 새 꿈과 훌륭한 계획이 순조로이 성취되리라는 괜찮은 징조를 새삼스레 확인한 것만 같았다.

학술원에 드리는 보고

Ein Bericht für eine Akademie

Ein Bericht für eine Akademie

학술원에 드리는 보고

존경하는 학술원 회원 여러분!

영광되게도 회원님들께서 나의 원숭이 시절에 대한 보고서를 제출해 달라고 요청하셨다지요. 하지만 송구스럽게도 난 이에 응할 수는 없겠습니다. 달력으로 따지면 얼마 안 되는 기간일 수 있지만, 5년에 가까운 세월은 원숭이로 살았던 시절에서 오늘의 나를 완전히 떼어 놓았거든요. 5년이란 세월은 거기서 줄달음쳐 온 내게는 무한대에 해당할 만큼 긴 시간입니다. 굉장한 분들의 조언과 갈채, 오케스트라 연주까지도 누렸던 시간이지만, 나는 근본적으로 늘 혼자였지요. 당시의 정황을 비유하면 날 보살펴 준 모든 배려는 날 고립시켰던 장벽 밖에서만 작동했어요. 만일 내가 근본을 잊지 못하고 유년의 추억에만 매달렸다면, 이런 성과는 결코 이룰 수 없었을 겁니다. 어떤 고집도 집착도 다 내려놓으라, 그게 천방지축 자유로운 원숭이였던 나한테 주어진 지상 명령이었고, 그 명에 앞에 나는 무릎을 꿇었답니다.

그러자 내 기억들이 먼저 날 차단해 버리더군요.

　천상에서 지상에다 설치한 큰 문을 여닫는 일이 처음에는 별로 어렵지 않았죠. 사람들이 만약 그러길 원했다면 나도 원래대로 돌아갈 수 있었을 겁니다. 그런데 마냥 앞으로만 가야 한다고 자꾸 몰아대고, 동시에 그 문은 점점 더 낮아지고 또 좁아져서, 나는 이제 사람들의 세상에서 함께 복닥대는 게 더 편하고 안온한 느낌입니다. 나의 과거에서 불어오던 폭풍도 어느덧 잠잠해져 이제는 발꿈치나 조금 식혀 주는 정도랍니다. 그리고 저 멀리 폭풍이 통과하던 자리, 나도 전에 거길 통해서 이리로 넘어온 그 구멍은 이제 너무나 작아졌어요. 행여 다시 그리로 돌아갈 의지가 굳고 힘이 넘쳐도 내 몸의 털가죽이 다 벗겨지지 않고는 이제 거길 통과할 수 없게 됐네요.

　난 비유하는 걸 좋아합니다. 솔직하게 톡 까놓고 말씀드리면 여기 회원님들의 원숭이 시절의 본성이, 이제는 등 뒤로 다 밀어낸 어떤 것들과 현재 사이의 거리가, 내 경우에 비해 반드시 더 멀다고 하실 수는 없을 겁니다. 그런 점에서는 여기 땅 위를 두 발로 걷고 있는 자라면, 사실 위대한 아킬레스뿐 아니라 꼬마 침팬지도 모두 발꿈치가 근질거리게 마련이거든요.

　그런데 별것 아닐 수도 있겠으나 여러분의 요청에 내가 기꺼이 답해 드릴 수 있는 게 하나 있기는 합니다. 내가 가장 먼저 배운 거, 그건 악수였습니다. 악수는 다 열겠다는 표시지요. 오늘은 내 생애의 절정에 오른 날이니, 첫 악수에 대해서도 내가 한번 마음을 열고 내 말을 보태렵니다. 그렇다고 학술 연구와 관련해서 본질적인 어떤 걸 새롭게 보여 드릴 수 있다는 건 물론 아닙니다. 아무리 물어보셔도 분명 제대로 답을 못 드리는 수준이지만, 어쨌든 전에는 원숭이였으나 인간 세계에 들어와 제법 자리를 잡게 된 경위 정도는 알려 드릴 수 있습니다. 하지만 이렇게 변변찮은 얘기라도, 문명 세계 최고의 공연장인 이 으리으리한 무대 한쪽에 내 자리를 확보하고 이렇게 나에 대한 확신이 생기지 않았다면 감히 꺼내 볼 엄두도 낼 수 없었을 겁니다.

내 고향은 아프리카의 황금 해안이랍니다. 내가 거기서 어떻게 붙들렸는지, 그건 나도 잘 모르는 어떤 이들의 보고서를 참고해서 말씀드리겠습니다.

저녁 무렵 나는 원숭이 무리에 섞인 채 물을 마시러 달려가고 있었다는데, 해안가 덤불에 하겐베크 회사의 사냥 원정대가 숨어 있다 총을 쏘았답니다. 당시 원정대장과는 이제 좋은 술도 나눠 마시는 사이가 되었지만, 그때 총을 맞은 건 딸랑 나 혼자였답니다. 모두 두 발을 맞았어요. 첫 번째 총알은 뺨에 살만 좀 패고 만 정도라 여기 이렇게 털이 안 나는 대신 뻘건 흉터가 남았지요. 그 덕에 도무지 어울리지도 않는 빨간 페터라는 이름으로 불리게 된 거랍니다. 이건 정말 황당한 이름이에요. 그 무렵 이미 잘 조련되어 여기저기 불려 다니며 이름을 날리다 세상을 뜬 페터라는 원숭이가 있었다더군요. 나와 그 친구가 생긴 게 닮았다는데 난 뺨에 뻘겋게 얼룩이 있으니까 그냥 빨간 페터라는 이름으로 구분했답니다. 뭐 별 얘기는 아니었네요.

두 번째 총알은 여기 엉덩이 아래에 박혔는데, 이건 좀 심각했어요. 그래서 지금도 이렇게 살짝 절룩거리며 걷잖아요. 최근에 어떤 신문사의 기레기 놈이 나에 대해서 아무 말 대잔치로 물어뜯는 지라시 기사를 보게 되었어요. 내가 아직 원숭이 근성이 다 가시지 않았다나. 관람객 앞에서 그 총알

흔적을 보여 준답시고 짓이 나서 바지를 내리는 게 그 증거라네요. 내가 그날 열 받은 기분으로는 그 작자 손가락을 몽땅 분질러 놓고 싶더이다. 나, 난 그렇거든요. 내가 좋아하는 사람들한테 그 흉터를, 깔끔하게 털을 다듬은 내 엉덩이에, 혹시라도 오해의 소지가 있으니 그냥 정확한 이해를 위해, 더 정확한 표현을 쓰자면 그놈의 못돼 먹은 총알 탓에 흉이 진 자리를 있는 그대로 보여 주었던 것뿐입니다.

모든 게 이미 다 밝혀져 있는데 뭐 감출 게 따로 있나요. 정말로 진실이 필요할 경우 보통 대범한 사람들에게는 그깟 우아함 따위가 별로 중요한 건 아니잖아요. 반면에 아무렇게나 써 갈기는 찌질한 놈들이 방문객들 앞에서 자기 바지를 내린다면, 그건 물론 달리 볼 일이지요. 그러니까 나는 그분을 바지 내리는 짓 따위는 하지 않을 건실한 분으로 존중할 테니, 대신 그분도 우아하신 염려 따위로 날 건들지 말아 주셨으면 좋겠어요.

두 발의 총상을 입고 내가 깨어난 곳은 우리 속이었습니다. 하겐베크 회사의 증기선 중간 갑판에 둔 철창 우리였죠. 이 무렵부터는 나도 조금씩 기억이 나요. 나를 가둔 감옥은 네 면을 모두 철창으로 두른 우리가 아니라 나무 궤짝 한 면에 고정시킨 우리였어요. 그러니까 세 면이 철창인데, 그 높이가 너무 낮아 제대로 서 있을 수가 없고, 폭은 너무 좁아 앉아 있을 수도 없어요. 그래서 무릎을 굽힌 채 쪼그리고 있자니 무릎이 점점 떨려옵디다. 처음엔 아무도 보고 싶지 않으니까 컴컴한 쪽으로, 그러니까 나무 궤짝 쪽을 향해 있었습니다. 한참 그렇게 있으니 뒤쪽 철창이 살 속으로 파고들어 옵디다. 야생동물을 포획하면 가둬 두는 게 장점이 많다고들 하는데, 당시의 경힘을 떠올려 보면 인간 입장에서는 사실 그게 맞겠다 싶긴 합니다.

하지만 당시 나는 그렇게 생각하지 않았지요. 생전 처음 앞이 콱 막혀 버린 거라, 아무 출구가 없었잖아요. 코앞을 궤짝 판때기가 막고 있는데, 그 판때기에 바깥이 내다보이는 틈이 조금 있어 처음엔 그걸 보고도 좋다고 신이 났지만, 꼬리를 밀어 넣기도 힘들 정도의 좁은 틈이고 원숭이 한 마리의 힘으로는 어떻게 그걸 벌려 볼 길이 없었습니다.

나중에 들은 얘기로는 내가 너무 얌전해서 좀 이상했다더군요. 그래서 아마 금세 죽거나, 처음 고비만 넘기면 길들이기 아주 좋을 거라는 결론을 내렸다는데, 아무튼 난 그래도 죽지 않고 이렇게 살아남았어요. *끄억끄억* 울음을 삼키다 벼룩 때문에 죽을 뻔한 적도 있고, 녹초가 되어 코코넛을 핥다가 판때기로 된 벽을 머리로 들이받고, 누가 가까이 오면 헛바닥을 내보였죠. 나의 새 삶을 그런 몸짓으로 살아냈습니다. 하지만 당시의 내 느낌은 그냥 어디에도 출구가 없다는 것, 그게 다였습니다. 원숭이였던 당시 느낌을 인간의 언어로 옮기려니까 조금 표현이 서툴 수도 있겠으나 내가 지금 설명하는 방향만은 확실하다고 장담합니다. 이제 더 이상 원숭이 시절의 진실에는 이를 수 없다고 해도 말이죠.

붙들리기 전에는 그토록 많던 출구가 갑자기 모두 사라졌어요. 십자가에 못 박힌 것보다 더 옴짝달싹할 여유가 없더라고요. 설마 그러냐고요? 아마 여러분은 발가락 사이가 전부 헤집어져도 그 이유를 모르실 겁니다. 등에 밀착된 쇠창살 탓에 등짝이 두 동강이 난다고 해도, 왜 그런지 모르실 거라고요. 나는 출구가 전혀 없으니까 수단 방법 안 가리고 그걸 찾아야 했습니다. 안 그러면 살길이 없으니까요. 철창에 그렇게 갇혀 있다간 꼼짝없이 죽고 말았겠죠. 그런데 하겐베크 회사 입장에서는 원숭이는 무조건 철창에다 가둬야만 하는 놈이니까, 나는 서둘러 원숭이를 그만둬야 했답니다. 그렇게 명쾌하고 어여쁜 생각을 대략 내 배짱님께서 해내셨답니다. 원숭이는 그렇게 이 배때기로 생각을 해요.

내가 '출구'라고 하는 게 정확하게 무슨 말인지 알아들으셨는지 모르겠네요. 나는 그 말을 가장 일상적인 뜻으로 쓰는 거예요. '자유'라는 표현은 일부러 안 씁니다. 온 사방으로 열려 있는 자유라는 위대한 느낌과는 완전히 다르거든요. 난 원숭이였을 때도 그걸 알았고 이제는 그런 자유를 동경하는 인간들도 조금 알게 되었어요. 하지만 당시는 물론이고 지금도 나는 그런 자유를 갈구하는 게 아닙니다. 좀 빗나간 얘기 같지만 사람들은 자유의 이름으로 스스로를 기만하는 경우가 많더군요. 그런데 자유란 게 워낙 숭고한 감정이라, 그에 대한 기만 역시 그렇게 숭고한 게 되어 버려요.

내 공연에 앞서서 진행되는 여러 볼거리 중에 천장에서 곡예사 커플이 공중그네를 타는 경우가 종종 있어요. 그네를 타다 공중에서 점프하며 상대의 팔을 붙들기도 하고, 상대의 머리카락을 이빨로 문 채 함께 날아도 봅니다.

"저런 것도 인간의 자유라는 거니 진짜 가소롭구나."

솔직히 나는 그런 생각이 들었습니다. 번데기 앞에서 주름을 잡는다더니, 원숭이 앞에서 재주랍시고 곡예를 하네. 만약에 이걸 보고 원숭이들이 우스워 죽겠다고 땅을 두드려 대면 세상에는 아마 남아날 건물이 없을 겁니다.

그래요, 난 그런 따위의 자유는 원하지 않았어요. 내게 필요한 건 어떻게든 빠져나갈 수 있는 출구였습니다. 오른쪽이든 왼쪽이든 상관없으니 그게 설령 기만에 불과할지라도 난 그것 말고는 이 세상에 아무것도 필요가 없었습니다. 내 요구 사항이 워낙 작으니 기만을 당해도 대수가 아니었지요. 나가자, 그냥 한번 밀고 가 보자! 궤짝 벽에 꽉 눌린 채 마냥 팔을 들고 있을 수만은 없으니까요.

돌이켜 생각건대, 지극한 평정심을 얻지 못했다면 난 절대로 거기서 탈출할 수 없었을 겁니다. 거기 배에서 며칠을 보내면서 그런 평정심에 이르게 된 일은 모두에게 정말 고마울 따름이지요. 누구보다 그건 선상에 있던 사람들 덕분이었어요. 가만히 생각해 보니 그이들은 참 좋은 사람들이었습니다.

당시 어렴풋이 잠결에 들었던 그 묵직한 발소리가 아직도 귓전에 남아 있어요. 그들은 뭐든 천천히 발동을 거는 편이죠. 그중 어떤 이는 눈을 비빌 때도 무거운 추에 묶인 듯 힘겹게 손을 올립니다. 하지만 거칠게 던져 대는 우스갯소리지만 무척 순박했고, 웃음소리도 좀 살벌했지만 그건 기침 소리가 섞여서 그런 거였어요. 때와 장소를 가리지 않고 퉤퉤 입에서 뭘 뱉어 대고, 나한테서 벼룩이 튀어 온다고 뭐라 했지만 진짜로 화를 내거나 성질을 부린 적은 없었네요. 내 털에 벼룩이 많고 또 벼룩은 어디든 튄다는 걸 잘 알고 있으니까 그러려니 하는 식이었어요. 근무 시간이 아닐 때는 이따금 몇이 몰려와서 내 주변에 둘러앉곤 했지만 오손도손 다정히 얘기를 나누는 건 아니었습니다. 서로 투덕거리다 철창에 발을 뻗은 채 담배를 태우곤 했는데, 내가 좀 움직이면 곧 무릎을 탁탁 치며 나를 관찰하다가 이따금 막대기를 가져와서 내 가려운 데를 긁어주기도 했답니다. 오늘 다시 그 배를 타고 어딜 가자면 절대 싫다고 하겠지만, 거기 중간 갑판에서 겪은 일들이 모두 악몽으로만 남은 건 아니에요.

무엇보다 이들 무리에서 얻은 평정심 덕에 난 도주할 마음을 확실히 접을 수 있었습니다. 이제 와 생각해 보니, 정말 살려고 하면 무작정 도주를 해서는 안 된다는 걸 어렴풋하게나마 깨달았던 것 같습니다. 어떻게든 출구를 찾아야 하는 상황에서도 말입니다. 금세 붙들릴지라도 원숭이는 언제든 도망칠 수 있거든요. 지금 내 이빨은 호두 하나도 제대로 깰 수가 없지만 당시는 시간이 좀 걸려도 자물쇠 정도는 뜯을 수 있었는데, 난 그렇게 하지 않았어요. 그렇게 해서 뭘 얻을 수 있었겠어요? 내가 머리라도 조금 내밀었다면 당장 붙들려 더 고약한 우리 속에 갇혀 버렸을 테고, 어떻게 몰래 내 맞은편에 있던 구렁이 쪽으로 도망을 쳤다면 아마 걔들한테 칭칭 감겨 숨이 끊어졌을 수도 있을 거예요. 갑판으로 숨어들어 뱃전에서 바다로 뛰어내리는 수도 있었지만, 결국 그렇게 허우적대다 익사해 버렸겠죠. 절망에 빠져서 말예요.

아마 내 환경 탓일 텐데 나는 사람들처럼 치밀하지는 못해도, 꼭 그런 것처럼 행동하곤 합니다. 계산을 잘해서가 아니라 침착하게 사태를 관찰해 보면 답이 눈에 들어오잖아요. 사람들이 같은 얼굴로 같은 동작으로 왔다 갔다 하는 걸 가만히 보니까 모두 같은 사람처럼 보였어요. 그 사람들이 아무한테도 방해를 안 받고 돌아다니는 걸 보니까, 아득한 곳을 향한 목표 하나가 눈앞에 어른거렸어요. 내가 그들처럼 될 거라고! 쇠창살이 치워질 거라는 약속은 물론 없었지요. 이행 자체가 불가능해 보이는 일에는 그런 약속이 주어지는 게 아니잖아요. 하지만 불가능했던 일이 일단 이루어지면 오히려 예전엔 눈길도 주지 않던 그 자리에서 어떤 약속 같은 게 생겨납니다. 솔직히 이 사람들의 면모 중에 나를 설레게 한 건 전혀 없었거든요.

만약 내가 아까 말했던 자유를 추구했다면, 아마 그이들의 흐릿한 눈에 비친 출구를 찾아 틀림없이 바닷물에 뛰어들었겠죠. 하지만 난 그런 걸 생각하기 훨씬 전부터 꾸준하게 사태를 관찰했기에, 확실하게 출구의 방향을 잡아서 돌진했어요. 사람들을 따라서 하는 건 정말 쉽더군요. 침 뱉는 일부터 시작했는데, 상대의 얼굴에 서로 침을 뱉는 거예요. 차이가 있다면, 나는 나중에 내 얼굴을 깨끗이 핥아내는데 사람들은 안 그럽디다. 그리고 노인네처럼 파이프 담배도 피웠네요. 엄지손가락을 담뱃대 머리에 올리면 갑판 일대가 웃음바다가 되곤 했어요. 나는 오랫동안 담뱃대에 이파리를 채운 거랑 아닌 거랑 차이도 몰랐는데 말예요.

제일 괴로운 건 그놈의 술병이었습니다. 독한 술내는 진짜 역겨워서 그걸 참느라고 젖 먹던 힘까지 다 빼 썼는데, 몇 주가 지나니까 또 참을 만하더라고요. 그런데 사람들은 신기하게도 나의 이런 내면의 투쟁을 어떤 것보다 높이 사는 것 같았어요. 당시 내가 만난 이들을 다 구분해서 기억은 못하지만, 어느 날부턴가 계속해서 찾아온 사람이 있었어요. 혼자 올 때도 있고 누구랑 함께 올 때도 있고, 밤에도 오고 낮에도 오는데 아무 때나 대중없이 나타나서 술병을 내밀고 날 가르쳤어요.

날 이해한 게 아니라, 내가 어떤 존재인지 궁금해서 수수께끼를 풀고 싶어 했을 거예요. 언제나 천천히 술병을 따면서, 내가 그걸 이해하는지를 확인하려고 날 빤히 쳐다보곤 했거든요. 나는 과장되게 그의 행동을 주목하는 티를 냈지요. 지구상 아마 어떤 인간 교사도 그렇게 집중하는 인간 학생을 만나지진 못했을 거예요. 병마개를 딴 다음 그가 술병을 들어 올리면, 나는 그의 목까지 시선을 따라 옮기고, 그는 고개를 끄덕이며 입술까지 술병을 들어 올립니다. 그의 말귀를 알아듣고 내가 좋아한다는 표시로 깩깩 비명을 지르며 내 몸 여기저기를 긁어 대면, 그는 마냥 좋아서 술병을 입에 대고 한 모금 들이킵니다. 그럼 난 그걸 따라 하고 싶어 미쳐 버리겠다는 듯 날뛰다가 우리 안을 더럽혔는데, 그는 그것도 흡족해했지요. 이번에는 술병을 앞으로 쭉 뻗은 다음에 위로 확 들어 올리더니, 가르치는 사람 특유의 과장된 몸짓으로 등을 젖히고는 그걸 단숨에 비워 버려요. 한꺼번에 너무 많은 걸 요구하니 나는 더 이상 따라갈 수가 없어 쇠창살에 힘없이 매달렸는데, 그는 자기 배를 두드리고 헤죽거리며 그 정도에서 이론 수업을 끝내더군요.

다음은 실기 수업인데, 난 이미 이론으로 녹초가 되었습니다. 너무 지쳐 버린 상태였지요. 그런데 운명의 일부였겠죠. 나는 떨리는 손으로 건네받은 술병을 최대한 꽉 붙들고 마개 따는 임무를 무사히 수행했어요. 일단 성공을 하니 바닥난 것 같던 기운이 새록새록 올라와, 그의 시범 동작과 구별할 수 없을 정도로 멋지게 술병을 들어 올려 그걸 입술에 갖다 댔는데 그만 너무 역겹고 구역질이 나서 그대로 던져 버립니다. 빈 술병이었지만 여전히 독한 냄새가 가득해 몸서리치며 바닥에다 팽개쳤지요. 내 스승께서 애석해

하셨던 만큼 나도 아주 비통했지요. 술병을 던진 다음에 잊지 않고 배를 두드리며 헤죽거리긴 했으나, 사실 그 정도로는 나도 스승도 우리의 아쉬움을 모두 달랠 수는 없더군요.

수업은 너무 자주, 그리고 번번이 그렇게 끝나버렸어요. 그런데 내 스승님의 명예를 위해 말씀드리자면, 제게 화를 내시지 않으셨어요. 이따금 파이프 담배의 불똥이 내 손이 닿지 않는 곳에 떨어져 털끝이 타들어 가면, 그 커다란 손으로 얼른 불을 꺼 주시기도 했고요. 아무튼 내게 화를 내지는 않으셨어요. 우리는 진짜 한편이 되어 원숭이의 본성과 싸우고 있으며, 당신보다 내가 더 힘든 몫을 맡고 있다는 점을 충분히 이해하고 계셨거든요.

어느 날 저녁 구경꾼들 앞에서 벌어진 깜짝쇼는 내게도 스승님께도 엄청난 승리의 기록인 셈이었어요. 무슨 축제였던 것 같은데, 축음기가 돌아가며 음악이 연주되고 장교 하나가 사람들 사이로 왔다 갔다 했습니다. 이날 저녁 내게 관심을 보였던 이는 아무도 없었어요. 그런데 나를 가두었던 철창 앞에 우연히 술병이 하나 놓여 있기에 그걸 가만히 손으로 잡고 있다가 사람들 주목도가 높아진 때에, 교육받은 대로 그 마개를 딴 후에 거침없이 내 입으로 병을 가져갔어요. 내가 무슨 세상에 다시없는 주당이라도 되는 것처럼 전혀 위축되거나 입술을 찡그리지 않고, 눈알까지 막 굴리며 꼴깍꼴깍 주저 없이 목으로 넘기는 소리를 내면서 술병을 비운 다음 진짜 예술가처럼 확 던져 버렸죠. 아, 배를 두드리는 건 깜박했지만, 그건 어쩔 수 없었던 게, 술기운이 퍼지자 정신이 몽롱해져 거의 인간의 목소리로 크고 똑똑하게 소리를 질러 버렸거든요.

"이봐!"

내 입에서 터진 그 소리가 사람들 사이에 울려 퍼지자 바로 메아리가 되어 다시 돌아왔어요.

"어, 지금 들었어? 쟤가 말하는 거!"

그 메아리는 마치 땀으로 범벅인 내 몸 전체로 받아들인 달콤한 입맞춤 같았어요. 다시 말하지만, 내가 사람들을 따라 했던 것은 좋아서 한 일이 아니었습니다. 오직 내게 출구가 필요해 기어코 찾아낸 것으로 그밖에 다른 이유는 전혀 없어요. 그리고 저 승리의 기록도 그게 다였고요. 당장 그런 소리가 안 나오는데 난들 뭐 어쩌겠습니까. 여러 달이 흐른 후에야 그게 다시 가능했지만 술병에 대한 거부감은 전보다 훨씬 더 컸거든요. 하지만 앞으로의 방향만큼은 아주 확실하게 붙들었던 셈이죠.

처음 함부르크에서 조련사에게 넘겨졌을 때, 내 앞에는 동물원 아니면 공연장, 이 두 가지 길이 있다는 걸 알게 됐는데, 전혀 망설일 필요가 없었어요. 무슨 일이 있어도 공연장으로 가야 한다고 나는 굳게 다짐했어요. 그게 유일한 출구니까요. 동물원은 또 다른 감옥이니까 거기로 가면 끝인 거였어요.

그래서 여러분, 난 공부했어요. 내게 필요해서, 반드시 출구를 찾아야 한다 싶으면 누구라도 공부밖에 다른 길이 없는 거예요. 죽을힘을 다해서 배우는 수밖에 다른 도리가 없거든요. 그러니까 정말 회초리로 스스로를 다그치게 되더이다. 조금만 나태해져도 바로 응징을 하는 거지요. 그렇게 혹독하게 다그치며 내 안에 있던 원숭이 본성을 깡그리 쫓아냈어요. 오죽했으면 내 첫 스승께서 오히려 원숭이처럼 되시더니 결국 수업을 포기하고는 정신 병원으로 실려 가셨을까요? 금세 퇴원하셨으니 천만다행이었지만요.

하지만 난 가르침을 나눠 줄 스승들이 많이 필요했어요. 여러 스승을 함께 모신 적도 있답니다. 내 능력에 대해 점점 자신감이 생기고, 대중적으로도 내 변화에 관심이 쏠리면서 나의 미래가 밝아지기 시작할 무렵, 나는 내가 나서서 스승님들을 모셨어요. 쪼르르 방 다섯 개를 빌려 그분들을 앉혀 놓고, 이 방 저 방으로 뛰어다니며 정말 쉴 새 없이 배웠답니다.

엄청난 속도였지요! 밀려 들어오는 지식의 빛으로 나의 뇌가 마구 깨어 났어요! 황홀경이 따로 없었다고 고백할 수 있겠네요. 하지만 당시도 그렇고 지금도 마찬가지로 난 그걸 특별한 일로 여기지는 않습니다. 나의 피나는 노력은 여태껏 지구상에서 한 번도 되풀이된 적 없는 지독한 수준이었고, 그렇게 해서 나는 겨우 유럽인 평균 수준에 이를 수 있었던 거니까요. 사실 그 자체는 아무것도 아닐 수 있어요. 하지만 나를 철창에서 나오게 하고, 그래서 인간이 될 수 있는 특별한 출구를 마련해 줬다는 점에서 내게는 아무래도 의미가 각별합니다. 독일어에 "덤불 사이로 파고들다"는 말이 있어요. 슬그머니 빠져나갈 길을 찾는다는 뜻이죠. 내가 딱 그렇게 했어요. 나야말로 덤불 사이로 파고들었던 겁니다. 자유는 선택의 대상이 아니라는 점에서 난 그것밖에 다른 길이 없었으니까요.

나의 변화와 이미 도달한 목표를 돌아보면 나는 별로 아쉬운 게 없을 뿐 아니라 오히려 만족한다고 말할 수 있어요. 바지 주머니에 양손을 넣고, 탁자 위에는 포도주 병이 놓여 있고, 흔들의자에 비스듬히 누워 창밖을 내다봅니다. 손님이 오면 합당한 방식으로 맞이하고요. 공연 매니저는 앞방에 대기 중이라, 호출하면 바로 달려와서 내 말을 듣습니다. 저녁에는 거의 언제나 공연이 있고, 매 차례 더할 나위 없는 성공을 거두는 편입니다. 연회가 있는 날도 있고, 학회나 다른 뭐 좀 신나는 모임들을 마치고 밤늦게 집에 돌아가면 반쯤 조련된 자그만 암컷 침팬지가 나를 맞아줍니다. 다른 원숭이들처럼 나도 그녀와 함께 편안하게 시간을 보내는데, 사실 낮에는 그녀를 보고 싶지 않습니다. 조련당하며 혼란을 겪은 동물들의 착란 증세가 그녀 눈빛에 어려 있는데, 내 눈에 그게 바로 보이니 견디기가 힘들어 그렇습니다.

어쨌거나 나는 간절히 이르고자 원했던 자리에 확실히 오게 되었습니다. 그토록 피나는 노력을 쏟을 가치가 있었냐는 얘기는 삼가시길 바랍니다. 게다가 나는 인간의 판단으로 재단되는 건 절대로 원하지 않습니다. 필요하다니 그저 해당 지식을 남기고픈 생각일 뿐입니다. 그래서 존경하는 학술원 회원 여러분께, 저는 다만 보고를 드렸을 뿐입니다.

여가수 요제피네 혹은 쥐 종족

Josefine, die Sängerin oder das Volk der Mäuse

Josefine, die Sängerin oder das Volk der Mäuse

여가수 요제피네 혹은 쥐 종족

　우리 여가수의 이름은 요제피네다. 그녀의 음악을 접해 본 적이 없다면 노래의 힘이 어떤 것인지 이해할 수 없을 것이다. 누구라도 그녀의 노래를 들으면 단번에 반하고 만다. 게다가 우리가 워낙 음악과는 거리가 먼 종족이다 보니, 그 의미와 가치는 더욱더 대단하다. 아무런 소리도 안 들리는 적막강산의 평화가 우리에게는 최고의 음악이니까 말이다.

　우리의 삶이 워낙 고달프다 보니 일상의 조바심에서 벗어나려 애써 본 적이 전혀 없었던 바는 아니지만, 음악처럼 우리 일상과는 거리가 먼 그런 고급한 세계까지 엄두를 낼 형편은 도무지 아니었다. 하지만 그게 별로 비통할 것도 없는 것이, 우린 아예 그런 과욕을 부리지 않기 때문이다. 솔직히 우리한테 가장 시급하고 정말 실질적인 해법이라면, 그 황홀경에 침몰할지 모를 음악 세계를 아예 접하지 않고 그저 희희낙락 낄낄대며 그럭저럭 살아가는 것이다. 그건 우리끼리만 통하는 아주 기발한 영민함인데, 차라리 그러는 편이 더 나을 수 있다.

오직 요제피네만이 우리와 다르다. 그녀는 음악을 사랑하며 그걸 전달하는 법까지 안다. 그녀만이 예외적인 경우다. 언제일지는 모르지만 그녀가 죽고 나면 우리들의 삶에서 음악은 아주 사라질 것이다. 나는 종종 그녀의 음악이 대체 어떻게 작동하는지, 그 의미를 곱씹어 보곤 한다. 실제로 우리는 눈곱만큼도 음악적인 재능이 없다. 그렇다면 우리가 요제피네의 노래를 이해한다는 게 대체 무슨 뜻일까? 혹은 그럴 리가 없다는 게 요제피네의 지론이니, 최소한 우리가 그녀의 노래를 이해한다고 스스로 믿는다는 건 무슨 뜻일까? 그녀의 노래가 워낙 아름다워 아무리 귀가 둔해도 거기 매혹된다는 게 가장 간단한 답이겠으나, 이건 충분한 설명일 수 없다. 정말 그렇다면, 한 번도 노래를 들은 적이 없고, 들을 수 있는 능력이 전혀 없는데도, 노래는 아주 특별한 것이라고 느끼는 건 대체 어째서인가? 세상에서 요제피네 아닌 그 누구도 우리에게 그런 느낌을 일깨우는 소리를 들려줄 수 없었다. 그건 특별히 요제피네의 목구멍을 통해 흘러나온 노래여서였을까? 나도 그렇고 남들도 역시 같은 느낌인데 아무래도 그런 건 아닌 것 같았다. 내 주변의 친구들도 대략 비슷한 소견인데, 요제피네의 노래가 노래 자체로 그렇게 특별한 건 아니기 때문이다.

그럼 노래란 원래 그런 것인가? 음악과는 담을 쌓은 채 살고 있지만, 우리도 노래와 관련해 제법 전통이 있다. 이제는 아무도 그렇게 할 수 없다지만 옛날 우리 선조들은 영웅호걸의 전설을 얘기하고 노래로 불렀다고 한다. 여기서 대략 노래가 무언지 가늠할 수 있겠으나, 이는 요제피네의 예술과는 거리가 있어 보인다. 그걸 진짜 노래라고 할 수 있을까? 어쩌면 그건 그냥 쉿소리에 불과한 건 혹시 아닐까? 목구멍에서 나는 찍찍 쉿소리는 우리도 모두 잘 안다. 그건 우리 종족 최고의 예술적인 완성, 아니 완성까지는 몰라도 우리 삶의 특징을 드러내는 표현 양식이다. 우리는 모두 그 소리를 낼 줄 알지만, 그걸 예술로 승화시킬 꿈같은 건 애당초 꾸지 않는다. 우리는 무슨 생각이 있어서 그런 소릴 내는 게 아니다. 그런 소리를 낸다는 사실조차 의식을 못 하며, 심지어 그게 우리 고유의 습성이라는 것도 모르는 경우가 많다.

요제피네의 노래라는 게 실은 진짜 노래가 아니고 기껏해야 목구멍에서 찍찍 새어 나오는 쉿소리일 뿐이라면 솔직히 다른 친구들의 소리보다 그다지 나을 게 없다. 소리 세기로만 치면 정말이지 그녀는 일반적인 우리만큼도 큰 소리를 내지 못한다. 반면 땅굴 파기 선수들은 자기 일은 일대로 잘하면서도 전혀 힘든 내색도 없이, 그녀보다 훨씬 강력한 크기로 온종일 찍찍대며 쉿소리를 그렇게 낸다. 이게 다 사실이라면 요제피네의 예술가적 특성이란 전혀 실체가 없는 것일 수도 있다. 하지만 바로 그 점이 그녀의 위대한 예술의 비밀을 푸는 열쇠일 수도 있다.

그러니까 그녀가 생산하는 건 목구멍의 일반적인 쉿소리가 아닌 셈이다. 저만치 떨어져서 그녀의 소리를 잘 들어 보면, 아니 그보다는 다른 찍찍 소리에 섞여 요제피네가 함께 노래할 적에 귀를 쫑긋 세우고 여러 소리 중 그녀의 소리를 잘 찾아보면, 다른 소리 거의 다르지 않은 음색임을 알 수 있다. 굳이 차이가 있다면 좀 가늘고 약간 섬세하다는 점 말고는 별다른 특이점을 발견할 수 없을 것이다. 반면 그녀를 마주 보고 노래를 듣고 있으면,

그게 단순한 찍찍 쇳소리가 아니라는 게 확실해진다. 그래서 그녀의 예술을 제대로 이해하려면, 귀로만이 아니라 눈으로 함께 보며 들어야 한다. 그녀의 음성은 우리가 일상적으로 찍찍대는, 그냥 목구멍에서 나는 쇳소리다. 하지만 아주 평범한 소리를 듣는 데도 우리가 마치 축제에 온 것처럼 느껴지게 만들기 때문에 굉장히 특별하다.

예컨대 호두를 하나 까는 건 도저히 예술이라고 할 수 없으니까 관객들을 불러 놓고 호두를 까면서 여흥을 벌일 엄두는 낼 수 없을 것이다. 그런데 누군가 만약 실제로 그런 일을 벌이고 성공한다면, 그건 단순한 호두 까기의 차원일 리는 없다. 설령 호두 까기의 여흥이었다고 해도 우리가 너무 익숙한 것으로 여긴 까닭에 간과한 예술성을, 호두 까는 실력만으로는 우리보다 미숙한 신참내기라도 그 본질을 찾아서 진실한 예술의 경지를 보여준 덕에 그런 성공적 결과가 빚어진 것일 수 있다.

요제피네의 노래도 아마 그와 같은 효력이 있는 게 아닐까 싶다. 우리 안에도 있지만 한 번도 감탄해 본 적이 없었는데, 그녀가 보여 주는 똑같은 것을 보면서 우리는 새삼스레 감탄하고, 그뿐만 아니라 그녀와 우리가 완전히 통한다는 사실을 새롭게 깨닫는다. 언젠가 내가 목격한 일이다. 그녀의 공연에서 흔히 벌어지는 일로 그날도 누군가가 찍찍 쇳소리를 내다 그만 그녀의 이목을 끌게 되었다. 대단히 요란을 떨었던 것도 아니고 남들처럼 했던 것인데, 요제피네에게는 이미 도를 넘는 소음이었다. 당시 그녀 얼굴에 번진 오만하고 경멸에 찬 비웃음을 난 일찍이 어디서도 본 적이 없다. 여성스러운 용모를 자랑하는 우리 종족 중에서도 유난스레 눈에 띌 만큼 부드럽고 섬세하기가 이를 데 없는 그녀지만, 당시 그녀의 반응은 너무도 거칠고 굉장히 민망했다. 세상 누구보다 예민한 그녀 자신도 곧 그런 느낌이 들었던지 스스로를 다잡으려 무던히 애를 썼던 것 같다. 아무튼 그녀는 자신의 예술은 우리들 일상의 찍찍 쇳소리와는 아무런 상관이 없다고 주장한다. 자기 입장과 다른 의견에 대해 그녀는 아예 못 들은 척하거나, 때로는 분노를 삼키느라 쩔쩔매기도 한다.

이건 단순무식한 허세와는 사뭇 다르다. 사실 (나도 반쯤 동조하는) 그녀의 적대 세력도 일반 대중에 못지않게 그녀 음악에 열광적이지만, 요제피네는 그냥 열광만으로는 아무래도 성에 차지 않는 모양이다. 본인이 기대하는 방식으로 열광 받기를 원할 뿐, 단순히 열광의 대상이 되는 건 그녀 자신의 소망과는 좀 거리가 있다. 그리고 그녀 앞에 자리를 잡고 앉으면 대체 그게 왜 그런 건지 자연스럽게 이해가 된다. 저만치 떨어져 있을 때라야만 적대 세력과 한편이 될 수 있지, 그녀 앞에 자리하고 앉으면 지금 그녀가 내는 소리는 단순한 쇳소리가 아니라는 걸 곧바로 깨닫게 된다.

찍찍대는 쇳소리는 우리가 별생각 없이 내뱉는 습관 중의 하나이기도 해서, 아마 요제피네 공연에 온 관객들도 신이 나면 같은 소리를 낼 거라고 생각할 수 있다. 그녀의 예술을 접하면 기분이 좋아지고, 기분이 좋으면 우리는 자기도 모르게 절로 쇳소리가 나지 않는가. 하지만 그녀 공연에 참석한 청중들은 정말 쥐 죽은 듯 고요하다. 마치 간절히 열망하던 그 평화의 일부가 되고 싶어 그러는 듯 우리 자신의 찍찍 쇳소리는 모두 삼키고, 정말 아무 소리도 내지 않는다. 그렇다면 우리를 황홀하게 만드는 건 그녀의 노래였을까, 아니면 그녀의 가녀린 소리를 에워싼 그토록 거룩한 침묵이었을까?

요제피네가 노래를 부르는 동안 어떤 딱한 종자 하나가 무심결에 찍찍 쇳소리를 냈을 때, 그것은 사실 요제피네에게서 듣는 것과 같은 소리였다. 리허설까지 마쳤음에도 내내 떨리는 쇳소리로 그녀가 저 앞에서 노래하는 동안 여기 관중 속에서 얼떨결에 다른 쇳소리가 불쑥 튀어나왔다. 딱히 그 둘의 차이를 구분하는 건 아마 불가능하겠지만, 관객들은 모두 함께 또 다른 쇳소리를 내며 잡소리의 주인공에게 경고 표시를 했다. 하지만 실은 그럴 필요도 없었다. 누구보다도 쇳소리를 낸 당사자가 부끄럽고 민망해서 어디로든 사라지고 싶은 심정이었던 반면, 요제피네는 더 이상 잡아 늘일 수 없을 만큼 목을 길게 빼고 이제 허공을 향해 두 팔을 활짝 벌린 채 그녀만의 쇳소리로 찍찍 찍찍 승리의 노래를 부르기 시작했다.

그런데 그녀는 이런 상황을 더욱 좋아한다. 우연히 벌어진 소소한 일, 관객석의 온갖 소음들, 예컨대 이를 가는 소리, 심지어 조명 사고와 같은 난감한 상황들도 본인의 노래를 더욱 살려내고 그 효과를 배가시키는 쪽으로 적극 활용한다. 그녀는 솔직히 본인은 귀머거리들 앞에서 노래를 부른다고 믿는 편이다. 그러니 아무리 아낌없는 열광과 갈채가 쏟아진다 해도, 그녀의 말을 빌리면 자신은 관객에게서 음악의 진정한 이해를 기대하지 않는 법을 배웠다고 한다. 따라서 어떤 훼방꾼이 나타나도 기꺼이 감수한다는 것이다. 그녀 노래의 순수성을 훼손하는 숱한 외적 요소가 시시때때로 돌출하지만 굳이 대중을 일깨워 모든 걸 이해시킬 필요가 없다고 한다. 또 큰 힘을 쏟아 몰이해와 맞서 싸우지 않고, 아니 아무런 대적을 하지 않고도 그저 어렴풋한 경외심을 품도록 그들을 가르치는 데 자신이 어떻게든 도울 길이 있다고 한다.

그런 미미한 사건도 적절하게 활용하는데 하물며 큰 사건과 관련해서는 어떻겠는가. 우리의 삶은 불안투성이다. 놀라는 일이 매일 터지고 시시때때로 가슴을 졸인다. 때로 희망에 몹시 부풀고 때로 기겁을 할 일도 많아, 혼자서 모든 걸 감당하기란 애초에 불가능하다. 게다가 아무 때나 동료들에게서 어떤 지원을 기대할 수도 없는 노릇이다. 이따금 너무나 힘이 들 때가 있다. 혼자 감당할 몫을 천 명이 나눠지고도 어깨가 함께 덜덜덜 떨릴 만큼 힘겨운 경우도 있다. 이런 경우 요제피네는 이제 자신의 때가 왔다는 심정으로 그 모습을 드러낸다.

예민하고 여린 그 존재는 문득 가슴 아래가 특히 덜덜 떨리며 두려움이 엄습하지만, 모든 힘을 자기 노래에 집중시킨다. 자신의 노래에 필요한 힘, 그 생명력을 돋우는 데 직접 도움이 되지 않을 것들은 모두 떨쳐 낼 태세가 된다. 그녀는 이제 모든 것을 내려놓고 완전히 발가벗은 채 아마 그녀의 수호천사들에게 스스로를 맡기는 것 같다. 오로지 노래를 거처로 삼아 모든 힘을 다 쏟아 낸다. 행여 한 줄기 차가운 바람이라도 살짝 스치면 금세 그녀는 스러져 죽고 말 것만 같다. 그런데도 이른바 적대 세력인 우리는 그 순간 다시 입버릇처럼 되뇐다.

"이제 그녀는 쇳소리조차 낼 수 없을걸. 노래가 아니고, 노래라고까지 할 수도 없어. 도처에서 찍찍대는 쇳소리 비슷한 거 좀 내보려 해도 이제는 그냥 저렇게 용을 쓰다가 죽을 판이야."

우리 보기에도 진짜 그런 것 같다. 하지만 앞에서 말했듯, 이건 분명 불가피한 현실이고 곧 사라져 버릴 어떤 과정이다. 잠시 거쳐 가야 하지만 상당히 어려운 과정이 눈앞에 그대로 펼쳐진 것이다. 어느새 우리도 역시 살과 살을 맞대고 온기를 나누는 동포들의 느낌에 함께 빠져들어 곧 숨을 죽이고 다시 귀를 기울이게 된다.

잠시도 가만히 한자리에 못 있는 종자들, 특별한 용무가 있는 게 아닌데도 쉴 새 없이 분주하게 이리저리 내달리는 우리 종족을 한자리에 모으려 요제피네가 취하는 행동이 있다. 작은 머리를 뒤로 잡아 빼고 입은 절반쯤 벌린 채, 눈은 저 높은 곳을 향해 시선을 모은 다음 이제 노래를 시작할 것이라는 신호를 주는 것이다. 그녀는 대략 자신이 내키는 자리에서 이런 동작을 한다. 꼭 앞이 탁 트인 넓은 자리일 필요는 없다. 오히려 사람들 눈에 잘 안 띄는 조금 아늑하고 오붓한 곳, 순간적으로 그녀의 눈에 들어온 그런 구석진 곳도 제법 괜찮다. 그녀가 이제 노래를 부르려 한다는 소식이 퍼지기만 하면 어디든 바로 장사진이 이루어진다. 그런데 아주 이따금 언짢은 일도 조금씩 생기곤 한다.

요제피네는 가장 뜨겁게 달아오른 시간에 노래하는 걸 선호한다. 하지만 위급한 일이 터지고 번잡한 상황이 되면 다들 동분서주, 주변이 어수선해져서 요제피네의 소망처럼 청중이 신속하게 모이질 않는 수가 있다. 그럴 경우 충분한 청중이 확보되지 않은 상태로 요제피네는 공연을 시작하려던 과장된 몸짓을 한 채 그 자세로 상당히 오랜 시간 서 있게 되어야 할 때도 있다. 그러면 진짜 화를 못 참아 새침데기 소녀 같은 평소 모습은 사라진 채 두 발로 바닥을 콩콩거리며 살벌한 욕지거리를 쏟아내다 아무나 물어뜯었던 적도 있다. 하지만 이런 정도 이유로 그녀의 명성이 단박에 수그러들지는 않는다. 우리는 감당하기 힘든 그녀의 온갖 요구를 무마하기보다는 어떻게든 그걸 맞춰 주려 애를 쓴다. 호객을 위해 서둘러 삐끼들이 파견되는데, 이건 물론 그녀에겐 비밀이어야 한다. 길목마다 배치된 보초들은 청중들에게 부디 발걸음을 재촉하라고 열심히 몰아대고, 그렇게 하면 얼마 후엔 아주 근사한 공연을 치를 수 있을 만큼 관객들이 자리를 채우곤 한다.

우리 종족이 요제피네를 위해서 그토록 애를 쓰는 이유는 대체 무얼까? 그건 요제피네의 노래에 대한 첫 번째 질문과도 밀접하지만 사실 그만큼 답을 찾기가 쉽지 않다. 아니, 우리 종족이 요제피네에게 무조건 헌신을 하는 이유가 바로 그녀의 음악적 실력이라고 주장할 수만 있다면 첫 번째 질문은 두 번째 질문으로 흡수될 수도 있을 것이다. 하지만 그게 그렇게 간단히 해결되지 않는 것이다. 우리 종족에게 대체로 무조건적인 헌신이란 있을 수 없는 일이기 때문이다. 우리 종족은 무색무취한 교활함을 그 무엇보다 사모한다. 그저 입술만 조금 달싹대는 순진무구한 수다 떨기랄까, 그런 유치찬란한 귓속말의 나눔만으로도 마냥 희열을 느끼는 종족에게 무조건적인 헌신이란 가당치 않은 일임은 누구보다 요제피네 자신이 잘 알고 있다. 그건 사실 그토록 여린 목청을 긁어가며 요제피네가 진심을 다해 노래에 전력투구하는 이유이기도 했다.

그렇다고 우리 종족이 요제피네에게 맹목적인 헌신을 하는 게 아니라는 사실을 지나치게 확대 해석할 필요는 없다. 이를테면 누구도 요제피네를 함부로 비웃을 수는 없다는 정도로 이해하면 된다. 요제피네를 비웃기로 들면 얼마든 구실은 찾아낼 수 있고, 우리는 그런 짓거리에 도가 튼 종자들이다. 우리들의 삶이 워낙 비참하지만 그래도 우리는 소리를 죽여 가면서 언제나 웃을 거리는 무궁무진 찾아낼 수 있다. 하지만 요제피네에 대해서는 절대로 그런 식으로 방자하게 웃지 않는다.

이따금 나는 우리 종족과 요제피네라는 존재의 관계에 대해서 이런 인상을 받곤 했다. 그녀 스스로도 밝힌 바처럼 그녀는 굉장한 재능을 갖고 있지만 너무 곱고 여린 존재다. 그래서 어떻게든 우리가 그녀를 지켜내야 한다는 모종의 위탁 계약이 있는 것 같다. 왜 그런 건지 이유는 아무도 알 수 없으나 그 사실은 아주 확고해 보인다. 계약이 체결되어 있으니, 그에 대해 함부로 웃을 수는 없는 노릇이다. 만약 요제피네를 비웃는다면, 그건 계약 위반인 셈이니까 말이다. 요제피네에 대한 험담도 이따금 들을 수 있는데 그중에서 가장 고약한 폭언은 예컨대 이런 것이다.

"요제피네를 보고 있으면 웃고 싶은 마음이 싹 가시잖아."

그러니까 우리 종족이 요제피네를 대하는 마음은 마치 고사리손을 내미는 아기를 바라보는 아버지와 닮은 것 같다. 아기가 대체 도와 달라는 건지 아니면 명령을 내리는 건지 잘 모르겠다만 말이다. 우리 종족은 본디 아버지의 의무 같은 걸 수행하는 것과는 거리가 멀다고 할 수 있다. 하지만 적어도 이 경우는 누구보다 놀랄 만큼 모범적 사례로 꼽을 만하다. 어떤 개인도 할 수 없는 일을 종족 전체가 능히 해내고 있는 것이다. 더욱이 종족 전체와 개인 차원에서의 힘의 차이는 엄청나다. 집단 전체가 지근거리에서 함께 그녀를 품어 주니, 그 보살핌은 차고 넘친다. 물론 이런 사항은 누구라도 감히 그녀에게 입도 뻥긋할 수 없는 분위기이다.

"너희들 보살핌 덕에 이렇게 노랠 하노라."고 그녀가 이야기하면

"그럼, 그럼, 최고 노래지."라고 우리는 생각을 한다.

만약 언짢은 기색으로 그녀가 싫다고 해도, 이는 역정을 내며 반대한다는 뜻이 아니다. 단지 쑥스러워하는 아이들이 어색하게 고마움을 표시하는 방식이기에 못 본 척하고 감싸 주는 게 그녀로서는 어른스러운 대응책이다.

하지만 앞서 말한 요제피네와 우리 종족의 관계만으로는 다 설명할 수 없는 또 다른 어떤 것이 있다. 이제 그것에 대해 말할 차례다. 요제피네는 전적으로 자신이 우리 종족을 지켜 주고 있다고 생각한다. 그나마 자신의 노래가 있어, 정치적으로나 경제적으로나 몹시도 열악한 처지인 우리들을 구원하며, 그 노래들로 우리의 불행을 깨끗하게 씻어주지는 못해도 최소한 삶을 버틸 수 있게는 해 준다는 것이다. 그녀가 자기 입으로 직접 그런 말을 하는 건 물론 아니고, 다른 식으로 에둘러서 말하는 것도 역시 아니다. 그녀는 거의 말을 하지 않는다. 다들 쉴 새 없이 쇳소리를 찍찍대지만, 그녀는 꼭 다문 입으로 그리고 눈빛으로 이야기한다. 우리 중에서 그렇게 입을 꼭 다물고 버틸 수 있는 경우는 거의 없는데, 그녀는 바로 그렇게 할 줄을 안다. 그리고 그 뜻도 바로 읽힌다.

우리 종족에게 좋지 않은 소식이 도착할 때는 잘못된 내용도 있고 절반만 맞는 내용도 뒤섞여서 오는 날이 상당히 많다. 그녀는 대개 기운이 소진되어 바닥에 누운 채 골골거리지만, 이런 좋지 않은 소식이 올 때는 자리에서 벌

떡 일어나 목을 곧추세우며 마치 폭풍우가 몰려오기 전 목자가 양 떼를 둘러보는 품새로 주변을 살피려 든다. 이런 즉흥적이고 원초적인 태도는 좀 유치하고 아이들 놀이 같아 보이게 마련이지만, 막상 요제피네가 그렇게 하면 아이들의 막무가내 떼쓰기와는 확실히 다른 굉장한 무엇이 있어 보였다.

그녀는 솔직히 우리의 구세주도 아니고, 우리에게 힘을 주지도 않는다. 우리는 이미 고통을 견디는 일에 길들여져 있어 우리 몸을 아끼지 않는다. 위태로운 상황에서는 전광석화처럼 결정을 내리고 죽음이 무언지도 잘 알고 있다. 그래서 좋지 않은 순간에 이렇게 나서서 종족의 구원자 행세를 하는 건 매우 쉬운 일이다. 겉으로만 보면 무모하고 마구 나대는 것 같아도 우리들 전체의 분위기는 매우 소심한 편이고, 다른 한편으로 우리는 제법 담대하고 실속 있게 거둬들일 줄도 아는 종자들이다. 단언하건대 이런 종족의 구원자로 뒤늦게 나타나 행세하는 것은 굉장히 쉬운 일이다.

우리는 엄청난 희생을 치르면서도 어떻게든 스스로 구원의 길을 찾아내곤 했다. 이에 대해 역사연구자들은 소스라칠 만큼 놀라워한다. 그런데 우리는 대개 역사 연구라는 분야를 완전히 무시하는 경향이 있다. 아무튼 평소보다 이런 위기 상황일 때 우리는 특히 더 요제피네의 음성에 귀를 기울이는 것 또한 사실이다. 우리에게 닥치는 위협이 심각할 때면 요제피네의 지휘 아래 우리는 평소보다 훨씬 조용해지고, 한결 더 겸손해지며, 좀 더 순종하는 태도를 취하는 경향이 있다. 우리는 기꺼이 함께 모이고, 기꺼이 더 가까이 자리를 함께한다.

이는 우리의 골칫거리 일상과는 아주 동떨어진 어떤 일이 벌어지는 경우에 특히 그렇다. 전쟁을 목전에 두고 허겁지겁 평화의 마지막 잔을 함께 들이키듯 바삐 돌아가는 상황에서는 더욱 그렇다. 이럴 때는 신속함이 생명인데 요제피네는 자주 그걸 잊어버린다. 종족이 모두 모이는 총회는 본디 노래의 향연이 아니라 저 앞쪽에서 가늘게 찍찍대는 소리까지도 잠잠해지는 정말 고요의 시간이다. 분위기가 너무 진지해 평소의 찍찍대는 잡담은 모두 멈춰 버리는 그런 살벌한 시간이기도 하다.

하지만 요제피네가 구원자 역할을 좋아할 리는 없다. 단지 제대로 공표된 적도 없는 자신의 역할을 수행하느라 잔뜩 신경이 곤두서게 마련이지만 너무 자의식에 사로잡혀, 편안히 둘러보면 금세 파악되는 간단한 일들을 간과하게 되는 것이다. 게다가 이런 상황을 더 악화시키는 아첨꾼의 무리가 부지런을 떨어 대는 게 늘상 문제다. 그러는 통에 중요한 것들을 많이 놓치곤 한다. 아무튼 그녀는 이제 종족 총회의 구석진 저 모퉁이, 거의 눈에 띄지 않는 자리에 간신히 비집고 서서 목청을 뽑을 기회를 얻을 수 있을 뿐이다.

그렇지만 아무리 충분하지 못한 대접을 받는다 해도 그녀는 결코 아무렇게나 노래하지는 않을 것이다. 하긴 그녀의 예술은 결코 주목을 받지 않을 수는 없으므로 이런 걱정조차 필요가 없다. 긴박한 총회에서 우리는 대개 너무나 번잡한 일들에 정신이 팔려 그녀 노래에 조용히 귀를 기울일 상황이 아니다. 참석자 대부분은 그녀에게 눈길 한 번 줄 수도 없고 대개 옆자리 친구의 털가죽에 고개를 처박고 있다. 반면 저 앞에서 청중의 주목을 기다리는 요제피네는 정말 자기 혼신을 다하는 모습인데, 그녀의 쇳소리 중 거부할 수 없는 어떤 것들이 찍찍, 이는 도저히 부인할 수 없는 진실로서,

어느새 우리 안에 파고들기 시작한다.

모두들 빠져든 침묵의 늪 가운데 문득 이 찍찍대는 쇳소리가 꿈틀대며 솟아오르면, 이는 종족을 대신하는 울림으로 구성원들 각자에게 전달이 된다. 어려운 결단을 앞두고 터져 나온 요제피네의 얇은 쇳소리는 적들이 우글대는 세상의 중심에서 처참하게 쫓기는 동포들의 신세를 고스란히 읊어주는 것 같기도 하다. 요제피네는 무색무취 목소리와 무색무취 행위로 자신을 호소하는데, 그런 호소가 우리에게 덜컥 다가와 저절로 스며들고 깊은 생각의 길로 이끈다. 행여 진정한 노래의 신께서 나타나 우리에게 강림한다 해도 우리는 영접하지 않을 것이며, 그런 공연이 대체 무슨 소용이냐며 만장일치로 거부할 게 틀림없는 종자들인데 말이다.

그녀의 노래에 우리가 귀를 기울인다는 사실은 결국 우리가 그녀 노래에 반대한다는 증거다. 요제피네는 부디 이런 사실을 전달받지 않았으면 좋겠지만 말이다. 하지만 그녀는 이미 짐작하고 있을 것이다. 그렇지 않다면 그녀는 왜 우리가 그녀 음악에 귀 기울인다는 사실을 그토록 목숨을 걸고 부인하겠는가. 어떻게든 이런 짐작을 떨쳐 없애려 그토록 열정적으로 찍찍 쇳소리를 내면서 노래를 부르는 게 아니겠는가. 하지만 우리는 정말 열심히 귀를 기울였다. 우리들의 귀 기울임은 그녀의 노고에 답하는 위안이었으며, 행여 이 세상 노래의 지존이 우리에게 강림한다 해도 얻을 수 없을 만큼의 반응이었다. 특히 그녀의 방식이 너무 어설픈 탓에 오히려 그런 효과가 작동했던 것이라고도 볼 수 있겠다.

그건 순전히 우리의 생활 방식과 관련이 있을 것이다. 우리 종족은 사춘기라는 걸 모른 채, 아니 유아기조차 허용되지 않는 삶을 살기 때문이다. 물론 아이들에게 특별한 자유, 특별한 보살핌이 주어져야 한다는 요청은 끊이지 않고 제기된다. 걱정거리에서 조금은 해방될 권리, 빈둥거리며 돌아다닐 권리, 조금 놀아도 될 권리를 인정해 줘야 하고, 그걸 향유할 수 있도록 제발 도와줘야 한다는 소리는 계속 나오고 있다. 아울러 이 요청에는 누구라도 대략 동의하니까, 이처럼 시급히 해결할 일도 없을 것이다. 하지만 실제로는 우리 일상에서 이처럼 인정받지 못 하는 일도 아마 없을 것이다. 이런 요청에 동의하고 그에 상응하는 노력을 기울이려 하긴 하지만, 언제나 금세 도로 아미타불이 되어 모든 건 옛날과 다를 바 없다. 우리 아이들은 겨우 걸음마를 익히고 주변 사물을 구별할 수 있게 되면 벌써 각자도생, 어른들처럼 제 앞가림은 자기가 알아서 해야만 한다.

경제적인 이유로 우리는 뿔뿔이 흩어져 살 수밖에 없다. 영토는 방대하고, 그 수가 너무 많은 우리의 적은 도처에서 예측이 불가능한 위험으로 도사리고 있다. 그래서 생존이 걸린 싸움에서도 우리는 아이들을 구할 수 없는 처지다. 그 싸움에 뛰어든다면 아이들은 다 자라기도 전에 벌써 몰살을 당할 것이다. 이런 참담한 현실이 꼭 나쁜 결과만 낳는 것은 또 아니다. 그중에서도 반갑고 고마운 일은 우리 종족이 다산의 풍요로움을 누린다는 사실이다. 실은 너무나 많은 후손이 세세 대대 계속 태어나니 아이들은 유년기를 따로 가질 여유조차 없이 서둘러 어른이 되기도 한다. 손이 귀한 종족들은 아무래도 조심스럽게 후손을 돌보고, 아이들을 위한 학교를 세워 이들 학교에서 똑같이 공부한 아이들이 매일 쏟아져 나오도록 한다. 이런 경우들로 앞으로도 오랜 세월 마냥 똑같은 아이들이 만들어질 것이다.

하지만 우리는 학교가 없는 대신 가장 짧은 간격으로 이루 다 셀 수도 없을 만큼 많은 아이들이 떼를 지어 쏟아져 나온다. 본격적으로 찍찍 쇳소리를 내기 전까지는 지직 꺄르르륵 킥키킥 신나게 떠들고, 달리는 법을 제대로 익히기 전까지는 폴짝 뛰는 흉내를 내다가 떼구루루 그저 구르거나 미끄러져, 배에서 갓 나와 아직 사물이 보이기 전까지는 뭐든지 닿는 대로 움켜쥐고 씨름을 하는 아이들이다.

이들은 학교에서 자란 아이들과 전혀 다르다. 새로운 아이들은 항상 다시 나타나고 끝없이 이어지며 계속 등장하지만 거의 아이처럼 보이지 않는다. 아니 아이들은 더 이상 아이가 아니기도 하다. 벌써 이들의 등을 떠미는 새로운 아기들이 행복에 겨워 발그레한 얼굴들을 하고 도저히 서로 구분할 수도 없을 만큼 너무도 많이 쏟아져 나오기에 어쩔 도리가 없다. 이 또한 충분히 아름다운 일이어서, 남들은 우리를 부러워도 한다. 그렇지만 우리 아이들에게 진정한 유년기를 누릴 기회조차 줄 수 없는 건 엄연한 현실이라, 그에 따른 부작용이 없을 수 없다.

우리 종족에게는 거의 불치병에 가까운 천진난만함을 벗어나지 못하는 면이 있는데, 이는 우리의 최대 장기인 아주 실용적이고 상식을 벗어나지 않으려는 면과 늘 상충하게 마련이다. 항상 그러는 건 아니지만 아이들은 저리 가라 할 만큼 우리 어른들은 정말 유치하고 어리석은 짓을 서슴지 않는다. 너무나 허술하며 허풍스럽고, 좀 재미만 있다 싶으면 그냥 무책임한 푼수데기 짓을 마구 해대는 거다. 그러면서 얻는 '기쁨'이란 게 아이들처럼 힘차고 마냥 즐거울 수는 없겠으나, 그래도 어느 정도는 확실히 남아 그 설렘의 여운이 있다. 요제피네는 우리 종족의 이런 유치찬란한 기질 덕분에 실력을 발휘할 수 있기도 했다.

그런데 우리 종족은 아주 유치찬란한 동시에 상당히 조숙한 면도 분명히 가지고 있다. 우리들은 여타 종족과는 조금 다른 식으로 유년기와 노년기가 작동한다. 유년기와 청소년기를 건너뛴 채 곧장 성년이 되고, 그 상태에서 오래 머문다고 볼 수 있다. 대체적으로 긍정적이고 강인한 우리 종족의 기질에 일종의 피로감 혹은 절망감 같은 요소가 크게 자리한 것은 분명 그 탓일 것이다. 음악이라는 장르, 그 설레는 감흥을 함께 나누기에 우린 너무 늙어서 경쾌한 음악도 우리 무게를 덜어줄 수는 없다. 다들 피곤에 찌든 손으로 저만큼 물러가라 그저 밀쳐 낼 따름이다. 우리가 음악적인 소양이 없다는 점도 어쩌면 이와 무관하지 않아 보인다.

우리가 아는 음악이라야 여기저기서 이따금 찍찍 쇳소리 노래가 전부이고, 그 정도로도 우리는 너무나 충분하다. 그런데 혹시 우리에게도 음악적 재능 같은 게 있는지 누가 알겠는가. 하지만 만약 그런 게 있다고 해도, 우리 종족의 동지들 성정으로는 틀림없이 그게 다 드러나기도 전에 숨조차 못 쉬게 꾹꾹 눌러 댈 것이다. 그에 비해 요제피네는 그냥 자기가 내키는 대로 찍찍 쇳소리가 되었든 아니면 제대로 노래가 되었든 아니 다른 식으로 어떻게든 자신을 표현했다. 그래서 최소한 음악적인 특성이 있고 음악 전통만 제대로 지켜진다면, 그리고 눈곱만큼이라도 우리를 귀찮게 하지만 않는다면 우리도 상당히 기꺼워하는 편이다. 보니 그렇다 그녀의 노래는 우리에게 어울리고 또 충분히 감당해 낼 수도 있었던 것이다.

기껏해야 이 정도 수준인 우리 종족에게 요제피네는 훨씬 더 큰 걸 가져온 장본인이다. 특히 어려운 시기에 열리는 그녀의 공연에서, 오로지 요제피네라는 가수에 관심을 집중하는 청중은 굉장히 어린 친구들이다. 그들은 입을 헤벌리고, 요제피네의 오물거리는 입술과 귀여운 치열 사이로 뿜어대는 숨을 함께 호흡한다. 요제피네 자신이 만들어 낸 소리에 누구보다 그녀 본인이 감동해 숨이 멎을 것만 같은 순간, 믿기 힘든 절정으로 더 새롭게 도약의 불길이 타오르는 순간들을 그들은 함께 음미한다.

관객 대부분은 여기서 얼른 정신을 수습하고 제자리로 돌아오는데, 그러는 행각은 금세 식별이 된다. 숨 가쁜 전투를 준비하는 사이 잠시 휴식을 취하는 동안, 우리 종족은 그녀 덕분에 꿈속을 헤매게 된다. 그건 모두에게 분주한 마음을 내려놓고 사지를 잔뜩 펼쳐 쭉 잡아당기는 순간이 되고, 크고 따뜻한 우리 종족의 잠자리에 몸을 누인 채 늘어지게 뒹굴어 보는 시간이 된다. 이런 꿈속에서 이따금 요제피네의 찍찍 쇳소리가 들려오니, 우리는 그걸 스타카토라 부르는데 그녀는 굳이 옥구슬 소리라고 달리 부른다. 어쨌거나 일찍이 그런 적이 거의 없었는데, 음악이 우리를 기다리는 순간을 발견하니 다른 어디보다 바로 이곳이 지상 최고의 자리가 된다.

거기에는 무언가 가련하고 짧았던 어린 시절이 담겨 있고, 잃어버려 다시는 찾을 길 없는 행복도 담겨 있다. 그리고 오늘의 일상에서 그냥 스쳐 보내기에는 너무 아쉬운, 아주 작지만 흐뭇하게 샘솟는 작은 기쁨들이 고여 있다. 그런데 이 모든 걸 우렁찬 함성이 아닌 아주 부드럽게 속삭이는 편안한 소리, 때로는 조금 거칠게도 느껴지는 음성으로 속삭이니, 그건 정녕 찍찍 쉿소리일 따름이다. 왜 그렇지 않겠는가? 쉿소리는 우리 종족이 매일 쓰는 일상어인데, 평생을 찍찍거리면서 그걸 모르는 경우가 상당히 많다. 일상의 족쇄에서 잠시 풀려나는 짧은 시간이지만, 여기서 찍찍 쉿소리는 우리 역시 해방을 맛보게 한다. 우리는 결코 이런 공연을 놓치고 싶지 않은 것이다.

그렇다고 요제피네의 주장처럼 어려운 시기에 그녀가 우리에게 새로운 힘을 주었다는 식의 얘기는 너무 허황된 것이라, 대부분 그 정도까지는 생각하지 않는 편이다. 하지만 요제피네 주변에서 그녀를 부추기는 광팬들은 정말로 그렇게 아부를 떤다.

"그걸 어떻게 달리 말할 수 있겠어요."

그들은 거침없는 주장을 편다.

"그렇지 않다면 몰려드는 인파를 어떻게 설명할까? 특히 그렇게 시시각각 코앞으로 위험이 다가오는데. 안 그래도 그녀의 공연 탓에 위험을 대비하는 방어 작전이 벌써 몇 차례나 지연되고 지장을 받았는지 잘 알잖아요."

유감스럽게도 마지막 이 얘기는 사실이다. 그런데도 이런 현실이 요제피네의 명성에 전혀 지장을 초래하지 않는다. 그건 특히 다음 이야기가 보태지면 더욱 그렇다. 언젠가 그런 대형 집회에서 예상치 못한 적의 습격으로 상당수가 희생될 수밖에 없던 참극이 빚어졌다. 결국 자신의 쉿소리로 적을 끌어들인 셈이 된 요제피네는 참사의 최종 책임이 있지만, 추종 세력의 비호 덕에 아주 조용히 가장 안전한 자리에 머물고 있다가 누구보다 먼저 자취를 감춘 이력이 있다. 이건 정말 누구나 다 아는 사실이다. 하지만 얼마 후 요제피네가 다시 나타나 자기 좋은 시간과 장소를 찾아서 노래를 부른 다는 소식이 알려지자, 언제 그런 일이 있었냐는 듯 우르르 너도나도 몰려 가는 것이다.

결론적으로 그녀 탓에 공동체 모두가 위험에 빠질 뻔했던 일이 벌어져도 요제피네는 모든 걸 용서받는 걸 보면, 거의 치외 법권을 누리면서 원하는 모든 걸 할 수 있다는 사실이 분명해 보인다. 사정이 이러하니 요제피네의 모든 요구는 전적으로 납득할 만한 것이 된다. 그렇다, 우리 종족이 그녀에 게 허용하는 이런 특별한 자유, 그녀 말고는 절대 누구에게도 허락하지 않는 예외적인 법률 적용, 그건 그녀에게 바치는 우리들의 특별한 선물로써 일종의 애정 고백이기도 하다.

예컨대 우리 종족은 요제피네의 주장처럼 그녀를 도통 이해하지 못하지만, 게다가 그걸 누릴 자격도 없다고 느끼지만 그래도 속절없이 그녀의 예술에 마음을 빼앗기고 만다. 그녀로 인한 고통과 열정은 어떤 희생이라도 기꺼이 감내하고 마땅히 보답할 것이기에, 요제피네의 예술은 우리의 이해 능력 너머에 존재할 뿐 아니라 그녀의 인격과 그녀의 소망 역시 우리의 법적 상식 너머의 것이라고 고백하게 되는 것이다. 이는 물론 전혀 사실이 아닌데도 요제피네 앞에만 서면 우리 종족은 하나 같이 너무나 쉽게 무릎을 꿇어 버린다. 하지만 그 누구에게도 아무 조건 없이 굴복하는 일은 없기 때문에, 그녀 앞이라 해서 바로 그렇게 하지는 않았을 것이다.

벌써 오래전, 아마 그녀가 예술가의 길에 들어선 이후 요제피네는 줄곧 그녀의 노래를 핑계로 어떤 종류의 노동도 면제받기 위한 투쟁을 계속해

왔다. 일용할 식량을 비롯해 생존과 관련한 일체의 책임에서 벗어나겠다는 것은 결국 그걸 종족 전체가 떠맡으라는 소리였다. 이런 엉뚱한 요구에 대해 그저 수긍하는 정도가 아니라, 그런 요구를 할 수 있는 내적인 당당함과 자유로운 정신에 대해 열광하는 경우도 물론 있겠으나, 우리 종족은 전혀 다른 결론을 내리고 조용히 잘라내는 쪽이다. 그런 요청의 근거들에 대해서도 심하게 반박하지 않는다. 예컨대 요제피네는 다른 일에 기운을 빼면 목소리가 상한다고 주장한다. 노래하는 것에 비해 다른 일이 기운은 훨씬 덜 빼앗기지만 노래를 부른 후에는 충분하게 휴식을 취하며 다음 노래들을 위한 체력을 충전해야 한다는 점들을 강조한다. 그렇게 사정을 하고 다니느라 그녀는 아주 탈진 상태가 되었을 테지만, 그런 와중에도 최고의 역량을 발휘하지 않은 적은 한 번도 없다.

우리 종족은 그녀의 통사정에 한쪽 귀를 기울이지만 금세 다른 귀로 흘려버린다. 그렇게 쉽게 감동하지만, 때로는 전혀 감동하지 않는다. 거절은 때로 너무 완강해서, 요제피네조차 물러나고 포기한 것처럼 보인다. 열심히 제 몫의 일을 하고 최선을 다해 노래도 부르지만 그건 잠시일 뿐 그녀는 새로운 힘을 모아 다시 싸움을 시작하는데 특히 이 목표를 향해서는 절대로 지치지 않는 것 같다.

이제 요제피네가 진정 원하는 게 무엇인지는 분명해진다. 그녀의 말을 액면 그대로 이해하면 결코 안 된다. 그녀는 현명하며 절대로 노동을 천시하지 않는다. 우리 종족은 본디 노동을 천시하는 전통이 없지 않은가. 설사 그녀의 요청이 받아들여진다 해도 특별히 이전과 다른 삶을 살지는 않을 것이었다. 노동이 노래에 짐이 되어서는 안 될 뿐이며, 그녀의 노래가 특별히 더 좋아지지도 않을 것이다. 그녀가 원하는 건 자기 예술에 대한 확실하고 공식적인 인정, 여태껏 알려진 모든 것들을 훨씬 능가하며 영원토록 지속될 수 있는 제대로 된 인정이다. 하지만 다른 건 어떻게든 이룰 수 있을 것 같아도 이것만은 여의치 않아 보인다. 이건 처음부터 다른 방향으로 접근을 시도하는 게 훨씬 나았을 수 있다. 아마 지금은 그녀도 어디서 그르쳤는지 알게 되었을 텐데, 안타깝게도 이제는 돌이킬 수도 없게 되었다. 만약 여기서 그냥 물러서면 자기기만이 되는 까닭에 이제는 애초의 요구 사항을 꿋꿋이 지키든가 아니면 다 포기하고 그대로 고꾸라지는 길밖에 다른 선택이 없어 보인다.

그녀 말대로 그녀에게 무슨 적이라도 실제 있다면 그들은 이 싸움을 손가락 하나 까딱하지 않고 즐겁게 관망할 것이지만, 막상 그럴 만한 적들도 없다. 이따금 여기저기서 그녀에게 시비를 걸어오기도 하지만, 누구에게도 이 싸움은 즐거운 것이 되지 않는다. 그것은 우리들이 무슨 냉정한 재판관이라도 되는 것처럼 평소와 달리 차분해져서가 아니다. 오히려 이런 경우 경거망동으로 처신했다가, 언젠가 자신도 그와 유사한 취급을 당하게 될 거라는 상상만으로도 함께 낄낄대고 싶은 마음이 싹 가시기 때문이다. 다시 말해서 뭔가를 요구할 때와 마찬가지로 거부할 때도 정말로 중요한 건, 사안 자체가 결코 아니다. 정말 두려운 것은 어느 한 동지를 향해 종족들이 일말의 여지없이 패대기를 칠 수 있다는 사실이다. 게다가 이들은 평소 마치 아버지, 아니 아버지보다 더 너그럽게 이런 동지를 돌보는 노릇을 해왔기에, 만약 실제 사건이 터졌다 하면 더 일말의 여지도 없이 가혹하게 응징 당한다는 걸 잘 알기 때문이다.

여기 그러니까 종족 전체를 대신하는 누군가가 있다 치고, 언제나 요제 피네에게 모든 걸 양보하면서 내내 속으로는 그녀의 성가신 버르장머리에 언젠가는 반드시 종지부를 찍어야 하겠다는 다짐을 굳혀온 것으로 상정할 수 있을 것이다. 오래전부터 요제피네에게 초인적인 희생을 감수해 오면서, 이런 희생에도 한계가 있다는 믿음을 꾸준히 되새겼다는 뜻이다. 여태껏 그 냥 여러 편의를 위해 필요 이상으로 양보하다 보니 요제피네는 점점 더 자 기중심적으로 되고 기대하는 게 자꾸만 늘어나 결국 이런 요구까지 하게 되었던 반면, 상대는 훨씬 더 지쳐 버려 이젠 마치 기다렸다는 듯이 단칼로 그녀의 요구를 베어 버렸다고 말이다.

그런데 사태가 또 이런 식으로 흘러가지는 않는 게, 우리 종족은 그런 따위의 밀고 당기기를 하지 않을뿐더러 요제피네에 대한 존경심은 여전히 올곧고 진실할 뿐이다. 물론 요제피네의 요구는 철부지 아이라도 그럼 안 된다고 얘기해 줄 수 있을 만큼 과유불급인 면이 다분하다. 하지만 이 일과 관련한 요제피네의 생각에는 여러 복잡한 셈법들이 함께 작용하게 마련이 고, 더욱이 거절당하는 고통에 대한 쓸쓸함까지 보태질 수밖에 없다.

하지만 아무리 여러 추측으로 힘들다 해도, 그녀는 결코 투쟁에 대한 두 려움 탓에 그대로 물러서거나 주저앉지는 않는다. 최근 들어 그녀의 공격 양상은 더 격화되었다. 여태까지는 그냥 말로만 싸웠을 뿐이나 이제는 아마 그녀 생각에 훨씬 더 효과적이라고 생각하는 다른 수단들도 동원하기 시작했다. 하지만 우리 생각에 그건 더 위험한 선택임에 틀림이 없다.

　요제피네가 그렇게 고집스러운 건 그녀가 나이가 들었다는 느낌 탓이라고, 그녀 목소리도 힘이 많이 빠진 것 같다고 생각하는 경우가 상당히 있다. 그래서 부디 자기 가치를 인정해 달라고 최후의 투쟁을 벌이지 않을 수 없는 시점이라 믿기 때문이라는 것이다. 하지만 난 그렇게 생각하지 않는다. 정말 그렇다면 그건 요제피네가 아니다. 그녀에게 나이는 어떤 제약도 아니며, 목소리 또한 절대로 힘이 빠질 리 없다. 그녀가 뭔가를 요구한다면 그건 외적인 어떤 것 때문이 아니라, 내적으로 그녀 나름의 확실한 논거가 있어 그런 것이다. 그녀가 만약 최고로 영예로운 화관을 취하려고 손을 뻗는다면 그건 지금 당장 좀 낮은 곳에 걸려 있어서 붙들기 좋아서가 아니고, 아마 그게 가장 높은 곳에 걸려 있기 때문에 그럴 것이다. 더욱이 만약 그럴 힘이 아직 남아 있다면, 그녀는 기꺼이 더 높은 곳에 그걸 옮겨 놓고 싶을 것이다.

　외적인 어려움 따위에는 개의치 않다 보니 남 보기에는 가당찮은 방식들을 그녀는 서슴지 않고 사용한다. 그녀 입장에서는 너무 당연한 권리로 보이는 것이다. 자신이 그렇게 하는 게 무슨 문제가 될까 싶을 뿐이다. 그녀가 보기에 이 세상에는 정직한 방법들은 오히려 통하지 않는 게 분명하다. 노래 영역에서 그녀가 자기 권리를 위한 방향으로, 자기로서는 덜 고달픈 자리로 투쟁의 영역을 바꾼 건 바로 그래서인지 모른다.

　일련의 추종자들을 통해 그녀의 속내 이야기가 세상에 알려졌는데, 그녀는 자기 노래가 종족의 모든 계층은 물론이고 드러나지 않은 반대편 구석으로도 스며들어 진정한 기쁨을 줄 거라는 느낌을 갖고 있다고 한다. 그런데 이 진정한 즐거움이란 게, 동포들이 오래전부터 언제나 요제피네의 노래에서는 그렇게 느껴 왔다고 고백하는 그런 정도의 즐거움이 아니라, 진정으로 요제피네가 기대하는 아주 각별한 수준에서의 즐거움이라는 것이다. 하지만 이에 덧붙여서 그녀는, 고급한 수준에 눈속임할 수도 없지만 저급한 수준에 영합할 수도 없는 노릇이라 결국 자기 노래는 지금 그대로의 수준을 지켜갈 것이라고 말했다 한다.

한편 노동을 면제받고자 하는 투쟁과 관련해서는 그 얘기가 사뭇 달라진다. 이 또한 그녀 노래와 관련한 투쟁이기는 하나, 여기서는 노래라는 고귀한 무기를 직접 들고 싸우는 게 아니니까, 어떤 방식을 쓰든 그녀는 아무 상관이 없다. 그래서 예컨대 자신의 요구가 받아들여지지 않을 경우 요제피네는 자기 노래에서 장식음들을 토막 쳐 버릴 작정을 했다는 소문이 떠돌았다. 그런데 나는 이 장식음에 대해 과문한 탓인지, 그녀가 노래할 때 어떤 장식음을 쓰는지 한 번도 알아챈 적이 없다. 하지만 요제피네는 당분간 그 장식음들을 모두 끊어 버리는 건 아니고 어느 정도 단축시킬 작정이었다. 그녀의 이전 공연들과 무슨 차이가 나는지, 나는 거의 느끼지 못했으나 이른바 그녀의 경고를 요제피네는 실제로 집행했던 셈이다. 우리 종족 모두는 언제나 그랬듯 사라진 장식음들에 대해 아무런 언급도 하지 않지만, 그녀의 노래에는 이전처럼 열심히 귀를 기울였다. 그러나 요제피네의 거듭된 요구에도 그저 묵묵부답, 이전처럼 아무런 처리도 하지 않으니 결과는 전혀 달라진 바가 없었다.

그런데 요제피네는 그녀의 용모뿐만 아니라 생각하는 방식 또한 이따금 입이 벌어질 만큼 우아하고 기품이 넘친다. 예컨대 그렇게 공연을 마무리한 다음, 장식음을 줄여 버린 자신의 결정이 동포들에게 아무래도 너무 가혹한 처사 아니 너무 갑작스러운 일이었다고 후회하면서, 다음 공연에서는 장식음들을 온전히 되살리겠다고 공표를 했다. 그런데 막상 다음 공연이 끝나자 그녀는 다시 마음을 바꾸어, 앞으로는 그 위대한 장식음들을 영원히 잘라낼 수밖에 없겠다는 쪽으로 결론을 다시 내렸다. 따라서 요제피네의 요구가 호의적으로 수용되기 전까지는 아마도 장식음들은 다시 나타나지 않을 것이다.

이러한 설명과 발표, 결론의 번복 등이 꾸준히 이어졌으나 우리 종족은 이를 한쪽 귀로 듣고 다른 귀로 모두 흘려버린다. 그건 대략 자기 생각에 깊이 빠진 어른이 마치 귀라도 먹은 것처럼 옆에서 칭얼대는 아이의 호소를 흘려버리는 것과 마찬가지 반응이라, 근본적으로는 호의적인 게 틀림이 없음에도 도무지 귓속까지는 이를 수 없는 소리가 된다. 그러나 요제피네는 그대로 포기하지 않는다. 이를테면 그녀는 얼마 후 다시 주장하는데, 일하다 그만 발을 다친 바람에 노래하는 동안 서 있기가 몹시 힘들다는 것이다. 그녀는 언제나 서서 노래를 부르는 까닭에, 이제 노래 자체를 짧게 줄이는 수밖에 다른 도리가 없다고 했다.

요제피네는 이제 다리를 절뚝거리고, 서 있는 동안에는 추종자들의 부축을 받아야 했다. 그런데 그녀가 부상을 입었다는 사실을 믿어 주는 경우는 거의 없다. 그녀의 예쁜 몸이 유난히 예민하다는 사실은 인정하지만, 우리들이 워낙 노동으로 단련되는 종족이고 그녀 역시 우리의 일원이지 않은가.

만약 피부에 생채기가 좀 생겼다고 다리를 절뚝거리면 우리 종족은 하루도 절뚝거리지 않는 날이 없을 거라는 게 일반적인 생각이다. 요제피네는 이제 절뚝발이 신세로 자신을 드러내며 이런 안타까운 모습으로 평소보다 더 자주 공연을 하러 다니고, 우리 종족은 예전처럼 감사의 마음으로 그녀의 노래를 듣고 새삼 감격에 겨워한다. 그런데 노래가 그렇게 짧아진 상황에 대해서는 별로 시빗거리를 만들지 않는 편이다.

요제피네는 내내 다리를 절고 다닐 수는 없으므로 이제 다른 방식을 생각해, 너무 몸이 피곤하다거나 혹은 어지럽거나 아니면 너무 컨디션이 좋지 않아 노래 부르기 힘들다는 식으로 핑계를 댄다. 우리는 이제 그녀의 노래만 듣는 게 아니라 연극 공연도 보는 셈이다. 요제피네 뒤를 따라다니는 그녀의 추종자들이 제발 그녀가 노래를 부를 수 있게 해야 한다고 통사정을 하면서 새로운 무대를 만들어 낸다. 그녀는 정말 어떻게든 노래를 부르고 싶지만, 도저히 그럴 형편이 아니라는 것이다. 그들은 요제피네를 위로하면서 이제 정말 괜찮아질 거라고 다독여 주기도 하며, 미리 물색해 둔 노래 부를 장소까지 그녀를 거의 안아서 이동시킨다.

그녀는 드디어 뭐라고 설명하기 힘든 눈물을 떨어뜨리며 마음을 모두 내려놓는다. 그리고 자신이 가진 최후의 것을 모두 끌어올려 노래를 부르려 일어서지만 이미 너무 녹초가 된 듯 두 팔은 평소처럼 활짝 펴지지 않고 힘없이 아래로 떨어져 버린다. 아마도 그녀의 두 팔이 너무 짧아 그랬나 싶은 인상이 든다. 다시 노래를 시작하려 마음을 다잡지만 그게 마음처럼 되지 않는 모양이다. 갑자기 고개가 푹 꺾이는 모습이 보이더니 우리들 눈앞에서 그대로 주저앉는다. 그러더니 곧 몸을 일으켜 다시 노래를 부르는데, 얼핏 보기에는 평소와 별로 다르지 않은 것 같다.

유난히 귀가 밝은 편이라면 그녀의 목소리가 평소보다 약간 좀 들뜬 것 같아 오히려 색다른 맛이 느껴졌다고 할 수도 있을 것이다. 오히려 피날레에 이르러서는 피곤이 가셨는지 다리에 제법 단단히 힘이 들어가 총총걸음을 서두르더라고 말할 수 있을 정도였다. 그녀를 부축하러 달려온 추종자들의 도움을 물리치고, 공경의 마음 가득 담아 그녀에게 길을 내주는 청중의 무리를 차가운 눈빛으로 훑어보며 그녀는 저만큼 멀어져 갔다.

이게 바로 얼마 전의 일이었는데, 더 최근 소식에 따르면 그녀가 노래를 부르기로 예정된 시간에 아예 모습을 드러내지 않았다 한다. 요제피네의 추종자뿐 아니라 여기저기 그녀를 찾는 데가 많았지만 모두 실패한 채 아예 그녀의 종적을 찾을 수 없다고 한다. 그녀가 사라진 것이다. 더 이상은 노래를 하지 않겠다는 뜻이고, 이제 노래를 청하지도 말라는 뜻이었다. 그녀가 우리를 완전히 떠난 것이다.

총명하고 현명한 그녀가 어떻게 그런 엉터리 셈법으로 계산을 했었는지, 그녀의 셈법이 틀렸다는 건 참 이상하고 믿기 어려운 일이다. 결국 요제피네는 이 세상에서 너무도 비극적인 운명의 주인공이 되었다는 얘기였다. 그녀는 자기 스스로 노래를 떠났다. 한편 그 노래를 통해 정말로 많은 동포의 마음을 사로잡았던 그녀 자신의 힘을 스스로 파괴해 버렸다. 우리 마음을 그토록 모르는 그녀가 그런 놀라운 힘은 대체 어디서 어떻게 얻었던 것일까?

그녀는 숨어 버렸고 더 이상 노래를 부르지 않는다. 하지만 우리 종족은 실망하는 기색을 보이지 않고 집단 전체의 평정을 지키고자 조용히 스스로를 추스른다. 겉으로는 전혀 그렇게 보이지 않지만 이 집단은 늘 베푸는 편이라 요제피네에게도 그랬고 누구한테도 뭔가를 받아 챙기는 편이 아니라서, 계속 그들의 길을 갈 것이다. 하지만 요제피네는 추락할 수밖에 없다. 머지않아 그녀의 마지막 찍찍 쇳소리가 들릴 것이고 곧이어 영원한 침묵으로 빠질 것이다. 우리 종족의 영원한 역사를 돌이키면 그녀의 활동은 사실 미미한 사건이었고, 그 정도 손실은 뭐 금세 극복될 것이다.

물론 그게 그렇게 쉽기만 한 건 또 아닐 것이다. 완전한 침묵에 빠진 집회는 앞으로 어떻게 진행될 것인가? 하긴 요제피네가 있을 때도 다들 꿀 먹은 벙어리가 아니었던가? 실제 그녀의 찍찍 소리는 우리의 기억보다 훨씬 더 우렁차고 정말 그렇게 기운이 넘쳤을까? 아니 단순한 추억보다는 그녀의 살아생전에 벌어졌던 사건의 의미가 더 큰 건 아닐까? 어쩌면 우리 종족은 요제피네의 노래에 대한 지혜를 잊지 않으려고, 그래서 이런 식으로 각색해서 아주 더 높은 자리에 올려 둔 것은 혹시 아닐까?

아마도 우리는 별로 아쉬울 것도 없을 것이다. 하지만 요제피네는 지상의 고통으로부터 영원히 구원되어, 그녀 기준으로는 특별히 간택된 영혼이므로 우리 종족의 셀 수 없는 영웅 중 하나로 기꺼이 사라져 버릴 것이다. 그리고 우리들은 역사를 연구하지 않으므로, 그녀는 조만간 그녀의 모든 형제처럼 고스란히 잊힌 채 구원의 더 높은 단계로 오를 것이다.

카프카로의 초대 :

〈변신〉을 더 생생하게 읽는 법

프란츠 카프카, 자화상, 연필로 스케치, 연대 미상

PRAGUE · Franz Kafka · TEPLICE

카프카로의 초대 :

「변신」을 더 생생하게 읽는 법

나의 청소년기, 가장 많은 시간을 보내게 마련인 학교라는 공간을 지배한 건 공포와 무기력이었다. 당시의 독재자는 정권 연장 수단으로 전쟁 공포를 퍼뜨리며 학교에서도 청소년들에게 군사 훈련을 시켰다. 그 과목을 담당했던 교련 선생은 속치마를 검사한다며 아무 때나 치마를 들치어 올리곤 했다. 어느 날은 군기가 빠졌다고 선착순 달리기를 시키더니 눈속임으로 꼴찌를 면하고 체벌을 줄이는 요령을 가르쳤다. 그렇게 불의를 사주하는 교사의 행태에 동의할 수 없었던 나는 끝까지 성실하게 벌을 받다가 그만 꼴찌가 돼 버린 채, "인생 낙오자" 외에도 된 발음으로 줄줄 이어지는 으스스한 욕지거리를 된통 접수할 수밖에 없었다. 그러다 나도 모르게 "당신이 선생 맞아?"란 말이 입에서 튀어나온 찰나, 정신을 차릴 겨를이 없이 온몸에 몽둥이찜질을 당하다가 의식을 잃기도 했다.

당시 우리 반 담임은 나를 따로 불러서 자기에게 수학 과외를 받으라고 틈만 나면 종용했다. 그게 내 학습 능력을 배려해서 그랬던 게 아니고 학생을 돈벌이 수단으로 삼아 "매달 내게 돈을 가져와!"라 요구했던 것이란 사실을 얼마 전 아주 비슷한 일을 겪으며 새삼스레 깨닫게 되었다. 스승이 아니라 짐승의 얼굴로 그가 터무니없는 이유를 만들어 반성문을 요구할 때마다 무슨 말을 어떻게 써야 좋을지 몰라 심장이 얼어붙는 것 같았다. 하지만 그것보다 나를 제대로 가격했던 건, 교련 선생의 폭행 사건 소식을 들었는지 "부모님께 쓸데없는 소리나 해서 학교로 경찰이 찾아오게 해선 못 쓴다."는 그 담임교사의 우격다짐이었다.

어느덧 카프카는 그런 난감함을 자기 이름으로까지 삼게 되었다. 이제 그의 이름은, 출구가 보이지 않는 미로에서 길을 잃은 집단주의, 개인의 고유한 조건을 무시하는 관료주의 앞에 그저 무력할 뿐, 어떻게도 저항하거나 대안을 찾을 수가 없는 현실이라는 의미가 되었는데, 그의 이름을 따서 영어로는 Kafkaesque '카프카에스크'라고 발음한다.

그런 이상한 작가에게 속절없이 걸려든 건 내가 중학교 2학년 때였다. 중간고사 기간이라 점심시간 무렵 일찍 귀가해 무심코 빼어 든 조그만 책의 제목은 「진주목걸이」였다. 프랑스 작가인 모파상의 단편집이었는데, 그건 책의 거죽일 뿐 실제로는 카프카의 「변신」이었다. 세계 단편 선집의 제본에 실수가 생겨 표리부동한 책이 나왔던 모양인데, 왜 그런 황당한 일이 벌어졌는지 그건 누구보다 카프카 자신이 끌끌 혀를 차다가, 내친김에 새로 소설 하나를 집필할 일이기도 했다.

어디까지 읽었을까, 독서를 마치기 전 그만 단잠에 빠졌고 그 무렵 읽었음 직한 시(詩) 하나가 내 방에 들어와 여기저기 떠돌다 비단실처럼 문득 내 몸에 감기기 시작했다. 그 시를 외운 적이 없었는데 이제 다시 그 일을 떠올려 보면 그건 무지무지 예민하고 위태롭기 짝이 없는 중학교 2학년 아이한테나 벌어질 일이었다.

마돈나, 지금은 밤도, 모든 목거지에, 다니노라

피곤하여 돌아가려는 도다,

아, 너도, 먼동이 트기 전으로 수밀도의 네 가슴에,

이슬이 맺도록 달려오너라.

마돈나 오려무나,

네 집에서 눈으로 유전하던 진주는, 다 두고 몸만 오너라,

빨리 가자, 우리는 밝음이 오면,

어딘지도 모르게 숨는 두 별이어라.

마돈나 구석지고도 어둔 마음의 거리에서,

나는 두려워 떨며 기다리노라,

아, 어느덧 첫닭이 울고 – 뭇 개가 짖도다,

나의 아씨여, 너도 듣느냐.

마돈나 지난밤이 새도록,

내 손수 닦아 둔 침실로 가자, 침실로!

낡은 달은 빠지려는데,

내 귀가 듣는 발자국 - 오, 너의 것이냐?

마돈나 짧은 심지를 더위잡고,

눈물도 없이 하소연하는 내 마음의 촛불을 봐라,

양털 같은 바람결에도 질식이 되어

얄푸른 연기로 꺼지려는 도다.

마돈나 오너라 가자, 앞산 그리매가,

도깨비처럼, 발도 없이 가까이 오도다.

아, 행여나, 누가 볼 런지 - 가슴이 뛰누나,

나의 아씨여, 너를 부른다.

마돈나 날이 새련다, 빨리 오려무나,

사원의 쇠북이, 우리를 비웃기 전에

네 손이 내 목을 안아라, 우리도 이 밤과 같이,

오랜 나라로 가고 말자.

   마돈나를 부르는 소리가 귓전을 맴도는 동안 차츰 잠에서 깨었으나 이상하게 몸이 동그랗게 굳어지면서 꼼짝달싹할 수가 없어 끙끙대다 문득 잠들기 전 읽던 카프카의 「변신」이 생각났다. 그레고르 잠사. 어라, 내가

그렇게 된 것이었다.

마돈나 뉘우침과 두려움의 외나무다리 건너 있는
내 침실 열 이도 없느니!
아, 바람이 불도다, 그와 같이 가볍게 오려무나,
나의 아씨여, 네가 오느냐?

마돈나 가엾어라, 나는 미치고 말았는가,
없는 소리를 내 귀가 들음은 –
내 몸에 피란 피 – 가슴의 샘이, 말라 버린 듯,
마음과 몸이 타려는 도다.

마돈나 언젠들 안 갈 수 있으랴,
갈 테면, 우리가 가자, 끌려가지 말고!
너는 내 말을 믿는 마리아 –
내 침실이 부활의 동굴임을 네야 알련만….

마돈나, 밤이 주는 꿈, 우리가 얽는 꿈,
사람이 안고 궁구는 목숨의 꿈이 다르지 않으니,
아, 어린애 가슴처럼 세월 모르는 나의 침실로 가자,
아름답고 오랜 거기로.

마돈나 별들의 웃음도 흐려지려 하고,

어둔 밤 물결도 잦아지려는 도다.

아, 안개가 사라지기 전으로, 네가 와야지,

나의 아씨여, 너를 부른다.*

시가 끝나갈 무렵 몸에서 튕겨 나가 천장에 등을 대고 부유하던 나는 방 바닥에 누워 있는 나를 내려다보았다. 죽을힘을 다해 나의 몸속으로 다시 들어가려 끙끙댔으나, 내 방은 마돈나를 부르는 소리로 가득 차고, 마돈나를 부르는 온갖 이유의 부력이 너무 세서 도저히 그걸 뚫고 아래로 내려올 수가 없었다. 그나마 다행인 것은 내 방에 천장이 있어서 더 이상 위로 솟구치지는 않은 채 이따금 방바닥에 버려진 내 몸을 내려다볼 수는 있다는 정도였다. 간신히 몸을 움직여 방문 위의 유리창으로 연기처럼 빠져나와 가족들을 찾았으나 놀랍게도 그들 눈에는 내가 보이지 않았다. 아무리 하소연을 해도 내 말은 소리가 되지 않아 그들은 나를 듣지도 못했다. 실망과 두려움에 휩싸인 채 천장을 다시 등으로 밀어 내 방으로 돌아왔다. 아직도 방바닥에 그대로 누워 있는 내 몸을 보며, 아마도 다음 날 아침에야 식은 아이를 붙들고 울 어머니를 떠올리며 조금 서러워하다 기운이 소진할 즈음 광풍에 휩쓸린 듯 나는 다시 내 몸 안으로 빨려 들어갔다. 팔과 다리도 마

---

* '나의 침실로'는 카프카의 유작이기도 한 이 책의 마지막 작품 「여가수 요제피네」를 집필한 시기보다 불과 몇 달 앞선 1923년 발표된 작품으로 일제 강점기 통한을 노래한 '빼앗긴 들에도 봄은 오는가' 와 함께 이상화(1901~1943) 시인의 대표작이다.

침내 느슨히 풀어졌지만, 여전히 반 주먹 상태인 양 손아귀에는 작은 찰랑 거림이라도 일어날 만큼 식은땀이 고여 있었다. 그날 이후, 잊을 만하면 한 번씩 찾아온 그 혼란의 습격, 나를 빨아 당기던 미로의 입구도 매번 다르고 빨려든 계기도 늘 같은 건 아니었으나, 대략 1970년대 학교 공간의 폭력적 현실과 무관한 건 거의 없었다.

느닷없이 치마가 들쳐졌던 날 밤이나, '개 패듯'이란 말이 무색할 만큼 몽둥이질을 겪다 의식을 잃은 뒤 찬물 세례에 정신이 들자마자 다시 욕지 거리가 쏟아져 숨쉬기가 힘들었던 날 밤도 그랬고, 중학교 때 좀 유별나긴 했던 개구쟁이 친구 하나가 체육 선생에게 구타를 당하다 하얀 교복이 코 피로 물들었던 날 밤도 마찬가지였다. 대학에 입학해 교지에 실리기로 예정 된 콩트 하나가 요즘의 국정원 전신인 중앙정보부였을까? 심지어 대학의 학보들까지 그 대상이었던 듯, 무슨 검열에 걸렸다는 경고를 받은 이후 시 시때때로 전화가 걸려 와 배후를 대라는 깐죽거림에 시달리던 날의 밤들, 그리고 최루탄을 맞으며 비명과 함께 몇몇 후배가 몽둥이질을 당하고 형사 들에게 끌려가는 걸 속절없이 목격하고 있어야 했던 날 밤에도 나는 카프 카로 유발된 가위눌림 현장에 다시 끌려가 몸 밖으로 쫓겨나는 곤욕을 되 풀이하곤 했다.

카프카와의 그 괴상한 만남 탓에 벌써 사십 년이 넘도록 나는 그를 외면 했었다. 독일 문학에 입문할 당시도 그랬고, 언젠가 프라하 시내를 쏘다니 다 얼핏 저만치에서 히죽 웃는 좀 청승맞은 그를 봤을 때도 선뜻 그에게 다가갈 엄두가 나지 않아 다른 길로 빠져나온 기억이 있다. 하지만 그건 '아직'이었지 결코 '절대'는 아니었다.

지난겨울 광화문에서 촛불 하나씩을 보태며 '부디'라는 기도문이 절로 터져 나올 무렵, 카프카를 다시 찾기로 다짐을 했다. 출판사의 요청도 있었지만, 때가 되었다는 느낌이 컸다. 내 유년기와 청소년기 학교라는 공간에도 찌들어 있던 독재자의 오래된 악취도 이제 드디어 광장을 메운 촛불로 씻어낼 수 있겠다는 희망이 함께 일렁거렸다. 처음엔 「변신」이었다. 대체 무슨 이유로 모파상의 「진주목걸이」로 변신한 채 치사하게 중학교 2학년짜리 방에 흘러들어와 그런 경기를 일으키게 했는지, 별 이유도 없이 그랬을 것 같지는 않아 좀 본격적으로 그를 만나보기로 작정을 했다.

막상 작업에 들어가서 살펴보니 놀라운 정보통신 혁명 덕분에 그의 모든 작품과 어마어마한 분량의 관련 논문들은 마음만 먹으면 그 자리에서 다운로드해, 어쩌면 카프카 자신보다 그에 대해 더 소상하고 면밀하게 그를 알아갈 수 있는 세상이 되어 있었다. 그렇게 일 년 남짓을 헤매고 다닌 인터넷의 미로에서 나는 백 년 전 서글프고 청승맞은 카프카뿐 아니라 개구쟁이, 겁쟁이, 허풍쟁이, 변덕쟁이 등 여러 얼굴의 글쟁이 카프카를 만났고, 그와 함께 한 변신 여행을 이제 드디어 마감할 시간이 다가왔다.

이 번역본은 그 여행에서 마주한 카프카의 변신 놀이다. 백 년이란 시차가 있으나 청년 카프카의 우울과 무기력은 OECD 국가 중 가장 노동 시간이 길고 수면 시간은 가장 짧은 나라, 죽음의 바다에 아이들을 빠뜨리고도 가만히 있으라는 지침을 주고 시치미를 뗐던 고약한 나라, 정치인과 경제인들이 빼앗아간 꿈을 찾을 수 없어 차라리 공평한 파멸을 바라게 된 나라

21세기 청년들의 무력감과 너무도 닮은꼴이다. 거기서 탈출의 길을 찾아 제대로 벌레가 되는 삶을 상상했던 카프카와는 오히려 쉽게 공감하고 서로 위로할 수 있겠다는 생각도 했다. 이제 고치 속 애벌레가 더 이상 모두들 꺼리는 갑충, 더러운 바퀴벌레가 아니라 꿈과 희망을 상징하는 나비로의 변신을 새롭게 꿈꿀 수 있는 길을 함께 찾아내야 하겠다는 바람뿐이다.

1. 「판결」 1912년 집필, 1913년 출간

이 작품은 대학에서 국문학과 법학을 전공했던 프란츠 카프카(Franz Kafka, 1883~1924)의 오랜 글쓰기 습작 과정에서 그가 온전히 작가로 변신했던 바로 그날의 결과물이다. 1912년 9월 22일 밤 열 시에 책상에 앉아 다음날인 9월 23일 아침 여섯 시까지 꼬박 여덟 시간, 당사자의 말에 따르면 그는 "몸과 마음이 활짝 열려 오로지 글쓰기에 집중해 써 내려갔다." 물론 오랜 연습과 각고의 노력 끝에 수확했던 결실이었다. 더욱이 동화를 쓰는 것은 그의 오랜 꿈이었다. 「판결」은 그 꿈을 이룬 최초의 '본격적 작품'인데, 그의 일기 여러 군데서 그러한 사실이 확인된다.

'동화(Mrchen)'는 아이들을 위한 이야기이지 마냥 유치한 이야기는 결코 아니다. 동화는 무엇보다 물정 모르는 아이들에게 세상에 얼마나 무섭고 위험한 일이 많은지 조심해야 한다는 것뿐 아니라 이를 이길 수 있는 힘을 키워야 한다고 일러 주는 이야기여서, 실제 내용은 말 그대로 잔혹 동화라고 하지 않을 수 없다. 무서운 전염병에 희생되지 않도록 예방 주사를 맞는 것과 마찬가지 이치로, 기괴한 현실에 아이들이 당황하고 혼란스러워 정신을 잃지 않게 정신의 근육을 만들어 주는 예방 주사 역할을 기대하는 것이다.

카프카는 1911년 1월 19일 「카프카의 일기」(이하 「일기」)에서 미국과 유럽으로 갈라진 형제 이야기를 쓰겠다는 계획을 이미 밝혀 둔 바 있다. 형과 아우의 갈등 구조는 삼천여 년 전 고대 이집트의 '안푸와 바타'*에서 출발해 '선과 악' 혹은 '부자와 빈자'라는 이분법으로 나누기 좋은 전형적 동화의 형식으로써, '흥부와 놀부'도 여기에 속한다. 다음 해인 1912년 집필한 작품 「판결」에서 러시아에 살고 있는 친구라며 이름조차 밝히지 않지만, 그를 향해 전전긍긍하는 주인공 게옥 벤데만의 태도 및 말이 통하지 않아 속수무책인 아버지와의 관계는 형제의 갈등 구조를 그대로 차용한 셈이다. 카프카에게는 실제로 세 살 무렵 세상을 떠난 두 살 아래 동생이 있었고, 그 이름이 게옥이었다.

한편 러시아에 있는 친구는 주인공 게옥의 또 다른 자아(Alter Ego)이며,

---

* BC1200년부터 칠 년간 이집트를 다스린 세티 2세 왕 시절 파피루스에 기록된 이야기로, 현재 런던 대영박물관에 보존되어 있다. 형인 안푸의 아내가 바타를 유혹했으나 응하지 않자, 남편인 안푸에게 바타가 자신을 유혹했다고 거짓말을 해서 형은 동생을 죽이려 한다. 아우가 신께 도움을 요청했더니 신은 악어가 득실대는 호수를 만들어 형제를 떼어 놓는다. 아우는 결백을 증명하려 자신의 성기를 잘라 호수에 던지자 악어들이 다 먹어 치웠다. 그리고 향나무 숲에 자신의 심장을 꺼내 걸어둘 테니 형의 맥주가 잘 익어 거품이 생기거든 숲으로 와서 자기를 찾으라고 이른다. 형이 솔방울로 변한 아우의 심장을 찬물에 넣으니 다시 살아난 아우는 황소로 변해 왕궁으로 간다. 왕궁의 파라오는 아우의 애인이던 왕비의 말을 듣고 황소를 죽이지만, 그의 피 두 방울은 향나무 두 그루로 크게 자란다. 이 나무를 잘라서 가구로 만드는 광경을 보고 있던 왕비의 입에 그만 나무 조각이 들어가 왕비는 임신하고 만다. 이렇게 해서 파라오의 세자로 태어난 아우는 파라오가 죽은 후 파라오의 후계자가 되고, 형은 다시 아우의 뒤를 잇는 파라오가 되었다는, 파란만장하고 우여곡절이 이어지는 형과 아우의 사연이었다.

아버지가 마음에 들어 하는 아들에 해당한다는 해석도 가능하다. 사업을 벌이는 외향적인 게오르크 벤데만과 하필 1917년 혁명이 무르익어 가던 미지의 땅 러시아를 상징적으로 설정해 거기에 사는 친구로, 서로 화합하기 힘든 인간 내면의 양면성을 대비시켰다는 의미를 가진다. 아버지는 처음에 게오르크을 환영하며 러시아 친구의 존재 자체를 부인하다가 갑자기 태도를 바꿔 게오르크을 비난하는 한편 러시아 친구를 진정한 후계자로 선언한다. 대립된 두 개의 자아가 공존할 수 없는 현실에서, 존재 이유가 사라진 게오르크을 향해 정말 기이한 아버지는 마치 자신이 판사라도 되는 양 "물에 빠져 죽으라"는 얼토당토않은 혹은 아주 합당한 '판결'을 내려 버린다.

두 개의 자아 중 하나가 심리적인 죽음이라도 택해야 하는 긴장 끝에, 죽음으로 내몰린 자아 말고 생존에 성공한 자아는 자동적으로, 아직 글을 다 마치지 않은 채 살아남아 있는 작가 자신이 될 수밖에 없다. 이런 반전의 결과 "바로 그때 다리 위로 끝없는 차량이 몰려들었다"고 이 난감한 동화는 결말을 짓는다. 따라서 아직까지 살아서 글을 마무리하는 카프카는 자연스럽게 생존에 성공한 자아의 자리를 꿰어 차는 현실이 된다. 아마 이 작품을 하룻밤 동안 완성할 수 있었던 힘은, 이렇게 절묘한 역설의 구도를 완벽하게 미리 설정해 둔 덕분에 가능했다고 추측할 수 있다.

이 작품은 펠리체에게 바치는 것으로 되어 있는데, 그녀를 처음 만난 게 1912년 8월이고, 딱 한 달 후에 쓴 「판결」에서 주인공 게오르크의 약혼 사실에 노발대발하는 아버지와의 관계는 카프카 본인의 처지를 반영한 것임을 추측할 수 있다. 결혼 자체를 몹시도 두려워했던 카프카는 베를린에서 근무하는 펠리체를 딱 두 차례 방문했지만, 1914년 4월에 약혼하고 7월에 파혼, 그리고 1917년 7월 다시 약혼하고 10월에 다시 파혼하기까지 수백 통의 연애 편지를 그녀와 주고받았다. 덕분에 당시의 편지들을 통해서도 「판결」과 관련해 몇몇 정황들을 제법 상세하게 밝혀볼 수 있다.

특히 이 작품의 핵심 모티프 중 하나인 아버지와의 불화에 대해서는 펠리체에게 보낸 편지에, 자신과 아버지와의 관계를 그렇게라도 털어놓고 싶었다고 적고 있다. 자수성가한 덕에 자녀들에게 최소한 물질적으로는 넉넉한 환경을 제공하지만 기질적으로 폭력적인 아버지와 그 사업을 이어받아 명실상부한 후계자가 되기를 본능적으로 거부하는 아들 사이의 갈등과 분노는 「판결」에서뿐 아니라 그의 대표작 「변신」에서도 부각되는, 즉 카프카 작품의 주인공들이 아주 자주 공유하는 정서이다. 이는 특히 자신의 문제를 이해하기 위해서도 카프카가 탐독한 프로이트의 정신 분석에 등장하는 이른바 '오이디푸스 콤플렉스'를 자신의 작품 안에 풀어낸 것으로 설명하는 경우가 많다.

2. 「시골의 결혼 준비」 1097년 습작

미완성 혹은 습작 상태로 보이는 이 작품은 카프카의 글쓰기 과정에서 생각의 갈피며 표현의 양식들이 어떤 양상으로 변모하는지를 잘 보여 준다. 소설 양식의 글쓰기에서 어떻게 주제를 드러내고 자신의 고유한 스타일을 찾아가는지, 글쟁이 준비를 하는 카프카의 자기 훈련 과정을 엿볼 수 있다.

장면 속 인물들은 마치 연기를 준비하는 배우들처럼 행동하고 작가는 그들의 일거수일투족뿐 아니라 감정과 표정 변화까지 마치 정밀화를 그리듯 빈틈없이 세밀하게 그려낸다. 또 시시각각 달라지는 도시 풍경에 대한 정교한 묘사는 마치 무성영화를 틀어놓은 것 같은 효과를 만들어 내기도 한다.

주인공 라반의 시선을 따라가는 이 소설은 세 파트로 나뉜다. Ⅰ부는 20세기 초 유럽의 어느 도시 아마도 그가 세 들어 사는 건물 현관에서 출발해 약혼녀가 사는 어느 시골 역에 내릴 때까지, Ⅱ부는 기차에서 내려 아마도 약혼녀와 그의 친지들이 기다리는 숙소까지 가는 여정, 세 번째는 Ⅰ·Ⅱ부를 새롭게 구성하며 처음부터 다시 쓰기 시작한 도입부다. 첫 번째 결과물을 여러 차례 정독한 후 생각의 갈피를 새롭게 하여 처음부터 다시 쓰다 몇 장씩 찢어낸 흔적과 비가 내리는 도시 곳곳에서 마주치는 인물들의 지치고 피곤한 행색까지, 결국 도시 생활에서 벗어나고 싶었던 카프카 자신의 불안과 답답함을 마치 공을 들여서 데생하듯 글로 풀어낸 결과물을 볼 수 있다.

시시때때로 주저하고 툴툴거리는 주인공 라반의 마음은 결혼에 대한 당시 카프카의 실제 모습과도 상당히 일치한다. 결혼을 위해서 시골행을 택했으나 일반적으로 기대하는 어떤 설렘이나 포부 혹은 기대 같은 감정은 라반에게 거의 없어 보인다. 여행을 통해서 시골로 가는 건 그저 껍데기, 진짜 '나'는 쏙 빠진 몸뚱이뿐이라고 라반은 스스로를 달래기까지 한다. 카프카는 제대로 된 첫 작품 「판결」을 헌정했던 첫 번째 연인 펠리체와 두 번을 약혼하고 곧 파혼했던 심경을 1914년 3월 9일 자 그의 「일기」에 다음과 같이 적고 있다.

"그렇게 F.를 사랑했지만 당시 내 안에서 모든 것들이 결사반대하니, 나는 결혼할 수가 없었다. 무엇보다 그건 작가 수업에 해당하는 글쓰기, 즉 결혼하면 그 작업을 계속할 수 없다는 생각 때문이었다. 하지만 결혼을 안 했어도 나는 지난 일 년 동안 아무것도 쓰지 못했고, 그건 지금도 마찬가지다. 그 생각을 하면 아주 머리가 터질 것 같다."

결혼 생활과 집필 작업을 병행할 수 없으리라는 두려움은, 이 소설의 세 번째 파트에서 카프카 자신의 정체성에 대한 항변을 통해서 다시 한번 강조된다. 점점 더 불편한 존재로 다가오는 아버지의 분신 같은 노신사와의 대화에서 주인공인 라반은 고스란히 카프카의 분신이 된다. 라반은 서로 대립되는 가치관 혹은 인생관을 피력하다 상호 불통에서 불신의 단계로 빠지며 시골로 가는 여행은 아예 시작도 하지 못한다. 대신 "좋은 책 한 권은 진짜 제일 좋은 친구"라며 자신을 변론하고, "그 사람은 책 이야기만 하면 좋을 거예요. 뭐든 아름다운 거라면 그는 바로 감동을 먹는다고요."라면서 웅변을 하듯 스스로의 정체성에 대한 얘기를 토해낸다.

이 미완의 작품은 카프카의 대표작 「변신」의 여러 전조가 확인된다는 점에서 더욱 흥미로운 읽을거리가 된다. 예컨대 라반은 만성 피로에 시달리는 도시의 일상에서 벗어나 보름 동안의 휴가를 받아 시골로 향하는데, 기차에서 옆자리에 앉은 승객 둘은 출장을 가는 영업 사원들이다. 이들의 대화를 통해 「변신」의 주인공 그레고르가 갑충으로 변신하기 이전에 꾸려온 삶, "회사에서 혹사를 당해 탈진 상태라 휴가를 받아도 제대로 쉴 수가 없는" 심각한 과로 상태, 이미 백여 년 전에 그가 경험한 자본주의 경쟁 사회에서 속수무책으로 갑질을 당하는 약자들에 대한 카프카의 연민과 분노가 확연하게 느껴진다.

이 '시골로 가는 노정'에서 관찰자 라반의 눈을 통한 정밀 묘사는 그레고르가 변신 이전에 겪었던, 삶이 피폐한 도시인들의 양상임을 드러낸다. 밤늦게 어느 외딴 역에 도착하나 거기는 낭만적 전원풍의 종착역과는 아주 거리가 먼, 잠시 스스로에게 허용하는 일탈의 양상일 뿐임도 분명하다. 이 노정은 라반의 진정한 해방이 아니라, 그저 주변 환경과 어울릴 수 없는 현실에서 딱딱한 갑옷을 챙겨 입고 버러지 행색을 한 채, 더욱더 고립된 세계로 도피하는 궁여지책에 불과하기 때문이다.

라반은 거기서 침대에 누운 채 "무슨 섬뜩한 버러지, 흉측하고 커다란 딱정벌레나 갑충, 거머리 혹은 바구미 같은" 형상으로 변신하는 공상에 빠지기 시작한다. 그리고 바로 이런 말들은 카프카의 「전기」에 따르면, 그 무서웠던 아버지가 실제로 당신 눈에 못마땅해 보이는 아들 친구들을 업신여길 때 수시로 갖다 붙이던 표현이기도 했다. 주인공 라반을 통한 카프카의 이런 공상은 8년 후 그의 대표작 「변신」으로 결실을 맺게 된다. 「시골의 혼인 준비」에서는 그저 상상 속에서 끝나 버린 해프닝을 「변신」에서는 실제 갑충으로 변신한 뒤의 훨씬 구체적 양상으로 끝까지 파고들어 간다.

3. 「변신」 1912년 집필, 1915년 출간

카프카 문학의 신호탄에 해당하는 「판결」을 완성하고 불과 두 달 만에, 그리고 약 3주에 걸쳐 다시 완성된 「변신」은 전 세계적으로 작가를 꿈꾸는 문학청년들에게 가장 널리 영향을 끼친 20세기 작품으로 꼽힐 만큼 명실공히 카프카의 대표작이다. 그런데 사실 '변신'은 특히 신화에서는 아주 흔한 사건이다. 신통력이 작용하여 신(神)이나 인간, 동물이나 사물도 잠시 혹은 영원히 다른 형상으로 바뀌게 된다. 반면 민담이나 동화에서 변신은 대개 소원의 성취 혹은 징벌의 결과로써, 문제를 해결하는 용감하고 선량한 영웅적 인물은 소망을 성취하는 반면, 문제의 원흉인 마녀나 계모 등 못된 인물은 그에 마땅한 벌을 받는 게 일반적이다.

하지만 그레고르의 변신은 이와 다르다. 어느 순간 누군가의 못된 마법에 걸려든 결과가 아니라, 상사와 동료들을 향한 분노, 그에 대한 죄책감 및 징계에 대한 두려움 등 곤고하고 복잡한 심경의 반영이다. '미녀와 야수'와 비교한다면, 그레고르는 아무래도 미녀가 아닌 야수가 되겠으나, 그에게는 이런 마법을 행사한 원흉도 없고 이를 해결해 줄 영웅도 나타나지 않는다. 어떤 도덕률도 여기서는 작동하지 않아 전통적인 동화나 민담에서 기대하는 일반적 결말과 상충하는 까닭에, 이런 장르를 특히 '안티동화'라고 칭한다. 부모의 빚을 대신 떠맡은 고달픈 영업 사원 그레고르는 불쌍하고 안쓰러운 버러지로 변하지만 연민과 사랑과는 거리가 먼 그저 혐오의 대상일 뿐 어떤 출구도 없어 보인다. 그리고 결국 고통스러운 죽음을 맞지만, 그의 가족은 어이없게도 방금 겪었던 악몽 따위는 금세 훌훌 털고 이전 생활을 계속 꾸려 갈 전망이다.

일반적인 동화 양식을 따랐다면, 그레고르의 가족은 끝까지 그를 돌보고 그 사랑과 정성 덕에 결국 그는 인간의 모습을 되찾았을지 모른다. 하지만 여기에서 그런 감동은 없다. 주인공이 생활비를 벌고 가족의 안위를 책임지는 동안 그의 존재는 인정되었으나 흉측한 벌레로 변해 버리자 즉시 소통이 단절된다. 인간이 동물로 변신한 현실은 정체성의 상실을 뜻한다. 무엇보다 그는 가족들과 소통하기를 원하고 그걸 시도하지만, 그의 가족은 너무도 당황스러운 나머지 그레고르와의 소통에 대한 가능성을 아예 차단시킨다. 주인공 그레고르가 커다란 갑충으로 변신한 이후 잠시 가족이 이를 감당했던 석 달 동안, 가족들의 태도는 확연히 달라져 화목하고 따뜻한 가족의 모습은 찾을 수 없다. 예컨대 오라비를 위해서 기꺼이 자신을 희생하는 누이 따위는 없다. 완벽한 단절을 위해 누이는, 벌레는 벌레일 뿐 그레고르 오빠로 보아서는 안 된다고 부모님을 설득하며 야무지게 선을 그어 버린다.

카프카는 가족과의 갈등과 감당하기 힘든 사회적 모순들을 반추하며 여기서 겪는 사소한 불편들에 마땅한 논거를 찾아내고 이를 문학적 감수성으로 재해석하여 글로 정리하는 일종의 편벽으로 작가 훈련을 멈추지 않았다. 1913년 8월 21일 자 「일기」에서 그는 문학이 자신을 방어하는 유일한 방편인 동시에 스스로 문학이 되는 구원책임을 간명하게 고백한다.

"나는 문학과 관련 없는 건 그냥 다 싫다. 설사 문학과 관련한 것이라 해도 단순한 대화는 지루하고 재미가 없다. 누구를 찾아가고, 친척들의 좋은 소식, 나쁜 소식을 들어주는 일도 따분하다. 그런 이야기를 듣다 보면 정말로 진지한 것, 정말로 중요한 진실은 다 사라져 버린다."

벌레 같은 동물로 변신하는 초현실적인 설정은 어쩌면 카프카 문학이 애써 찾은 최후의 해법으로, 극단적인 모순이 첨예하게 드러나는 천박하고 절망적인 자본주의 사회를 적나라하게 고발하는 동시에 그레고르가 겪는 자기 소외를 극명하게 드러내는 문학적 기법이기도 하다. 산업 사회에서 경제 활동의 능력 상실은 곧 사회적인 존재 가치의 상실을 뜻한다. 1908년부터 그가 세상을 뜨기 2년 전인 1922년까지 카프카는 프라하의 노동자 상해보험에서 법률 고문으로 일하면서 지독한 관료주의를 경험했다. 오후 2시 퇴근 이후는 밤새 글을 썼다는데, 당시 노동자들이 겪는 가혹한 처우와 위험한 현장의 그치지 않는 사고, 특히 1차 세계대전 이후 사지가 잘려나간 상이군인들의 비참한 현실을 숱하게 목격하면서 자본주의 사회의 본질적 모순과 병폐에 대해 심각한 문제의식을 갖게 되었다.

이른바 능력 중심의 자본주의 시민 사회에서 인간은 끊임없이 성취욕을 강요받고, 많은 경우 동료나 일터 모두에 적응하지 못한 채 기계적 노동에 시달리며 고독과 불안, 무력과 무의미, 무규범 등 인간 소외의 여러 증세로 고통스럽게 마련이다. 구조적으로 이런 결과가 나타날 수밖에 없는 자본주의 사회의 어두운 내면을 속속들이 꿰뚫어 볼 수 있게 된 카프카는 이제 현대 사회에서 개인이 감당하는 실존적 위기 체험을 글로 풀어내는 작업을 통해 "한 권의 책은 우리 안의 얼어붙은 바다를 부수는 도끼여야 한다"는 신념을 실행에 옮기기 시작한다. 그러므로 그레고르의 변신은 쉬지 않고 돌아가는 기계 세상의 부품과 다름없던 그를 차라리 해방시켜, 드디어 휴식과 환상과 추억의 세계로 이끄는 마지막 돌파구이기도 하다. 그래서 무력하고 쓸모없는 버러지가 되었어도 그는 누이동생 그레테의 바이올린 연주에 감동해 "이렇게 음악에 사로잡힌 존재인데, 한갓 동물에 불과할 리 없지 않은

가?"라고 자문할 수 있다.

　벌레로 변신한 이후 그레고르가 겪어야 했던 가장 난감한 것 중 하나는 '입맛'의 극적 변화였다. 무엇으로든 배를 채우는 것만으로는 도저히 자기를 지켜 낼 수가 없어서, 비록 벌레가 되었더라도 자신의 입맛과 취향을 만족시킬 방법을 찾아내는 건 그레고르에게 생존의 조건이며 목표이기도 했다. 벌레로 변신한 이후 입에 맞는 음식을 찾지 못한 채 낙담에 빠져 있던 가운데 드디어 구원의 길이 보이는데, 그것은 영혼의 양식이 되어 줄 음악, 누이가 연주하는 바이올린 소리였다. 동물의 조건 혹은 인간의 조건에 갇힌 존재를 그 틀에서 해방시켜 주는 신비한 경험, 이는 자신의 본질적 고귀함을 새삼스레 깨닫게 하는 인격의 생명수와도 같은 것이었다. 음악을 지루해하는 하숙 아재들을 향해서 "저들처럼 천박하게 이빨 소리를 내며 먹어야만 한다면 차라리 죽어버리는 편이 낫겠다!"며 벌레가 된 주제에 심지어 자신의 취향에 대한 자부심까지 당당하게 드러낸다.

　한편 「변신」에서도 아들은 아버지라는 억압적 존재에 의한 희생자로 묘사된다. 아버지의 부채 탓에 아들은 가족 부양의 책임을 떠맡아 비인간적 삶을 버텨야 했다. 흉측한 몰골의 버러지로 변신한 것도 모자라서 그레고르는 아버지가 던진 사과에 치명상을 입고, 스스로를 방어할 힘도 변호할 힘도 없는 고독한 신세로 시들어간다. 「판결」과 「변신」의 주인공이 모두 아버지의 저주를 받고 세상 밖으로의 진출조차 차단당하는 운명에 처하는데, 이는 그저 좀 별스러운 집안의 특이한 사건을 과장한 게 아니라 오히려 21세기인 오늘날 우리 사회가 당면한 극단적인 세대 갈등과 일맥상통한다는 점에서 이제는 현대인들의 보편적 운명이 된 현실 및 그 비판을 일찌감치 앞서서 그려 보였다고 평가할 수 있을 것이다.

4. 「학술원에 드리는 보고」 1917년 집필 및 출간

카프카는 「변신」에서의 벌레뿐 아니라 원숭이와 자칼, 개와 쥐 등 동물을 주인공으로 세운 단편을 여러 편 남기며, 동물 주인공들의 등장으로 인간과 동물 사이의 경계를 뛰어넘는 통찰을 보여 주었다. 이들에서 그는 이솝의 우화처럼 은유적으로 돌려서 말하는 문학적 기법, 즉 무언가 '다른 것을(allos) 말한다(agoreuo)'는 그리스어에서 유래한 알레고리(allegory)를 즐겨 사용했다. 이 작품 「학술원에 드리는 보고」는 주인공인 원숭이 빨간 페터가 사람으로 변신한 사연을 학술원에 보고하는데, 원래 요청받았던 원숭이 시절 기억은 이미 망각했다면서 인간으로 적응하는 과정에서 겪은 몇몇 에피소드를 중심으로 그의 생각을 들려준다는 설정이다.

그런데 그레고르가 벌레로 변신한 건 잠을 자는 동안 아무 수고로움 없이 얼떨결에 이루어진 사건인 반면, 원숭이가 인간이 되는 변신 과정은 그렇게 쉽게 이루어진 게 아니다. 동화에서 흔히 나오듯 어느 순간 마술에 걸려서 갑자기 그렇게 된 게 아니라, 하겐베크라는 기업에서 고용한 사냥꾼들의 총탄에 맞아 포획되고 쇠창살에 갇힌 채 배에 실려 먼 항해를 마친 후 함부르크에 도착하기까지, 목숨을 걸고 운명에서 탈출할 길을 찾아낸

대가로 간신히 얻어낸 결과였다. 출구를 찾아 인간이 되기로 결심한 그는 각고의 노력으로 인간의 언어를 익히고, 5년 만에 "평균 유럽인의 교양"을 갖춘 존재가 된다. 그런 이후에는 진화론적 관점에서 인간을 동물의 하나로 파악한 카프카의 인간학이 펼쳐지니, 인간과 동물의 본질적 차이가 사라져 버린다.

카프카는 빨간 페터의 체험을 통해, 인간들은 밀림이라는 대자연에서 누리던 원숭이의 '자유'와는 차원이 다른, 예컨대 서커스 단원들의 묘기와 같은 것을 '자유'로 생각하는 어리석은 상상력과 인간 중심의 사유와 문화, 허술한 면모를 새삼 깨닫게 한다. 인간과 가장 닮은 포유류라는 점에서 원숭이로의 변신은, 특히 외계인의 용모를 상상하는 작품들에도 인용되어 예컨대 치명적인 바이러스 '시미안 플루'로 인해 유인원들은 나날이 진화하는 반면, 살아남은 인간들은 점차 지능을 잃고 퇴화해 간다는 SF 필름 '혹성 탈출'의 모티브 설정도 이 작품에 뿌리를 두고 있는 것으로 알려져 있다. 뿐만 아니라 이 작품은 침팬지로 분장한 배우의 모노드라마로도 시연되었다. 국내에서는 「빨간 피터의 고백」이라는 제목으로 각색되어 1977년부터 1985년까지 482회나 무대에 올려 십오만 여명의 관객이 삼일로 창고극장을 찾아 한국 연극계의 전설로 남았다. 인간에게 포박당했던 원숭이 빨간 페터는 침을 뱉고 담배를 피우고 냄새나는 술까지 마시며 인간의 흉내를 냈던 결과, 온 사방으로 열려 있는 그런 언감생심의 '자유'가 아니라 최소한 생존이 가능한 '출구'를 간신히 찾아낼 수 있었다고 보고한다.

실제로 1908년 9월과 1909년 4월에 걸쳐 프라하에서 '페터 영사님'이라는 애칭으로 불리던 침팬지에게 옷을 입힌 서커스 공연이 있었는데, 카프카는 이 공연을 관람한 후 동물행동학과 사회진화론을 열심히 공부했다고 한다. 당시는 원숭이가 인간의 직접 조상일 수도 있다는 식으로, 다윈의 진화론에 대한 무지와 오해가 상당히 남아 있던 시절이었다. 그리고 유대인들을 원숭이라고 비하하는 일도 많았다 한다. 따라서 사람 흉내를 내다 얼떨결에 인간 공동체에 편입된 이후 죽을힘을 다해서 원숭이의 본성을 씻어 내고 마침내 유럽인의 평균 수준에 도달하게 되었다고 고백하는 빨간 페터는 유대인을 열등한 종족으로 치부하던 당시 유럽인의 편견을 조롱하는 한편, 유럽인으로 신분 세탁을 하는 유대인들도 함께 풍자한 것으로 이해된다.

원숭이와 인간의 경계, 이는 울타리인 동시에 도저히 벗어날 수 없는 막다른 골목이기도 하다. 체코 프라하에서 유대인으로 살면서 독일어로 글을 쓰는 카프카로서 이런 경계에 대한 주목은 자기 정체성을 되새기는 주제이기도 했다. 그는 독일어를 모국어로 쓰는 오스트리아-헝가리 제국의 점령지인 체코의 수도 프라하에서 그 어느 쪽에도 속하지 않아서 천덕꾸러기 취급을 받던 유대인이었고, 자본주의와 사회주의 이데올로기가 팽팽히 힘을 겨루는 당시의 현실에서 그 어느 편에도 속하지 않던 무정부주의자 시인이었다.

1913년 10월 15일 카프카의 「일기」에 "크로포트킨을 잊지 말자!"는 기록이 남아 있는데, 러시아 출신 무정부주의 혁명가인 크로포트킨(Pyotr A.

Kropotkin, 1842~1921)은 1902년 출간한 「만물은 서로 돕는다」*에서 "다양한 부류의 동물들 사이에서 엄청나게 많은 전투와 몰살이 진행되지만, 동시에 같은 종에 속하는 동물 혹은 적어도 같은 집단에 속하는 동물 사이에서는 상호 지원과 상호 부조, 공동의 방어도 그에 못지않게 혹은 그보다 더한 정도로 이루어진다."는 점을 강조했다. 이는 오로지 약육강식과 적자생존의 원리로 미개한 사회가 문명화된 사회로 발전한다는 살벌한 사회진화론과는 확실히 상반되는 견해를 표방한 책이었다.

하루하루의 삶이 위태롭고 불안했던 시절, 경계인으로 살아가며 느끼는 실존적 불안을 꾸준한 집필로 버텨내던 카프카의 생전에는 아직 히틀러가 전면에 등장하지는 않았다. 하지만 사회진화론과 같은 맥락의 우생학적 관점에서 게르만족의 우월주의가 팽배하던 시절, 서로 대립하는 인종들 사이에 약육강식과 적자생존은 자연계뿐 아니라 사회를 발전시키는 힘이라며 정당화되고 있었다. 이 무렵 프란츠 카프카는 서둘러 세상을 뜨지만, 당시 유대인은 거의 동물과 동급의 열등한 취급을 받으며 아예 배척되고 멸종되는 게 마땅하다는 엉터리 과학 논리가 마구 퍼지고 있었다. 아닌 게 아니라 그의 사후에 남은 세 여동생은 그리 오래지 않아 나치의 강제 수용소로 끌려가서 흩어진 채 모두 그곳에서 비참하게 희생당했다.

---

* 표트르 A. 크로포트킨, 『만물은 서로 돕는다 : 크로포트킨이 밝힌 자연의 법칙과 진화의 요인』, 여름언덕, 2015.

5. 「여가수 요제피네 혹은 쥐 종족」 1924년 3월 집필

이는 1924년 유명을 달리하기 바로 전 그가 머물던 요양원의 비용을 마련하기 위해 병상에서 서둘러 집필했다는 유작이면서, 카프카의 '예술론'이라 불러도 손색이 없을 글이다. 카프카가 글을 쓰던 20세기 초 유럽에서 유대인은 원숭이라는 비아냥거림뿐 아니라, 말 그대로 쥐 떼들이라는 혐오 표현을 비롯해 유대인들이 쓰는 독일어 사투리를 '쥐들의 독일어'라고까지 비하하는 현실을 수시로 감내해야 했다. 이 작품에서 여가수 요제피네는 바로 그들 사이에 살았던 카프카 자신을 객체화시킨 주인공으로 여겨진다. 이 작품과 관련해 그는 마지막 친구였던 당시 의대생 클롭슈톡에게 "동물들 찍찍 소리 연구를 시작했다"*고 말한 적이 있다. 쥐들의 세상을 통해서 인간 군상의 행동을 더 적나라하게 통찰한 이 작품 역시 앞에서 얘기한 대표적인 알레고리로 읽을 수 있다.

이 작품의 원제는 「여가수 요제피네」였으나, 1924년 6월 3일 카프카 사망 이후에 출간된 단편집에는 제목이 「여가수 요제피네 혹은 쥐 종족」으로 달라졌다. 결핵이 후두에까지 번져 도저히 말을 할 수 없는 상황에서 카프카는 꼭 그렇게 '혹은'이라고 넣어 요제피네 개인과 종족 전체가 대립하며 균형을 이루는 제목으로 고쳐 달라고, 가장 가까운 친구였던 막스 브로트에게 글로 써서 보여줬다고 한다. 예술가인 요제피네와 그녀에게 열광하는 청중은

---

* 프란츠 카프카, 『카프카의 편지』, 솔출판사, 2017.

서로를 필요로 하지만 서로 간의 이해는 전혀 불가능하다. 그래서 작품 속 이야기꾼도 동시에 양쪽 모두의 이야기를 함께 해 줄 순 없어, 순차적으로 둘 중 하나를 변호하고 지지해 줄 수 있을 뿐이다. 차이가 있다면 요제피네는 일상 세계의 허위와 야만을 절대로 허용하지 않는 반면, 그녀의 청중은 구체적으로 삶을 꾸려 가며 예술가 요제피네의 극단적인 진리 추구 및 자유에 대한 양보 없음을 적당히 허용하는 편이다. 이렇게 개인과 그가 속한 집단의 상호 대립 혹은 갈등이라는 주제는 카프카의 작품들 모두에 해당하며 이들을 관통하지만, 이는 영원히 풀 수 없는 숙제이기도 했다.

이 작품에서 대립하며 갈등하는 두 세계, 이들이 갖는 고유한 속성과 의미를 퍽 공정하게 이해하는 소설 속 이야기꾼은 처음부터 요제피네의 특별한 재능에 대해 감탄하고 칭찬한다. 하지만 "워낙 고달픈 삶 속에서 … 음악처럼 우리 일상과는 거리가 먼 고급 세계"와는 담을 쌓고 "옛날 우리 선조들은 영웅호걸의 전설을 얘기하고 노래로 불렀다"지만 이제는 모두 잊은 채 "낄낄거리며 그럭저럭 살아가는" 악순환의 현실과 그녀의 세계를 지켜 줄 수 없는 쥐 종족의 비루한 속성에 대해 설명하면서, 두 세계가 얼마나 서로 다르며, 적대 세력인지를 대비시킨다.

한편 "요제피네의 노래라는 게 … 그 세기로만 치면 … 땅굴 파기 선수들은 … 힘든 내색도 없이 그녀보다 훨씬 강력한 크기로 온종일 찍찍대며 쇳소리를" 낸다고 하거나 "요제피네의 예술가적 특성이란 전혀 실체가 없는 것일 수도 있다. 하지만 바로 그 점이 그녀의 위대한 예술의 비밀을 푸는 열쇠일 수도 있다."며 예술에 대한 회의와 호감을 함께 가늠해 본다. 자신들과 똑같은 음색을 갖는 까닭에 청중은 요제피네를 듣는 일에 전혀 거리낌이 없다. 더욱이 그녀의 쉿소리에는 다른 곳에서는 찾을 수 없는 초라하고 짧았던 유년기의 행복이 담겨 있고, 어른 세계에는 남아 있지 않은 명랑함이 여전히 남아 있다. 바로 그래서 그녀의 청중은 요제피네의 노래에 마음이 끌린다. "우리 안에도 있지만 한 번도 감탄해 본 적이 없었는데, 그녀가 보여 주는 똑같은 것을 보면서 우리는 새삼스레 감탄하고, 뿐만 아니라 그녀와 우리가 완전히 통한다는 사실을 새롭게 깨닫는" 예술의 특이한 면모에 대해서도 촌평을 보탠다.

뿐만 아니라 요제피네의 특이한 면모, "자신이 우리 종족을 지켜 주고 있다고 생각"하는 조금 황당한 자긍심, 황당한 자부심, "자신의 노래로 우리의 불행을 아주 쓸어버리지는 못 해도 최소한 삶을 버틸 수 있게는 해 준다는" 굳건한 믿음, 게다가 "자기 입으로 직접 그런 말을 하는 건 물론 아니고, 다른 식으로 에둘러서 말하는 것도 역시 아닌" 태도, 정말 어이없게도 "꼭 다문 입으로 그리고 눈빛으로" 말을 하는 예술가의 특성에 대해서도 서로 논한다. 게다가 그녀는 "노래를 핑계로 어떤 종류의 노동도 면제받기 위한 투쟁을 계속" 벌이며 "일용할 식량을 비롯해 생존과 관련한 일체의 책임에서 벗어나겠다"는 엉뚱한 요구까지 한다. "그런 요구를 할 수 있는 내적인 당당함과 자유로운 정신에 대해" 하루하루 살아가는 것만으로도 너무 바빠서, 그렇게 구름 위를 나는 것 같은 이야기에 대해 그들 쥐 종족은 그냥 귀를 막고 못 들은 척 아무 반응도 하지 않는다는 서글픈 현실을 서술한다. 놀랍게도 이는 요제피네의 노래를 사랑했던 카프카 작품 속의 고달픈 쥐들의 세상 이야기라기보다, 21세기 대한민국의 젊은 예술가들 대부분이 처한 현실의 알레고리로 읽혀 예술과 예술가에 대한 카프카 소설의 우주적 보편성을 확인할 수 있을 정도다.

결국 "그녀가 죽고 나면 음악은 우리들의 삶에서 아주 사라질 것"이라는 이야기꾼의 예측 그대로, 자신의 노래가 더 이상 예술로 받아들여지지 않자 요제피네는 조용히 종적을 감추고, 그렇게 그녀가 떠난 세상은 영원한 침묵에 빠져들었고, 카프카는 이를 마치 자신에게 임박했던 임종과 그 이후를 그려 보는 듯 여러 방식으로 곱씹는다.

요제피네가 다른 쥐들과 똑같은 소리를 냈지만 그 소리는 예술이 되었듯, 카프카는 자신의 문학에 전혀 고상하지 않고 전체주의 집단에게 희생당하는 힘없는 사람들의 암울한 일상과 투박한 그들의 말법까지 고스란히 가져오는 시도를 감행했다. 노숙자들이나 흥얼거릴 청승맞은 가락에서 예술의 정신을 살려 내려 전력투구한 그의 마지막 유작이 된 이 작품에서 카프카는 종적을 감춘 여가수 요제피네를 회상하며 어떻게든 희망의 단서를 붙드느라 애를 쓰면서 그 처절한 심정을 다음과 같이 남겨두었다.

"실제 그녀의 찍찍 소리는 우리의 기억보다 훨씬 더 우렁차고 정말 기운이 넘쳤을까? 아니 단순한 추억보다는 그녀의 살아생전에 벌어졌던 사건의 의미가 더 큰 건 아닐까? 어쩌면 우리 종족은 요제피네의 노래에 대한 지혜를 잊지 않으려고, 그래서 이런 식으로 각색해서라도 구원의 더 높은 자리에 올려 둔 것은 혹시 아닐까?"

⊙ ⊙ ⊙

어느덧 '카프카적(Kafkaesque)'이라는 표현은, 효용과 능률을 높인다는 목표로 개인을 사회 전체의 부품으로 다루는 전체주의를 먼저 떠오르게 한다. 이어서, 그에 따른 관료주의 탓에 모두가 똑같은 얼굴을 한 군중의 일원임에도, 다가오는 위험 앞에 속수무책이며 고립무원인 상태를 뜻하는 말이되었다. 그와 동시에 어떻게든 출구를 모색하고, 좌절을 극복할 방도를 찾아보지만 뜻을 이루지 못한 채 안타까운 희생이 코앞에 다가온다는 의미를 담고 있다. 그래서 "in Kafkaesque times"라 하면 그런 섬뜩한 조건을 감내하는 악몽과도 같은 시간, 출구를 찾기 힘든 막막하고 절망적인 현실을 가리킨다.

이것은 바로 카프카 작품의 주인공들이 처한 난감한 상황을 가리키며 그들은 특히 가족들 때문에 바로 그 난감한 상황에 맞닥뜨린다. 그런데도 불구하고, 그 주인공들은 놀랍게도 죽을힘을 다해 끝까지 가족을 사랑한다. 「판결」에서 게오르크는 아버지 방에서 뛰쳐나와 찻길을 가로질러 강물을 향해 미친 듯 돌진하며 부모님의 자랑이었던 중학교 시절을 회상하는데, 다리 난간을 꽉 붙들었던 두 손을 놓고 아래로 떨어지며 중얼거린다.

"사랑하는 부모님, 아무리 힘들어도 난 언제나 두 분을 사랑했어요."

「변신」의 그레고르 역시 가족으로 인해 죽음에 이르게 되었음에도 끝까지 가족을 사랑했다. "아직도 등짝에 그대로 박혀 있는 썩은 사과와 그 주변 염증 부위에 솜털 같은 먼지가 덮여 있지만, 그건 이제 거의 감각도 없었다. … 가족들을 떠올리며 한없는 그리움과 사랑으로 마음이 한껏 아스라해졌다. 본인이 어서 사라져야 한다는 생각은 아마 여동생보다도 더 단호하면 단호했지 결코 덜하지 않았을 것이었다." 콧구멍에서 가는 숨이 흘러나오는 마지막 순간에도 그레고르는 가족에 대한 애정을 피력한다. 그리고 순순히 죽음을 받아들일 만큼 평화로운 마음을 잃지 않는다.

이렇게 가족을 향한 게옥과 그레고르의 절절한 사랑은 아마도 '카프카적인 세상'을 향한 프란츠 카프카의 마지막 자존심이며 궁극적인 자세로 표현된다. 외롭고 고달프지만 최소한 문학은 카프카가 자신을 지켜 내는 최후의 방편인 동시에 스스로에게 행사할 수 있는 마지막 남은 구원책이기도 했다. 이에 대한 강조는 그의 「일기」와 「편지」에서도 이따금 확인되는데, 이는 목숨을 걸고 문학을 감행했던 원대한 작가적 소명이며, 카프카식 애정의 다른 표현이기도 했을 것이다.

이제 드디어, 지난 일 년 동안 인터넷과 현실, 그리고 환상의 미로 곳곳에서 수시로 다시 마주한 카프카, 그는 어떠했느냐는 질문에 답할 차례다. 갑충의 껍데기는 진즉 벗어던졌으나 필요하면 언제라도 다시 주워 입을 기세로 그는 여전히 개구쟁이, 겁쟁이, 허풍쟁이, 변덕쟁이 등의 얼굴로 자유자재 변신을 시도하며 어느덧 미로 속에 길을 잃은 수많은 영혼의 친구가 되어 있었다.

이따금 다른 마돈나들을 불러내 "짧은 심지를 더위잡고 눈물도 없이 하소연하는 내 마음의 촛불을 보라"고, "양털 같은 바람결에도 질식되어 얄푸른 연기로 꺼지려 한다"면서 징징대는 어리광은 여전했으나, 이제 곧 "날이 새

런다. 빨리 오려무나. 사원의 쇠북이 우리를 비웃기 전 … 우리도 이 밤과 같이 오랜 나라로 가고 말자."고 외치는 힘찬 함성이 전보다 훨씬 더 멀리 아주 또렷하게 울려 퍼지고 있었다. 그래서 좀 별스럽게 예민했던 중학교 2학년 아이를 크게 혼 내켰던 카프카를 따라 의식과 무의식 사이 미로를 함께 누비며 제법 익숙해진 그의 말법까지 잘 살릴 수 있다면, 백 년 전 하늘에서 뚝 떨어진 기이한 작가의 「변신」이 아니라 시대의 경계에 걸려들지 않을 만큼 마냥 가벼워진, 가슴이 짠한 작가 카프카의 혼신이 느껴지는 작품들을 그대로 맛보게 해 줄 수도 있겠다는 설렘으로 이 작업이 무척 즐거웠다.

특히 21세기에 유년기와 사춘기를 보내고 있는, 다시 말해 지난 세기 어른들보다는 훨씬 총명해진 친구들에게 카프카와 그의 대표작 「변신」을 좀 더 생생하게 소개하고자 그의 전작에 해당하는 세 편의 작품과 카프카의 유언과도 같은 마지막 작품을 엄선해 추가로 보충했다. 왜 하필 「판결」과 「시골의 혼인 준비」, 「학술원에 드리는 보고」와 「여가수 요제피네 혹은 쥐 종족」에 주목했는지, 굳이 그에 대한 설명은 카프카의 말로 대신한다.

"아이들에게 특별한 자유, 특별한 보살핌이 주어져야 한다는 요청은 끊이지 않고 제기된다. 걱정거리에서 조금은 해방될 권리, 빈둥거리며 돌아다닐 권리, 조금 놀아도 될 권리를 인정해 줘야 하고, 그걸 향유할 수 있도록 도와줘야 한다는 소리는 계속 나오고 있다. 아울러 누구나 이 요청에 대략 동의하니까, 이처럼 시급히 해결할 일도 없을 것이다. … 우리 아이들은 겨우 걸음마를 익히고 주변 사물을 구별할 수 있게 되면 벌써 각자도생의 길로 접어든다. 어른들처럼 제 앞가림은 자기가 알아서 해야만 한다."

여가수 요제피네를 통해 특히 유년기와 청소년기를 편안히 보낼 수 있게 해 달라고 카프카는 절절히 호소한다. 그래야 가혹하고 무시무시한 카프카적인 시간이 닥쳐와도 너끈하게 그걸 감당하고 이겨낼 배짱이 두둑해질 수 있다고, 그는 믿어 의심치 않는다.

핵폭탄보다 더 무섭고 용감무쌍한 중학생 철부지들은 말할 것도 없거니와 더 이상 못된 어른들의 거짓에 미혹되지도 카프카적 악몽에 당황하거나 주저앉지도 않고, 대신 우리 무의식의 그늘을 탐구하고 거기 얽혀 있는 질곡들에 촛불을 비춰 대는 청년들을 향해 그는 쑥스러운 미소를 날리다 또 박또박 자기 소신을 밝혀 주었다.

'나' 대신 '우리'라고 말한다 해서 행여 그게 제 무덤을 파는 일이거나 바로 매장되는 일이 되어선 절대로 안 된다고, 여전히 스스로에게 '그래도 나는 나'라고 다짐해야 한다며 저만치서 팔짱을 낀 채, 21세기 지구촌 곳곳에서 함께 촛불을 들고 함성을 보냈던 내가 만난 카프카는 아주 열심히 고개를 끄덕이고 있었다.

카프카 연보

프란츠 카프카는 1883년 7월 3일 오늘날의 체코공화국, 당시 보헤미아로 불리던 나라의 수도 프라하에서 독일어를 쓰는* 중산층의 유대인 가정에 여섯 아이 중 맏이로 태어났다. 카프카의 나이 두 살, 네 살 때 태어난 남동생 게옥과 하인리히는 출생 후 곧 사망했고, 이어서 줄줄이 태어난 여동생 가브리엘레와 발레리, 오틀라는 1941년, 1942년, 1943년 나치 수용소에서 차례대로 희생되었다.

아버지인 헤르만 카프카(Hermann Kafka, 1852~1931)는 단순 노동자에서 출발해 열다섯 명의 점원을 거느린 양품점 주인으로 자수성가한 반면, 집에서는 거칠고 폭력적인 독재자 노릇을 서슴지 않았기에 섬세하고 예민했던 프란츠는 평생토록 아버지에 대한 저항이 곧 문학을 향한 열정이 되

---

* 독일어가 그의 모국어였지만, 일상어로 체코어를 쓰는 경우가 많았고 유대어도 할 줄 알았다. 체코어 식 악센트가 들어간 유대인들의 독일어를 두고 '쥐들의 찍찍 쇳소리'라는 혐오 비유도 당시 있었다 하니, 이를 여가수 요제피네의 노래로 묘사한 배경과 무관하지 않아 보인다.

었다고까지 말했다.* 아버지는 이른바 아들의 장래를 위해 프란츠를 독일 초등학교에 보냈다. 체코는 당시 오스트리아-헝가리 왕국의 지배하에 있어, 상류층 아이들은 체코 학교가 아닌 독일 학교 쪽으로 진학하는 편이었다. 어머니인 율리 카프카(Julie Kafka, 1856~1934)는 아버지보다는 넉넉한 가정에서 성장하고 교육도 받은 편이었으나 줄곧 남편을 도와 하루 열두 시간 이상 가게에서 일하느라, 카프카네 아이들은 집안일을 거드는 식모와 양품점 직원들의 도움으로 양육되었다.

카프카는 1889년부터 1893년까지 4년제 초등학교를 마치고, 8년제 상급 학교에 진학해서는 라틴어와 희랍어, 역사 공부를 즐겨 했다. 아버지를 따라 일 년에 네 번 정도만 유대교 회당의 공식 행사에 참가하는 정도였지만, 당시 핍박받던 유대인으로서의 정체성은 평생토록 그를 깨어있게 한 중요한 요인이었다. 고등학교 시절 이미 문학에 심취했으나 아버지 혹은 가게 직원들과의 긴장 관계가 많이 힘들어 제대로 드러내지를 못했고, 열여섯 살에는 사회주의 당원이 되어 가슴에 붉은 카네이션을 꽂고 다니기도 했다. 1901년 프라하의 카를 대학교에 입학해서 처음에는 화학을 공부하려 했으나 두 주 후에 전공을 법학으로 바꾸고, 국문학, 예술사, 심리학 등 인문학 분야의 공부를 섭렵하며 1906년 법학으로 박사 학위를 취득했다.

1907년 이탈리아계 대형 보험사에 취업해 저녁 여덟 시부터 아침 여섯 시까지 야간 근무를 하느라 집필 작업을 할 수가 없어서 1908년 7월 15일

* 카프카, 『아버지에게 드리는 편지』, 은행나무, 2015.

회사를 그만두었다. 몇 주 후부터 보헤미아왕국 노동자 상해 보험에서 법률 고문으로 근무하며 오후 두 시 퇴근 이후 밤늦도록 집필에 몰두할 수 있었다. 보험 회사 관리 일은 그냥 '밥줄'이라는 얘기를 종종 했으나, 노동 현장에서 요긴한 '안전모'도 '처음' 개발하는 등 능력을 인정받고 꾸준히 승진한 경력으로 보아 집필에만 몰두하며 회사 일을 등한시했던 것 같지는 않다.

대학에서 함께 법학 공부를 했던 막스 브로트(Max Brod, 1884~1968)는 카프카의 가장 돈독한 친구가 되어, 사후에 모두 태워 달라는 유언을 거슬러서 그의 유고들을 정리해 꾸준히 책으로 출간했다. 1912년 브로트 집에 놀러 온 펠리체 바우어를 처음 만나 베를린에서 일하던 그녀와 오 년이 넘게 수백 통의 편지 교환을 하며 두 차례 약혼도 했으나 1917년 파혼으로 이 관계는 마감되었다. 이 무렵 결핵에 걸려 고생하기 시작하는데 막내 오틀라가 오빠를 살갑게 간호했다.

1923년 베를린으로 가서 스물다섯 살의 유치원 교사였던 유대인 여성 도라 디아만트와 동거하는 동안 유대인의 전통에 대해 상당한 영향을 받는다. 결핵으로 치명타를 입기 전에도 카프카는 두통과 불면, 불안과 우울증, 변비와 부스럼 등 긴장과 스트레스에 따른 질병들을 달고 살며 대응책으로 채식과 자연식 등 건강 요법을 실천했다고 한다. 1924년에 프라하로 돌아와 비엔나 근처의 요양원에 머물다 후두 결핵의 악화로 1924년 6월 3일 마흔을 갓 넘긴 나이에 세상을 떴다. 그의 시신은 프라하 유대인 공동묘지에 부모님 묘에서 이 미터 떨어진 곳에 안치되었다.